Guillermo de Miguel Amieva

LA CONVERSACIÓN

Edizioni Pragmata

Título: La conversación

Autor: Guillermo de Miguel Amieva

ISBN: 9788899373160

Primera edición impresa: Diciembre 2015
Primera edición digital Diciembre 2012:

Edizioni Pragmata

www.edizionipragmata.it

IMÁGENES DE PORTADA
Anterior: La partida de ajedrez – D. Guillermo Amieva, abuelo del autor
Posterior: Puerto de las Nieves (Canarias) – Blanca, hija menor del autor

Índice

Prólogo

La conversación, novela de ficción, es a la vez un documento intelectual y espiritual de reflexiones intimistas que surgen y se proponen durante un viaje que el autor realiza, retrocediendo en el tiempo, para volver a vivir el último encuentro ya tenido con su abuelo, entrañable amigo y maestro de vida.

La recuperación de una vieja carta del anciano, testamento espiritual y emocional, que el abuelo escribió poco antes de morir, diecinueve años antes, y el subsiguiente deseo de volver a hablar con él, sirven de pretexto al autor para realizar un viaje iniciático en una dimensión metatemporal y en la búsqueda de respuestas de salvación existencial.

Se trata de un viaje atrás en el tiempo que Guillermo de Miguel Amieva, acompañado por su hija menor Blanca, decide realizar a Canarias, donde el abuelo habitó en sus últimos años de vida. La presencia de la niña se hace oportuna para una confrontación de las diversas edades del ser humano: Blanca representa la infancia, objetiva e ingenua, en la que todo lo que aparece se justifica por la simple razón de existir; Alejandro es el joven Guillermo recién licenciado, cuya impaciencia, iluminada por un ligero y sano egoísmo de alcanzar nuevos horizontes de realización individual, no le hace ver los imprevistos y las inevitables dificultades que la vida le proporcionará; Guillermo de Miguel Amieva, autor y protagonista principal de la historia, es un abogado de media edad, cuyas experiencias profesionales y personales le han evidenciado que cada cosa del vivir esconde detrás de su brillo un lado sombrío al que hay que aceptar con la lógica; Guillermo Amieva Díaz, el anciano abuelo, ha alcanzado a lo largo de su existencia una profunda esperanza supraindividual hacia el progreso positivo del camino humano, que le define y posiciona en una dimensión superior de serenidad y aceptación.

Cada uno de ellos manifestará un enfoque diferente hacia la vida, que también está representada en la alegoría del juego del ajedrez, desarrollada en un tablero perfecto con piezas talladas en la madera por el abuelo, esmerado ebanista y maestro de Guillermo en el juego, al que nieto y abuelo se enfrentarán, como en conversación a dos, en diversas ocasiones. Un juego, el del ajedrez, que, al igual que el de la vida, necesitará siempre más atención en su proceder al crecer paralelamente la experiencia de sus actores.

En el libro no faltan momentos de intenso impacto poético emocional y de lirismo descriptivo de geografías, colores palpitantes, enfoques de detalles, luces, sonidos, sensaciones olfativas que se alternan a profundos dolores, como la consideración de una vida suspendida en un amargo no-ser por una enfermedad irreversible, la de la abuela, o de un amor pasional y aparentemente plebeyo entre el joven Alejandro y la "Dueña del Tiempo", que llega a alcanzar en su acmé sublime la dimensión de la ritualidad hacia lo divino.

Otra construcción literaria utilizada por el autor es la de servirse de numerosas intervenciones de contertulia, por él solicitadas, comunicando con amigos reales de Facebook, que discuten con goliárdica sencillez y profundidad, al mismo tiempo, temas de filosofía sobre sentimientos y aspectos universales de la condición humana, expresando cada cual reflexiones propias sobre la vida, la muerte, el amor, la ética del obrar y del vivir individual y en el contexto social y familiar, el destino del ser humano y las leyes que lo gobiernan.

El autor, entremezclando notas personales mediadas por recuerdos y anotaciones sutilmente melancólicas, indica a sí mismo y al lector, con el que tiene un diálogo directo y continuo, la vía para alcanzar un equilibrio interior a pesar del contexto irracional del mundo.

Tres días durará el viaje de Guillermo, tres días vividos momento por momento en dimensiones temporales diversas: el presente, el pasado y la intemporalidad, que se aúnan en narración, como en diario del navegante en el fluir de la vida.

Monica Palozzi

Roma, madrugada del diecinueve de mayo de dos mil once, prólogo remitido al autor vía Facebook.

*A mi abuelo Guillermo Amieva Díaz,
con todo mi amor y profundo respeto.*

Introducción

Estimado lector, ahora que estás ahí, evadido del mundo, probablemente huyendo de sus presiones constantes, encontrando en la literatura tu refugio y tu alimento, y enfrentando las primeras páginas del relato que te ofrezco, he de agradecer el interés que muestras en la lectura, así como el acercamiento que nos mantendrá unidos por algún tiempo, diálogo silente no simultáneo, pero diálogo o conversación, al fin y al cabo, como la que mantuve con mi abuelo Guillermo durante muchos años, estirándola en el tiempo desde que una tarde de vacaciones me enseñó a jugar al ajedrez, y a escuchar para luego hablar bien, herencia espiritual que conservo como un tesoro.

La idea de la novela que en tus manos tienes partió un día de abril, el catorce para ser exactos, cuando, releyendo la última carta que mi abuelo me remitió y que ahora, por su belleza, te dejo leer a ti, decidí, algo desesperanzado por mis circunstancias vitales, relatar el último viaje que realicé para visitarle, allá por el año mil novecientos noventa y dos. Tú juzgarás si algo tiene que merezca la pena, aunque, sin duda, lo más hermoso lo hallarás en la carta que yo recibí de él y tantas veces releo. No seas severo con él en el juicio ortográfico, pues mi querido abuelo dejó el colegio muy niño y toda su instrucción la encontró en su propio empeño. Sin más te dejo con él.

Carta de mi abuelo
Guillermo Amieva Díaz

Las Palmas de Gran Canaria, junio 1992

Querido Guiller:

Por fin, arañando un poco de tiempo del que tengo muy escaso, he decidido contestar, en parte, el montón de cartas tuyas que tengo en mi poder.

En mi soledad, de cuando en cuando, leo tus cartas y emocionado siento correr por mis mejillas el llanto de un anciano que espera, tal vez en lo imposible, encontrar en los últimos días de su vida un poquito de felicidad y sosiego. A veces pienso que no es bueno emocionarse en la intensidad que a mí me ocurre, pero, ¡de qué sirve la vida, si en ella no hay amor y llanto a la vez!. Por eso, cuando repaso tus cartas de nuevo, mis ojos se humedecen, porque siento en mi corazón que parte de la sangre o raíces que corren por tus venas son las más cercanas a mi alma. Por otra parte, creo, sinceramente, que valoras en exceso méritos que no creo tener, pero te agradezco la pasión que sientes por tu abuelo. El único mérito que yo tengo, si es que lo tengo, es reconocer que he venido a este mundo y que no he hecho nada digno de mención. Sin embargo, tus halagos me hacen sentir que aún no lo he perdido todo.

Hoy, cuando ya he cumplido ochenta y seis años, me doy más cuenta de que el tiempo corre vertiginosamente sobre la vida de los hombres. Eras un niño y sin darme casi ni cuenta, te veo hecho un hombre sin miedo a la vida y luchando en una sociedad envenenada tratando de hacer justicia. Estoy orgulloso de que un nieto mío se dedique a tan alto menester y pienso que lo harás bien, pero reconozco que es una profesión difícil, porque la humanidad es muy egoísta y hay que tener mucho tiento para navegar y llevar la nave a buen puerto. Por eso, no quisiera dejar esta carta sin darte un consejo que la experiencia me ha dado: siempre que puedas practica la justicia, la compasión y el amor, pero vive tú también, ya que nosotros somos muy emotivos y la compasión, a veces, suele dañar nuestros intereses. No obstante, tras la borrasca siempre llega la calma y, en esa calma, siempre hallarás una parte, mayor o más pequeña, de gentes honradas que saben a donde van; pero hay que saber esperar.

Siempre que reflexiono en silencio acerca de la humanidad, viene a mi memoria un pensamiento muy acertado de Gabriela Mistral que dice: "Procura comprender la maldad, síguela como quien sigue una hebra de agua turbia, y te hallarás con que en su comienzo es pura y nace de un cristal de inocencia". Esto me ha hecho pensar que la evolución va llevando a los hijos de la naturaleza hacia el principio de la vida, no retrocediendo en el tiempo sino en el paso del tiempo, ya que progresivamente inteligencia y habilidad van naciendo en edades más tempranas y al correr del tiempo, tal vez, sabiduría y virtud, beban juntos de la fuente del amor. Quizá, la comparación que yo hago de la evolución con la hebra de agua turbia de Gabriela Mistral no tenga sentido, pero lo que no cabe duda es que la evolución camina hacia la perfección, aunque muchas veces no lo parezca.

De nuestra vida aquí, qué puede decirte que no sepas

ya. Sólo la esperanza me sostiene en pie y temo no llegar a tiempo para darle a ella la paz que tanto necesita. Estas últimas semanas la veo algo mejor, pero es muy difícil que vuelva de nuevo a estar como estaba. Yo las esperanzas no las pierdo y seguiré luchando hasta el final.

Un fuerte abrazo para tu madre y tú todo el cariño de tu abuelo.

LA CONVERSACIÓN

Día primero

Frente al espejo del cuarto de baño Alejandro saborea el comienzo de la aventura. Hoy emprende un nuevo viaje hacia Gran Canaria, donde vive su abuelo Guillermo, isla a la que, porque no se conforma con el lenguaje convencional, prefiere llamar la *"Isla de los perros"*. El personaje de la novela, que no es otro que el propio escritor, aparece frente al espejo diecinueve años más joven que hoy cuando escribe, rejuvenecimiento que acontece por el propio recuerdo traído al papel, memoria ni siquiera clara, sino deformada, probablemente, por el propio novelista, algo olvidadizo de las sombras y excesivamente optimista en la remembranza de aquellas luces que le lustraron.

Alejandro está ilusionado porque aún cree en lo excepcional más que en lo rutinario, y el viaje, ciertamente, le produce ilusión. Su cara en el espejo le refleja favorecido, aparenta menos edad de la que en realidad tiene -treinta años-, deja caer media melena de cabello ceniza heredado de su madre, hermosa cortesía de la genética dominante; tiene la frente ancha; la nariz algo corva; los ojos verdes e ingenuos, pero observadores; la piel suave y cobriza; la barbilla afilada, propia quizás de los judíos que debieron de ser remotos ascendientes por vía materna (siempre le dicen que parece un judío). Aún no está vestido, pero seguramente se pondrá vaqueros, camisa y alguna prenda suave de abrigo. No hace mucho frío, aunque la madrugada guisa su presente camino de la alborada.

Ese Alejandro que yo era entonces vivía en un pueblo de la "Tierra de Campos", comarca que desde entonces, dentro de mi universo poético, he preferido llamar *"Tierra* _sembrada de cereal"_, extensa superficie que comprende parte de las provincias de Zamora, León, Valladolid y Palencia, tierra llana con el horizonte puesto al fondo, paisaje mínimo que concentra en hermosa síntesis la tierra, el cielo y nada más, llanura que, desde tal vacío, devuelve a sus habitantes al místico interior, donde consigo hablan, habitantes poco dados a la palabra, amigos de decir lo justo y, porque tampoco aventuran sus cosechas, a no aventurar tampoco las promesas que no pueden ser cumplidas. Se trata de una tierra climáticamente extrema, en modo alguno fácil de habitar, enjuta de carnes, rica en historia, provista de las canas del entendimiento y sabedora, sin coquetería alguna, de las reconocidas glorias de su pasado. El novelista ama ahora más esta tierra que cuando, situado frente al espejo aquella mañana de Semana Santa, estaba contento por partir y huir de su monotonía constante. Llevaba años de soledad tras la muerte del padre amado e iniciaba su trabajo profesional sin apoyos, afrontando un horizonte incierto, pero esto no disculpaba su escasa sensibilidad hacia la tierra paterna, que, en detrimento de la materna, la Asturias céltica y mitológica, removía más sus sentimientos. De la _Tierra siempre verde_ -así la denominaba- provenía su inclinación más sensible y evocadora, la impronta de la imaginación y quizás la sociabilidad y la inocencia.

Como escritor debería renunciar a introducir retazos de mi propia historia, pues lo autobiográfico cae en el rechazo de la crítica y se antoja trabajo fácil sin más mérito que traer lo vivido, pero aunque no será sólo lo vivido lo que aquí se escriba, sino la mezcla de ello con lo ficticio, no renuncio a recordar que un día tuve un gran amigo al que llamaba abuelo, mi querido _"viejo creador de formas de madera"_, alguien que desde niño me inició en una larga conversación sostenida a lo largo del tiempo. Si el

Alejandro viajero de entonces habita ahora en mí, si aún lo conservo conmigo y me acompaña, si me está viendo escribir desde las profundas simas del subconsciente, notará que estos folios se parecen mucho a aquel espejo en el que se miraba complacido antes de partir. La vanidad, como el agua, no tiene parapetos que la detengan. Buena o mala, siempre buscamos espejos donde contemplarnos y el escritor también los encuentra -¡cómo no¡- en los folios que rellena, expresión más moldeada y menos espontánea de lo que quiere ser, de aquello que de sí mismo busca como permanencia en el tiempo. Han pasado los años y a pesar de que el Alejandro de entonces también escribía, el novelista carece de la frescura juvenil de aquellos días, ha sufrido más, aunque no se sabe aún si el padecer las incómodas tempestades de la vida le ha pasaportado al camino de la sabiduría. Alejandro dejó su espejo vacío en el cuarto de baño de aquel pueblo de la Tierra de Campos cuando partió, mas yo reconstruyo mi propio espejo partiendo de la literatura, enfrentado a la pantalla blanca del ordenador personal, este compañero que habitualmente me presta su abismo para en él abandonarme y, a partir de hoy, día catorce de abril de dos mil once, construirme y reconstruirme y seguir dialogando con un abuelo, ya perdido, al que amé profundamente.

Alejandro ha dejado el espejo hace tan sólo unos minutos, se ha vestido y se dispone a subir a un automóvil heredado del padre muerto. Es un *Volkswagen Santana* de color gris perla que imagina como un corcel con el que atravesar la llanura camino del aeropuerto de Madrid-Barajas. La madrugada deja frescuras tibias que obligan a entrar rápidamente en el coche. Ya dentro, Alejandro ajusta el retrovisor. Cuando su padre conducía, el retrovisor reflejaba su propia imagen, era un espejo para la observación educacional del hijo, y las miradas del hijo y el padre se encontraban misteriosamente unidas en él, estrechamente vinculadas por la relación paternofilial, pequeño combate diario desde el que el padre doblegaba sensatamente la libertad del Alejandro más joven. Si pudiera reconstruirse el pasaje de esas miradas unidas en el retrovisor del coche, unas más severas, otras complacientes, otras complacidas, otras cómplices, otras amorosas, otras reprobadoras, podríamos saber mucho más de un niño que creció entre dos vertientes distintas.

Alejandro era el producto de la admiración que profesaba tanto a su padre como a su abuelo. El padre era de derechas, católico, sensato, juicioso, honesto, quizás en demasía, práctico y poco ensoñador, nada amigo de utopías, pero muy poco egoísta, generoso, humanitario hasta puntos extremos nada recomendables, que el exceso de bondad, como luego recordaría el abuelo Guillermo, tampoco es justo. El abuelo materno era de izquierdas y de los republicanos, soñador, aunque trabajador incansable, nada amigo de los curas ni de nada que se le pareciera, relacionado familiarmente con la masonería, amante de la literatura y de la reflexión, vegetariano y, por poner alguna nota crítica, un tanto dogmático. El padre y el abuelo, ambos respetables y respetuosos entre sí, cuestión que debe sobresalir si tenemos en cuenta el tiempo que ambos vivieron, forman parte de mi pasado. Ahora, sin embargo, vivo rodeado de un ámbito enteramente femenino que, en parte, está cambiando mi percepción de la vida. A caballo entre dos maneras diferentes de ver el mundo, la de los hombres, que representaban mi padre y mi abuelo, situado en tierra de nadie, contemplo, como un espectador, cómo ve el mundo mi mujer, cómo empiezan a verlo mis hijas y cómo lo ve la mujer de mi tiempo.

Alejandro, que ya ha terminado de ajustar el retrovisor interior del coche, arranca pausadamente. Toma la dirección de Madrid por Burgos recorriendo la carretera provincial desde Osorno hacia Melgar, primer pueblo de la provincia limítrofe a Palencia. Los campos irán iluminándose y el mundo parecerá un espacio vacío hasta la irrupción de los primeros cerros burgaleses, parajes que ya no son terracampinos ni tienen color arcilloso sino calizo. La carretera, que entonces no tenía autovía como ahora, le es muy familiar porque estudió interno en Burgos. Es paciente y sabe que le queda un recorrido largo, pero el hijo único, acostumbrado a vivir el mundo desde su soledad, se desenvuelve bien en los valles solitarios que la vida le pone por delante. Le gusta conducir, más aún, le gusta sentirse conductor. Toda su vida, desde la muerte de su padre Emín, se centrará en desarrollar el ser por encima del tener, y, el ser, se hace construyéndolo cada día, incorporando poco a poco mayor oficio, ya sea ser conductor, abogado, pastor, albañil, escritor, o dibujante, que también le gusta y lo cultiva, o amante, aunque últimamente ande un poco perdido y solitario en lo que respecta al amor. Ninguna atmósfera le parece más apropiada para la evocación que la que paladea un conductor solitario proclive a dejarse llevar por el pensamiento y la observación. A lo largo del viaje irá alternado la observación del mundo con el pensamiento, por eso ha salido muy temprano, porque quiere dilatar el tiempo del viaje para saborearlo detenidamente.

Eso es exactamente lo que hice aquel día, paladear el viaje desde su inicio hasta que mi abuelo apareció de nuevo ante mí, y eso es lo que he hecho desde siempre hasta hoy, viajar relamiendo cada metro que el coche avanza sobre el espacio, sintiendo la apropiación efímera de los metros que se ocupan y se dejan tras el retrovisor. Eso he hecho y tal tesoro les he dejado a mis hijas, viajeras que conmigo ya saben que la vida, como un viaje, debe ser vivida paladeándola en cada instante. Ellas aún no estaban presentes en la vida del solitario Alejandro, personaje romántico donde cupiera, idealista, perseverante en el amor imposible, luchador infatigable frente a la razón, lector más de novela que de ensayo, aunque luego se le cambiarán las tornas no en cuanto al romanticismo, claro es, sino en lo que respecta al género de sus lecturas. Me reconozco y no me reconozco en nuestro personaje de entonces, algo más osado, más impulsivo e irascible, más exigente con el comportamiento de los demás. Han pasado muchos años para terminar comprendiendo que nada nos hace más humanos que el pecado, -llamémosle así-, y que nada nos proyecta con más fuerza al orgullo que pretender el premio de nuestros logros. La dichosa inseguridad de los años más jóvenes nos lleva a mostrar siempre lo mejor de nosotros mismos, buscamos el reflejo más primoroso del espejo y pensamos que no cometeremos nunca los errores de nuestros mayores. Durante muchos años no comprendí que mi abuelo me transmitía sus errores como un legado útil para no cometerlos yo mismo, de modo que, algo engreído, le devolví algún reproche amargo y también alguna jactancia, propia de esos años . Confiaba mucho en mi fuerza, no me dosificaba ni me precavía, desconocía que el mundo es más complejo de lo que parece. Era valiente, sin duda, pero se trataba de una valentía osada, sin medición del riesgo, sin cálculo del verdadero horizonte.

El conductor afronta el horizonte azulado que, como un velo, se alza en la lontananza, se pregunta por qué el horizonte siempre se cierra con ese hermoso velo azul, pero no halla respuesta a su pregunta. El horizonte, símbolo del porvenir mediato o inmediato, ya se ha dicho que no le preocupa porque nunca se adelanta a sus pasos. Evoca el pasado dejando atrás pueblos de Burgos que ya conoce y en ese pasado, como una figura insustituible, aparece el abuelo Guillermo. Cuando Alejandro contaba seis años le regaló su primer ajedrez y le enseñó las reglas del juego. Fue en el chalet que el abuelo tenía en Viana de Cega, un pequeño pueblo de Valladolid que iniciaba lo que luego sería un boom inmobiliario. El abuelo regresó de Guinea Ecuatorial con el dinero suficiente para no trabajar el resto de su vida, jubilación anticipadísima pero muy merecida si tenemos en cuenta que había trabajado desde la niñez. Guillermo Amieva Díaz se aficionó al ajedrez porque las constantes depresiones de su mujer le obligaban a permanecer en casa, de modo que, pertrechado de libros escritos por campeones del mundo, rusos, por supuesto, pues por aquel entonces el abuelo aún estaba estancado en el comunismo-, se pasaba las horas reproduciendo partidas memorables. Una de aquellas tardes del verano de Viana de Cega, Alejandro se sentó por vez primera frente a un tablero. Aprendió a colocar las fichas y a saber cómo se mueven, primeros pasos en el andar del ajedrecista que luego sería, no extraordinario, ciertamente, pero sí con alguna indudable cualidad que le llevó a ganar un campeonato provincial.

Alejandro recuerda cariñosamente las manos achatadas del abuelo colocando las fichas en el tablero. Aquellas manos menudas, que tan bien tallaban la madera, eran las manos de un ebanista noble, y Alejandro las tenía completamente grabadas en la memoria. Al abuelo le gustaba centrar cada ficha en su casilla correspondiente, todo de tal manera que ordenaba concienzudamente su diminuto ejército frente a Alejandro antes de comenzar. Guillermo Amieva era un hombre pequeño, con nervio, bien musculado, delgado, con nariz prominente y frente despejada; la calva ganaba terreno al cráneo hasta el comienzo de la nuca, pero los laterales de la cabeza aún permanecían cubiertos por cabello, un cabello que fue del mismo color ceniza que el de Alejandro, pelo celta, propio de los hombres del norte. Destacaban su elegancia y su educación, y aunque su carácter era impaciente sabía contenerlo cuando jugaba al ajedrez. Tenía reflejos, y una visión espacial magnífica que le permitía jugar de espaldas al tablero. En aquel tiempo Alejandro tan sólo era un niño para el abuelo, pero con el correr de los años se convertiría en uno de sus refugios más apreciados, alguien con quien poder dialogar. Con paciencia fue enseñando a su nieto el arte de la conversación. Los temas no siempre fueron del agrado de ambos, sobre todo cuando el dogmático abuelo pretendía imponer sus adoradas tesis naturistas aconsejando la bondad de las verduras sobre la carne, o cuando disertaba sobre el glorificado comunismo que en él, alguien con capital, resultaba paradójico si no fuera porque respondía a un sentimiento de lealtad hacia sus orígenes. Su padre, Eleuterio, extraordinario ebanista, abandonó a su madre Mariquina (así llaman a las Marías en Asturias) emigrando a Cuba, lugar donde se encontró con sus hijos mayores. Marcos, el más pequeño de los hermanos, y Guillermo se quedaron con la madre, que les dio educación y sensibilidad. La bisabuela Mariquina, para entender las cartas que Eleuterio enviaba a la familia, aprendió a leer sola, pero, a pesar de lo que le amaba, nunca volvió a verle, tal fue la pena profunda de una mujer incomprendida que ni siquiera supo que nunca podría competir con las bellas mujeres del Caribe.

Alejandro fue conociendo la historia de su familia tras aquellas partidas de ajedrez, cuando el abuelo, lejos de dar nada por acabado, iniciaba una conversación, la cual mantuvo luego a lo largo del tiempo con el propósito de procurarse un relevo generacional. Cualquiera de los nietos hubiera podido emprender el viaje propuesto, pero con el paso del tiempo, tras sucesiones, decepciones, amarguras propias de las familias, Alejandro fue quien definitivamente obtuvo el rango de favorito. Pudo influir su timidez y la necesidad de arroparse en la amistad del abuelo, y aunque sus ideas políticas no se aproximaron nunca, sí lo hicieron sus aficiones ajedrecísticas y literarias y el gusto por la conversación, ese placer en el que el abuelo Guillermo inició deliberadamente a Alejandro cuando tan sólo contaba seis años.

Desde mi percepción poética noto que esa conversación ha sido una larga Conversación mantenida con mi abuelo. Creyéndola acabada con su muerte, veo que puede proseguir tras todos estos años de soledad, por esto estoy escribiendo, porque deseo seguir hablando contigo abuelo Guillermo, porque quiero contarte aquel viaje último que me llevó a ti, un viaje en el que, aparte de la realidad sucedida, introduciré también algo inventado que ya barrunté hace tiempo y conté en otra novela encajonada, me refiero a una historia de amor no sucedida nunca, la cual no revelo de momento; quiero escribirte aquel viaje porque sé que eres mi lector único y más ferviente admirador, porque te debo muchas cosas y porque siempre has perdonado los errores que en mi relación contigo hayas podido apreciar, porque somos amigos profundamente unidos por un vínculo que no puede romperse, porque he sufrido lo suficiente para comprender tu sufrimiento, porque he cometido tantos errores como tú, porque la literatura, flotador inmenso al que me he asido como un niño, cuyo gusto me transmitiste, me ha salvado la vida. Quiero escribir para seguir conversando contigo, para mantener vivo el fuego de tu sueño, el de querer ser escritor y, no pudiendo serlo tú, o no siéndolo del modo que querías, serlo a mi través como si uno solo fuéramos otra vez, como lo fuimos -seguro que lo recuerdas- durante aquella plácida y larga conversación de toda una vida. Quiero demostrarte que es probable que tuvieras razón cuando dijiste que siempre sería, por encima de todo, un escritor, tanto te quiero y tanto te respeto que apuro me da dejar de serlo algún día. Así que lee, si lo deseas, abandónate conmigo a la aventura de escribir juntos para juntos de nuevo poder recuperar lo que perdimos con tu muerte.

El narrador siente el poder de la resurrección, pues, procedente de alguna dimensión desconocida, ha regresado el abuelo Guillermo. Lo ha hecho para seguir conversando sin presencia física, pero, quizás percibiendo que se encuentra con él, el narrador siente su compañía de nuevo, espectro del pasado que regresa y camina entre las líneas, inmerso en los espacios blancos y puros que permiten la estancia de un hueco significante. El abuelo está aquí, cabalga junto al escritor sin musitar palabra alguna porque confía, desde su eterno anaquel, que escribir de la mano de quien tomó su relevo lleva aparejado que éste lo haga desde el respeto que el novelista siente por algo tan grande como la amistad.

Ya no siento el tiempo, más bien me da la sensación de estar incorporado a él, no separado, como antes aconteciera. Creo que el pasado reciente que viví con mi abuelo no representa ninguna distancia en la historia humana, que está cercano y que ayer mismo conversábamos juntos; me da la impresión de que no sólo ese pasado tan cercano, sino también el más remoto, forma un colchón sobre el cual permanecemos todos, hojarasca histórica y dulce que sólo una equivocada percepción de las cosas hace que sintamos distante. Quizás por ello, más que de la resurrección de mi abuelo, cabría hablar de mi propio despertar, el cual, lo que son las cosas, viene a producirse un día común en el que he venido a recuperar su última carta, la que permanece silente bajo el cartapacio de mi despacho de abogado en ejercicio. *Te levanto, abuelo, como Jesús a Lázaro, porque descubro que resucitar a los muertos es más fácil de lo que pensamos. Tan sólo depende de nuestro propio despertar.*

Alejandro se deja llevar por la inercia de la conducción hacia Burgos, *la ciudad del eterno invierno* donde estudió. Tuvo una novia de carácter alegre que recuerda justo cuando el primer semáforo en rojo de la ciudad le detiene. Aquella mujer tenía un perro de color canela con el que compartían caminatas por el *Paseo de la Isla*, el cual puede ver al otro lado del río. Las novias de juventud se le antojan esplendorosas, aunque caducas, eternamente evocadas como una imagen reconfortante del pasado, seres a quienes se anuda el tiempo deteniéndose. Es verdad que éste se queda estático, casi como ese semáforo, ya verde, que pide abandonar el recuerdo por el presente. Atraviesa la ciudad retomando recuerdos a cada paso. Alejandro ha pertenecido a demasiadas ciudades y en parte envidia, porque tal cosa nunca le ha pasado, pertenecer sólo a una. Sabe que hay personas que nunca abandonan la suya, y que, habitarla siempre, les reporta la seguridad de estar anclados a una raíz, permanecen arraigados a unos amigos y también, a veces, a un amor definitivo. Alejandro no ha vivido así debido a un padre itinerante que le ha ido mudando de una ciudad a otra, también de un pueblo a otro. En su pasado confluyen el mundo rural y urbano de la España de las tres últimas décadas, y confluye, igualmente, vivir en la casa propia y en internados, pensiones y colegios mayores. Todo ha moldeado en él la necesidad de adaptarse constantemente, romper vínculos para recrear otros, pasar de lo construido a las ruinas que han requerido un nuevo levantamiento de la vida, y habiendo vivido así la infancia y la juventud, luego, al final, hace pocos años, también ha tenido que romper con la Vida escrita en mayúsculas, pues, no hace muchos años, sintió el sesgo temprano de la muerte del padre, momento radical que le ha iniciado a buscar su ser y a construirlo partiendo de los materiales de que dispone.

En estos instantes de su vida tiene alma de escritor, se ha iniciado para regurgitar el dolor experimentado y la soledad, que le ha clavado al confidente de su despacho de abogado en ciernes, y aunque no escribe como lo hará luego, la literatura nunca le abandonará. El cielo está despejado en esta histórica capital de Castilla, límpido, claro, diáfano, circunstancia habitual incluso en los momentos más crudos del invierno, y la luz que observa Alejandro le alegra, se une a la ilusión de este último viaje en busca del abuelo Guillermo, pero los recuerdos se quedan tras la ciudad que deja, ciudad de pasado a la que no pertenece ni ha pertenecido, pues sólo la ha habitado como un extraño sin que la ciudad lo quisiera. En toda ciudad hay habitantes de paso, al final todo el mundo sabe quién no pertenece a la ciudad. La ciudad no se encariña nunca con quien debe extrañar algún día, quizás por ello Alejandro tampoco siente excesivo cariño por una ciudad que, al mismo tiempo, siendo muy joven, justificó el extrañamiento de su propia casa cuando su padre, en un arranque educacional motivado para hacerle vivir experiencias menos dulces, le envío al internado de los jesuitas, universo henchido de diplomacia contenida y, por aquel tiempo, algo inquisidor.

Alejandro nunca iba a misa porque no creía en la recreación ritual del catolicismo. En ello influían las creencias de su madre Menchu y del abuelo Guillermo, lo cual le puso en el disparadero del director del internado, un fascista de Valladolid, que -ahora hay que verlo con perspectiva- no tuvo empacho alguno en interrogarle de noche, aprovechando tal nocturnidad, como si de una comisaría de Policía se tratara, para entresacarle si sus padres eran comunistas. Experimentó miedo, culpabilidad, se sintió injustamente tratado por aquel ignorante de siete suelas, aquel ignorante que, sin embargo, hablaba siete idiomas. Años más tarde, supo que unos cuantos pelotas acudían a la misa diaria del internado porque este comerciante del espíritu aumentaba medio punto la nota en la asignatura de inglés que impartía. Alejandro, recordando aquel momento, ironiza pensando que aquel padre jesuita estaba probablemente convencido de que el inglés, siendo tan universal, era la lengua común de la almas que merecían el beneficio de la eternidad. El abuelo Guillermo seguro que hubiera preferido el Esperanto, idioma muy en boga en las gentes de izquierda, lo cual hace sonreír a un conductor decidido a atravesar la Castilla más profunda. Libre como el viento, el Volkswagen lo pide.

Ilusionado por el inicio de un relato que le reencuentra con el abuelo perdido, el narrador sintió anoche la necesidad de inmiscuirse en la propia novela y, no afectándole ser al mismo tiempo personaje literario y creador (aunque sabido es que nunca se sabe qué o quién verdaderamente impulsa una obra), pensó que podría retroceder en el tiempo colándose de rondón en el avión que espera a Alejandro en el Madrid Barajas de hace casi dos décadas, colarse para estar junto a él y duplicar literariamente su propia imagen. Aprovechando la libertad creativa, el escritor pretende habitar el mismo espacio-tiempo que se narra, ello le llevará a un reencuentro físico con el abuelo Guillermo.

Sí, abuelo Guillermo, ya que no me es posible hacerlo en este tiempo, he decidido viajar hacia ti para encontrarte en la Tierra, quiero palparte otra vez, quiero que te enorgullezcas por lo construido y comprendas mis muchos errores, porque, en definitiva, sabiendo ya que las penas y las alegrías deben ser compartidas, he de reconocer que no he encontrado mejor amigo que mejor me comprenda. Espero que Alejandro no se reconozca en mí, a pesar del más que evidente parecido físico. Tengo la ventaja de haber ganado peso y acostumbrar, durante algunas semanas del año, a llevar barba, la cual, aunque no enteramente pero sí en gran medida, brota cana. Quizás Cervantes diría que se escribe mejor con el entendimiento, el cual mejora con los años, siendo las canas, por tanto, un indicio evidente del mejor entendimiento; luego por Cervantes y con él entonces, albergo la posibilidad de que esta ilusión de mezclarme con vosotros sea comprendida. Tú lo sabes ahora, porque te lo estoy diciendo, pero el abuelo del relato al que visito lo desconoce por completo y no sé si me reconocerá cuando nos veamos. Parece claro que la ficción, que por propia y gustosa licencia empleo, trastocará lo real, pero creo que el lector sabrá discriminar lo uno de lo otro y agradecerá que el curso de lo escrito vaya perdiendo el tinte autobiográfico que, a ojos más severos y probablemente más justos, podría desmerecerlo. Parto, pues, hacia el Barajas de entonces sin más billete que el que me permite la imaginación, mas mientras llego (aún no sé cómo, pues desconozco la manera de viajar en el tiempo), he de dejarte con la narración. No sé si notas que, como imágenes multiplicadas en un espejo de feria, aparecemos el abuelo de entonces junto al abuelo de ahora -esto es, el eterno-, y el joven que fui (me he bautizado con el nombre de Alejandro) junto al Guillermo de hoy. ¿No es así quizás la eternidad? ¿No se despliegan en ella todas las posibilidades del ser? No me digas que se hace tan pesada y aburrida como para ofrecer un tono monocorde, porque entonces no sabría decirte si merece la pena. Un escritor no puede ir al cielo perdiendo la potencia de la imaginación, y, si Dios no se la concede, habremos de convenir que no es justo. De nuestras charlas, habiendo tenido discrepancias grandes en algunos aspectos de la vida, siempre hemos estado de acuerdo en no creer en la imagen católica del Dios que nos han ofrecido. Si Él es un creador, debe comprender una eternidad plena de matices, un tiempo circular inagotable que abarque todas las posibilidades del espíritu.

El narrador está haciendo la maleta, tarea nada fácil si se comprende que se enfrenta a un viaje a través del tiempo y que, por tanto, no puede ofrecer ninguna pista que le delate. Como quiera que suele viajar con libros, mas no queriendo prescindir de esta inveterada costumbre suya, ha de abandonar, porque no le queda más remedio, un ensayo titulado *Historia moral del Rostro* y también la *Teoría Pura de la República*, de Don Antonio García Trevijano. Don Antonio García Trevijano, resulta curioso, le recuerda un poco a su abuelo perdido. A partir de los errores históricos de la Revolución Francesa, ha escrito un ensayo que denuncia los errores de las democracias europeas continentales para centrarse luego en el propósito de la construcción teórica de la República Constitucional. Este pensador español, que tuvo cierta participación política al inicio de la transición, ha comprendido, como el abuelo del narrador, que llega un momento en que es preferible crear escuela y mostrar a los jóvenes la experiencia del pasado a fin de que no cometan los mismos errores. El abuelo Guillermo se pasó gran parte de aquella larga conversación intentando que el nieto asumiera su propia experiencia para incorporarla al presente, pero el nieto, rebelde entonces, rechazó que las personas renunciaran sin más a cometer sus errores y no le hizo caso. Don Antonio, que a lo mejor es tan dogmático como el abuelo Guillermo, tiene la misma frescura juvenil que a veces, muy pocas, anida en los hombres senectos, aquellos que han combatido honestamente por crear un mundo mejor, pero el dogmatismo, hay que decirlo, arraiga en personas honestas que creen en lo que afirman, siendo por tanto disculpable. Don Antonio inspira en el narrador el mismo sentimiento de afecto que le inspirara su abuelo, por eso le lee con más cariño que a otros escritores, aunque procurando, eso sí, ser crítico en determinados puntos.

Para no levantar sospechas, ha decidido buscar algún libro que le permita pasar el tiempo vacío que todo viaje deja y todo buen viajero sabe aprovechar. Se topa con un viejo volumen de Siddartha de Herman Hesse, libro con el que se siente muy vinculado porque fue el abuelo Guillermo, precisamente, quien se lo regaló; curiosamente, el libro lleva una dedicatoria firmada por el abuelo. Herman Hesse estuvo muy presente en sus conversaciones de entonces debido al aire bohemio, contestatario, profundamente filosófico y moral del autor, y por el exotismo de traer a colación la cultura oriental de la India. Al nieto le encantó aquel libro, sobre todo su comienzo, que recuerda perfectamente cuando evoca la imagen del hijo del Brahmán ejercitándose en la meditación trascendental. Se trata de un libro iniciático de búsqueda de la verdad espiritual, propósito que luego anidaría en Alejandro para socializarlo con un grupo humano del que, si la ocasión lo permite, se mencionará algo más.

También ha encontrado un viejo ejemplar que no levantará las sospechas de sus futuros compañeros de viaje. Se trata de el "El viejo y el mar", de Ernest Hemingway. El nieto se lo regaló al abuelo porque, leyéndolo antes, encontró en la trama cierta semejanza con la relación que ambos desarrollaban. Al igual que el viejo pescador protagonista de la novela universal de Hemingway, el abuelo Guillermo, al final de sus días, cayó en el ostracismo manteniendo una lucha constante por la recuperación de la abuela Pilar. No ha de escapársenos tampoco que el niño que ayuda al pescador en el libro bien podría identificarse con el propio Alejandro, que siempre estuvo cerca del abuelo compadeciéndose de su sufrimiento. El abuelo Guillermo devoró aquel libro y no se sabe con certeza si luego se interesó por algún otro del Nobel norteamericano, aunque es probable que no lo hiciera. El propio Alejandro abandonó al autor después de que empezara a sentirse interesado por otro tipo de lecturas, pues Hemingway acabó por parecerle un escritor poco maduro, aunque tierno, inocente y extremadamente sensible.

La ropa no parece un gran inconveniente para la maleta del escritor metido a personaje de su propio libro. Los vaqueros *Levis Strauss* que suele llevar cuando viste deportivamente se comercializaban entonces y su diseño se ha hecho clásico con el paso del tiempo; además, los que tiene ahora están desgastados tras múltiples lavados y dispone de otros grises de recambio. Las camisas tampoco se le antojan imprudentes y decide arriesgarse a que desentonen un poco de la moda del tiempo que va a vivir. Para Canarias le basta una cazadora deportiva clásica de las de siempre, una inglesa de marca cuyo nombre, porque no lo sabría escribir aquí correctamente, decide omitir. El neceser complica un poco la tarea, pero como lleva barba poblada prescinde de la moderna maquinilla de cuatro hojas que hubiera llamado la atención de cualquiera; también prescinde del cepillo dental eléctrico, poco frecuente entonces; sus pastillas habituales complican un poco la historia porque no puede llevar *ciloric*, inexistente en los años noventa. Lo mejor será confiar en una Farmacia de Las Palmas cuando llegue, si es que le administran sin receta, pero el lector comprenderá la dificultad de presentar una receta del dos mil once en el contexto de la España de principios de los noventa.

Viajar en el tiempo se está demostrando que no es cosa tan fácil como parecía en un principio, sobre todo cuando, por imperativo legal, tiene que explicárselo a MJ, su mujer, y a las niñas. Desde *milnovecientosnoventaydos* no será posible llamar a casa porque, por esas fechas, ni existía la casa de Palencia ni MJ conocía al narrador, del que se enamoró y él también, en mil novecientos noventa y seis. MJ exigirá algún tipo de comunicación telefónica, pero no sabe si funcionará el móvil. Resulta arriesgado llevarlo, pero si lo oculta dentro de la maleta nadie se fijará y podrá utilizarlo por las noches si hay cobertura. MJ se desenvuelve perfectamente dentro de lo que domina y tiende a huir de las cosas que se apartan de la realidad, siendo este viaje algo que colma, notoriamente, todas las hazañas anteriores del cónyuge.

Ha pasado tiempo desde que escribí el anterior párrafo y ya he hablado con MJ, que me ha dado su permiso a regañadientes. Con la mayor prudencia, repasando mentalmente un hipotético diálogo con ella, el cual he decidido luego abandonar a la improvisación, que nunca me ha fallado, me he acercado al cuarto de estar y me he sentado enfrente, posición exigida cuando se quiere hablar de tú a tú con nuestra pareja. MJ es una mujer morena, elegante y hermosa, de carácter noble y auténtico, instalada en la realidad y por tanto muy práctica, carácter que lógicamente le ha llevado a tener por destino a un complementario tan idealista como yo.

- ¿Qué haces? -pregunta MJ

- Nada, estoy con este libro.

- Ya…

- Sí, el de Antonio García Trevijano, me lo ha recomendado Jorge.

- ¿El de Facebook?

- Justo. Es un tipo interesante y creativo.

- ¡Dichoso Facebook¡-espeta en tono displicente, pero crítico- (MJ, que no ha entrado en el mundo informático, no comprende este tipo de amistades.)

- Estoy pensando que a lo mejor lo dejo por unos días…. (lo del Facebook me ha venido de perlas para coger el toro por los cuernos.)

- ¡Anda!, tampoco es para tanto.

- Verás, es que se me está ocurriendo que podía tomarme un respiro en Facebook y aprovechar para hacer un viaje esta Semana Santa.

- ¿Sin nosotras? Nunca te has ido solo por ahí. ¡Qué raro!

- No pienses mal. No se trata de eso…

- ¿De qué entonces?

- Es un viaje en solitario para refrescar la memoria, aunque puede ser que vaya a un sitio sin cobertura y no pueda llamar. Eso es todo.

- ¿Te pasa algo?

- No me pasa nada, descuida, sólo necesito airearme.

- Es rarísimo, nunca sales solo, jamás has pasado un fin de semana sin nosotras, y ahora, de repente, dices que necesitas airearte para refrescar la memoria. (MJ está un poco nerviosa porque piensa que hay algo que no funciona, pero no resulta fácil explicar a tu mujer que tu intención real es hacer un viaje en el tiempo).

- Bueno, pues no voy y ya está. Si no te fías me quedo.

- No entiendo nada. ¿Qué refresco necesitas? ¿Te pasa algo?

- Te he dicho que no.

- ¿Dónde vas?

- A Canarias.

- ¿No podemos ir nosotras?

- No.

- ¿Por qué?

- Porque necesito estar solo y recrear el tiempo que viví con mi abuelo. Quiero escribir un libro.

- Muy bonito, tú a Canarias y nosotras en casa.

- Podéis ir a Asturias, a Cangas, os gusta mucho.

- Es que sin ti no es lo mismo…

- Me quedo entonces.

- ¿Seguro?

- Si no hay otro remedio...

Retomo el libro y me quedo circunspecto. MJ esboza un mohín de tristeza, pero advierto que está blanda. La verdad es que nunca las he dejado solas y parece un poco rígido no ceder una vez en tantos años. Por un momento pienso que podría llevar a Blanca, que es la más aventurera, pero quizás es demasiado pedir, o quizás no, quién sabe. Maduro la idea mientras MJ se ablanda un poco más, y cuando el pan está a punto de cocerse lo suelto.

- ¿Y si me llevo a Blanca?

- ¿No decías que necesitabas estar solo?

- Un niño no molesta nunca, deja pensar.

- ¿Y Carmen? ¿No le parecerá un agravio?

- Quizás, pero también puedo llevarla conmigo otra vez. Además, si la llevo tú te quedas sola…

- No sé. Me pilla de sopetón.

- Pero si viene -matizo para reafirmar el terreno de la

conquista- no puede llevar playstation ni nada por el estilo, nada que sea moderno.

- ¿Cómo? -me mira ojoplática.

- Es que no quiero que se acostumbren a viajar sin mirar el mundo.

- Tienes unas cosas a veces... De acuerdo que no viaje entretenida con aparatos, pero ...¿no pretenderás que se pase tres días sin nada suyo?

- Justo.

- ¿Y si no quiere?

- Ya verás como sí. Ah, no creo que le hagan falta esos playeros tan modernos, porque va a parecer un extraterrestre.

- ¿Qué?

- Con unas francesitas clásicas y con playeros normales de toda la vida, o con unas alpargatas de esparto para la playa va muy mona.

- Sabes que le encantan esos playeros.

- ¿Entonces, nos dejas ir?

- No sé. No sé. Bueno, anda. Vete. ¿Cuándo tienes pensado partir?

- Hoy mismo.

- ¿Hoy?

- Sí, hoy mismo. Ahora más bien.

- ¿Estás loco? Hay que prepararlo todo.

- Salimos sobre la marcha. Me gusta improvisar y que Blanca aprenda a ser una viajera. Te garantizo que es un viaje que no olvidará fácilmente.

Mientras el narrador dispone las cosas, Alejandro prosigue el viaje iniciado en la madrugada de uno de los primeros días de las vacaciones de semana santa de _milnovecientosnoventaydos_. Atraviesa los campos de la meseta dejando atrás Lerma y, más adelante, Aranda de Duero, pueblos aún de la extensa geografía burgalesa. Para en "Tudanca", complejo hotelero sito al borde de la nacional, porque allí solía parar también su padre. Todo hombre que lleva algún muerto a sus espaldas adora recorrer los senderos que han dejado sus ascendientes, pues el recorrido del mismo espacio que estos frecuentaron fomenta la unión espiritual que ayuda a tenerlos presentes. Sin darse cuenta, Alejandro ha ido incorporando gestos del padre fallecido, también el modo de entonar algunas frases y giros interlocutorios, sobre todo los más breves. La resurrección del padre en el hijo se produce de esta manera inconsciente, se va fijando con el pasar de los años, y, con los años, el hijo habla interiormente con el padre, le introduce en su vida y le pregunta, a veces, qué cosa es más conveniente hacer. Emín era un hombre demasiado generoso para seguir viviendo, quizás había completado el ciclo que se espera de alguien así. Alejandro sostiene que, cuando una persona llega a serlo, cuando lo material no cobra interés alguno, el espíritu necesita unirse con el todo cósmico, panteísmo doméstico, el de Alejandro, al que no renuncia (al menos teóricamente). Tras el fallecimiento de Emín, Alejandro buscó una respuesta. Apoyado en lo que se acaba de sugerir, concluyó que la separación se hacía necesaria para que él mismo creciera. La personalidad de Emín era muy fuerte y le ensombrecía por su personalidad marcada, ya hecha, pero también resultaba demasiado protector y poco dado a complacer la independencia. Su muerte, en cierta medida, representó la liberación de

Alejandro, que pudo dedicar sus esfuerzos a desarrollar su vertiente práctica -la abogacía- conjuntamente con la parte más idealista que el padre rechazaba. Un nuevo Alejandro nació con la desaparición del padre, el que debía ser, y la muerte se hizo comprensible por necesaria, justa por el momento, dura por la prontitud, pero un punto de inflexión totalmente justificado.

Un café y un suizo bastan al viajero que se alimenta de la ilusión. Prosigue devorando asfalto, disfruta cabalgar con el vehículo por la meseta imaginándose un caballero medieval de la tabla redonda, sensación placentera que aún desconoce la importancia que tendrá en su vida. Alejandro tiene imaginación para vivir y hay que decir que, en momentos como este, se despliega con mayor ligereza, volando libre como él. Tiene con su corcel una unión telúrica. No puede olvidar que el Volkswagen fue conducido por su padre y que él mismo pasó de escudero a caballero tras una iniciación rápida consumada en tan sólo dieciocho días. Le gusta cabalgar en solitario porque la soledad ha sido su mejor aliada desde que tuvo que afrontar el rigor de la vida sin muletas, y la soledad es tierra fértil para el desarrollo del pensamiento y para descubrir las claves esotéricas que explican todo. A pesar de que se ha pasado media vida en vaqueros rechazando las invitaciones paternas a la misa dominical, acrisola religiosidad en el sentido de tener trascendencia, si bien -tal cosa parece indiscutible- no está abocado a desarrollarla en un mundo como el católico, que le parece anacrónico y ritualmente desmarcado del mundo moderno. Ha pasado muchos años desarrollando una vida interior que debe socializar ahora con sus iguales, pero en el mundo moderno resulta relativamente complejo relacionarse con personas dispuestas a profundizar. La impronta del padre le ha marcado de manera inevitable, pues Emín vivió una religiosidad sincera que no practicaba de cara a la galería, sino de puertas para adentro, predicando con el ejemplo, y el ejemplo, en el hijo, cuando el padre no se presta fácilmente a la contradicción, prende de una u otra manera.

La sierra aparece al fondo del horizonte. Castilla es variada y hermosa, y la provincia de Segovia es un ejemplo. El corcel debe dosificarse si quiere subir el puerto sin perder respiro, pero el tiempo apremia y el caballero quiere llegar pronto al aeropuerto, lugar que desde niño le parece fascinante y gusta disfrutar sin prisas, paseando y observando a la gente, tomando un café tranquilo, desplegando el anonimato que la vida rural impide. Alejandro es un hombre de mundo, un aventurero, un capitán de barco sin yate, un beduino del desierto, un indio de las llanuras, un devorador de horizontes, alguien sin anclajes al que no resulta fácil recluir. Por eso se ha forjado un universo literario, porque la pantalla blanca del ordenador se parece bastante a un océano presto a ser navegado.

Blanca está contentísima. La idea de viajar de nuevo a Las Palmas le ha cambiado la cara, pero lo que más ilusión le hace es que su padre la haya elegido como compañera de viaje. El narrador sabía que una niña de diez años no pondría reparo a realizar un viaje en el tiempo. Ya sabe distinguir turistas de viajeros, quizás porque MJ y Carmen ponen más remilgos y no se adaptan tan bien como ella, lo cual refuerza su personalidad y le permite afianzarse desde el sacrificado estatus que comporta ser la benjamina de la casa. Aun con todo, el narrador no está muy seguro de llevarse a Blanca de viaje por el tiempo, incluyéndola así en el repertorio de personajes que pululan por el libro, ni tan siquiera ha meditado las consecuencias que esto puede acarrear en un futuro (¿celos de Carmen por no aparecer en el libro, cuando ama a las dos por igual?, ¿bloqueo en el desarrollo de la propia novela por la incapacidad de Blanca para superar la prueba de relacionarse con seres del pasado, con su propio padre antes de que la engendrara a ella misma, y con un bisabuelo muerto?). Lo cierto es que ya han llegado al Barajas de *milnovecientosnoventaydos*. El lector no debe indagar cómo se ha producido tal encantamiento, pues, si es un buen lector, debe confiarse a la realidad que marca la literatura -otro tipo de realidad ciertamente- y obviar los imponderables que el sentido común suele imponer a la ficción. Hay veces, como es el caso, en que el cómo no importa tanto como el qué, podemos correr un tupido velo y convenir que Blanca y su padre han llegado al aeropuerto mucho antes que el joven Alejandro, futuro padre de una niña tan valiente como intrépida. Blanca se ha quedado boquiabierta al contemplar el panorama de un aeropuerto que no se parece en nada a la *Terminal Cuatro* que visitó el verano pasado. Comprende que ésta no está porque no ha sido construida y se siente privilegiada observando niños que no sabrían manejar videoconsolas ni ordenadores modernos y que nunca visitarán, porque tampoco ha sido construido aún, el fascinante hotel Baobab del sur de Gran Canaria. De pronto, como por arte de magia, ha pasado a ser una niña privilegiada que juega al fútbol con sus compañeros de clase, conoce Disneyland y estudia en un colegio bilingüe. Es la reina tuerta en un mundo de ciegos y el narrador disfruta contemplando su complacencia. Hay pocas escaleras mecánicas y echa de menos las cintas planas que te transportan sin necesidad de andar; las tiendas le parecen un poco más cutres, y no ve por ninguna parte las franquicias de restauración que le gustan, pero ha descubierto que las cristaleras del aeropuerto permiten ver el despegue de los aviones mucho mas cerca, cosa que le encanta.

El narrador recuerda a su padre. Al igual que Alejandro, que aún conduce hacia Barajas, no le ha olvidado. Le tiene más sedimentado si cabe y sus propias hijas lo llevan consigo porque, desde niñas, les ha hablado de él. Cuando el escritor tenía la edad de Blanca ya había visitado Barajas con Emín. Ahora, le recuerda junto a él observando los aviones, cogiendo su mano, y espetando: ¡Qué grande es la ciencia! El escritor, algo nostálgico, trayendo aquel momento al presente, a este especial presente que curiosamente no deja de ser pasado, aprieta la mano de Blanca y suelta muy emocionado la misma frase.

- ¡Qué grande es la ciencia!

- ¿Qué? -contesta Blanca, un poco confusa porque no sabe si la frase es para ella o si su padre está hablando para sí.

- Eso, cariño. ¿No dices que quieres ser científica?

- Sí.

- Pues la ciencia es grande porque nos hace avanzar, hacer cosas mejores.

- Esos aviones son peores que el airbus que nos llevó a Canarias -replica con desprecio infantil.

- Ya, pero sin estos nunca hubieras montado en el airbus. Lo que ha pasado antes es necesario para el presente. Estos aviones se fabricaron hace veinte años, todo era distinto, ni el Real Madrid jugaba como ahora, ni España soñaba con ganar la copa del mundo.

- ¿El Madrid era malo?

- No era tan bueno como hoy. Nos vamos a perder el partido de la final de copa del Rey, ahora que lo pienso.

- ¡Es verdad! ¡No me había dado cuenta…! Si lo llego

a saber no vengo.

- No seas turistorra, anda….¿No te apetece la playa?

- No sé, el Baobab tampoco está.

- Ah, pero está la playa de Las Canteras. El océano es el mismo desde hace miles y miles de años, no notaremos la diferencia; lo demás, el paseo de la playa, por ejemplo, está casi igual. A lo mejor lo encontramos menos estropeado y seguro que algunos apartamentos están nuevos.

- ¿Y cómo vamos a pagar?

- ¿Eh? -pregunta sorprendido papá.

- ¿No nos has dicho siempre que antes no había euros?

- ¡Vaya por Dios! Me acabo de dar cuenta de que no tenemos dinero.

- ¡Pues sí que la hemos hecho! ¿Hay cajeros? -pregunta Blanca.

- ¿De Caja Duero? Puede, no sé. En aquellas fechas tenía el mismo número de cuenta, pero no creo que funcione la banda magnética. Podemos intentarlo si quieres, pero si sacamos dinero me lo robaré a mí mismo, no olvides que el padre joven que tenías está de viaje y también lo necesitará. Viajar en el tiempo es un inconveniente. ¿Cómo no me di cuenta en casa? No tenemos dinero, Blanca.

- ¡Me parece que no! -exclama entre preocupada y divertida

– Pero nosotros no somos simples turistas, ¿no?

– Somos viajeros. Mamá y Carmen son turistorras.

Tras descartar el cajero, para no robar a Alejandro, los viajeros deciden regresar de nuevo al Madrid Barajas del *dosmilonce*. La iniciativa resulta compartida, aunque hay que notar que Blanca ha tenido unos reflejos magníficos al recordar el establecimiento de cambio de moneda de la _Terminal Cuatro_. La memoria de los niños es una esponja que atesora los más nimios detalles, y en esto a lo mejor hay que pensar que un ser sin pasado, con todo el horizonte de la vida por delante, necesita rellenarse de sucesos para afirmar la solidez de su pisada por el mundo; la memoria de los niños, digo, esponja dúctil que atesora los más nimios detalles, suele sorprendernos cuando nos relacionamos con ellos. El verano pasado (en realidad era el verano de casi veinte años más adelante), mientras esperaban la partida de su vuelo, el narrador tuvo la feliz idea de acercarse al puesto de cambio para adquirir tres dólares: uno para Carmen, otro para Blanca y otro para él. Se le ocurrió sin más, a bote pronto, para que las niñas tuvieran un símbolo que les recordara aquel día, bien cierto que con un desafortunado toque crematístico, pero Blanca enseguida se dio cuenta de que aquel billete tenía el símbolo de los amigos de papá, los de la pandilla secreta; las cosas volvieron a su cauce sin que el padre se lo propusiera, pues el símbolo que contenía el billete de dólar le proporcionó el significado fraternal del que a simple vista carecía (la vida quizás es un poderoso juego de anversos y reversos, de caras luminosas y ocultas, juego apasionante en cuya interpretación cabe perder el tiempo sin llegar a despreciar nunca nada).

Blanca acaba de recordar el dólar del verano pasado porque ha asociado lo perentorio del momento al aeropuerto moderno que conoció. No sabe que el dólar vale para Canarias y que los tres mil euros que lleva papá en la maleta puede cambiarlos por dólares en la Terminal Cuatro de Barajas, pero, para ese menester menos importante, ya está preparado el narrador . De vuelta a la moderna terminal de Barajas, tras atravesar desde luego las sinuosas espirales del tiempo en fracciones mínimas de segundo, los viajeros encuentran una nueva oportunidad para comparar su tiempo con el anterior. Noqueados por el zigzag del viaje temporal, no salen de su asombro al contemplar la hermosa estructura donde la tierra termina y deja paso al aire, libérrimo elemento donde los haya.

– ¡Qué grande es la ciencia! -exclama Blanca

– No me hagas reír, por favor... -sonríe el escritor metido a viajero en el tiempo.

– Hago lo que tú haces...

– Y ésta ciencia es mejor que la de hace veinte años, ¿a que sí?

– Buenooo, un poco.

– Anda, venga, mira aquel airbus que tanto te gusta. Pero antes había un avión ultrasónico que ya no existe, mira por donde.

– ¿De verdad? ¿Ultrasónico?

– Sí, era un avión que atravesaba la barrera del sonido. Ultra significa más allá, sónico significa sonido; ultrasónico quiere decir más allá del sonido, que traspasa la frontera del sonido

– No entiendo muy bien, papi.

– Iba más rápido que el sonido. O sea, llegaba antes que lo que tardan en llegar mis palabras a tus oídos. Imagina un "Concorde" diminuto.

– ¿Concorde?

– El "Concorde" era el avión ultrasónico que había entonces. Atravesaba en pocas horas el Atlántico desde París a Nueva York. Imagina un "Concorde" diminuto que yo pudiera lanzar con mi mano a tus oídos. ¿Lo ves?

– Más o menos...

– Bueno, pues si yo lanzara el Concorde al mismo tiempo que un "te quiero" dicho con palabras, el "Concorde" llegaría antes que el "te quiero".

– ¿Ah, sí?

– Sí señorita. Si viajara a la velocidad mach 1 llegaría un poco antes, y si viajara a la velocidad mach 2 lo haría en la mitad de tiempo. Pero eso no demuestra que la ciencia sea más grande que el amor. ¿Tienes hambre?

– Sí.

– Pues casi es mejor que comamos aquí, ¿no crees?

– Vale. Únicamente…

– ¿Qué?

– El carrito de las maletas.

– ¿Qué le pasa?

– Tiene más de veinte años, es viejo. Se darán cuenta

– ¡Propón algo!

– Coger uno moderno y esconder el viejo hasta que nos marchemos.

Blanca demuestra tener recursos para un viaje tan comprometido. El narrador, irremediablemente introducido en su propia novela, decide comer en un selfservice que conserva como fondo el decorado de una taberna del Madrid antiguo. Se llama "El Viejo y Guille", lo conoció el verano pasado por casualidad y porque Carmen, su hija mayor, descubrió que el nombre era divertido y se lo advirtió al narrador. Lo que Carmen no sabía es que el escritor llamaba a su abuelo "Viejo"y que el abuelo le llamaba a él Guille. Teniendo en cuenta que entonces se dirigían a Canarias y que el abuelo vivió allí, la coincidencia aparentemente casual no le pareció tal al narrador, sino un guijarro puesto para comprender alguna complicada trama causal. El viaje del *dosmildiez* no fue casual y su circunstancia muy recomendable para aquellos que no saben ver las caras ocultas de la vida, esos reversos significantes que, como entre bambalinas, dejan el poso de lo que está un poco más allá. El escritor, viajero, nieto, padre, y casi hermano de un Alejandro joven a punto de llegar (advertirá el lector que al Guillermo joven se le ha bautizado Alejandro), el escritor, viajero, nieto, padre y casi hermano de un Alejandro joven a punto de llegar, digo, piensa que si el Concorde llega antes que el sonido, a nadie debería extrañar que determinadas facultades de la mente permitan llegar más allá de lo visible, y que, por tanto, existan guijarros esparcidos que permiten aventurar el futuro.

Un puñado de dólares en la maleta, un carro de hace veinte años, dos pasajeros que esperan su vuelo en el tiempo, y una comida apetitosa, es lo que hay. Paella y *Coca-cola*, bebida a la que el escritor, muy amigo de los juegos de palabras, ha decidido llamar "champán del imperio". Blanca todavía tiene más conejos en la memoria.

– ¿Te acuerdas de la paella de Valenciaaaaaaa? -pregunta estirando la pronunciación de la última palabra, tal y como los niños suelen hacer cuando recuerdan admirativamente algo.

– Sí. claro. La de "La Pepica", donde comía Hemingway.

– Y el abuelo Guillermo, tu padre -matiza Blanca-. Lloraste delante de José Carlos. ¿Te acuerdas?

Claro que lo recuerda, ¡cómo va a olvidarlo!. Fueron con Ana, José Carlos y las niñas, Sara y Beatriz y, expresamente, porque lo quiso Guillermo, comieron en "La Pepica", pues se trataba, como siempre, de aterrizar en los lugares que los muertos dejan, iglesias sagradas, templos profanos que nos son obligados a los herederos (se desconoce si el lector tiene muertos a sus espaldas y si está en condiciones, como el narrador, de peregrinar por sus ermitas memorables). Emín trabajó durante un tiempo como veterinario del laboratorio agropecuario de Valencia, y, debido a la libérrima soltería de entonces, solía comer en "Pepica" con relativa frecuencia. Guillermo hijo, un poco más allá en el tiempo, consciente de la envergadura del momento, con el alma abierta, maravillado por los azulejos hermosos del restaurante, por la luz del Mediterráneo, por el movimiento constante de los camareros, a gusto en la compañía de un buen amigo como José Carlos, suficientemente íntimo como para dejar aflorar sus sentimientos, no contuvo las lágrimas. Claro que lo recuerda. Su vida está llena de conversaciones y recuerdos..., quizás más que de acciones.

– ¿De Hemingway no te acuerdas? -insiste el padre

– Sí. Ya lo sé. El de "El viejo y el mar"

– Lo he cogido de la biblioteca, como tú no lo lees ya...

– Lo empecé...

– Pero te aburre..

– (No sabe, no contesta)

– Lo he cogido, que lo sepas. Lo he traído para que no noten que leo cosas del futuro.

Silencio de Blanca: recuerda que no se pueden traer

aparatos modernos y ella ha contravenido la orden del capitán.

– Aunque, la verdad, por mucho que planees un viaje siempre te sorprende algo. Casi nos quedamos sin dinero.

Blanca sigue callada. Lo que le pasa es en parte culpa suya y en parte no lo es. Su padre, aficionado a la fotografía, ha querido hacerlas "cazadoras de tiempo". Blanca lleva siempre la cámara digital acuática, pero van a un momento del tiempo en el que lo digital no ha sustituido a lo analógico.

– ¿No te gusta la paella?

– Síiiiiiiiiiiiiiiiiiiiiiiiiiiiiiiiiiiiiiiiiiiiiiii (alarga el monótono y monocorde sí, lo estira dejando en el rostro la inequívoca señal, porque es muy auténtica, de que algo esconde.)

– ¿Pasa algo?

Está a punto de soltarlo todo por esa boquita de piñón y el narrador sabe que no falta nada. Hay veces que la paciencia vale para pescar peces o niños.

– Blanca, ¿te pasa algo?

Es cuestión de insistir, pero ha insistido tanto, y se ha regodeado tanto en la captura del pez que el pez ha encontrado una vía de escape. Es muy lista esta viajera intrépida y su padre no sabe el as que tiene en la manga)

– ¡Está riquísima!, -dice ya pletórica, aireada, pulmonarmente llena, liberada y contenta

– Pero...¿Te pasaba algo? -busca sin seguridad de encontrar nada, imaginando ya el sedal vacío

– Ah... nada. Que me he traído la cámara digital. Me he dado cuenta ahora.

– ¿Quéeeeeeeeee? ¡En mil novecientos noventa y dos, señorita, no había cámaras digitales acuáticas.! Nos delatas. ¿No crees? Te dije que no podíamos llevar cosas modernas. (el padre piensa ingenuamente que ha capturado su pieza pero le extraña la seguridad que Blanca muestra una vez prendida del anzuelo).

– Ya. Pero...... (siempre hay un pero que corta el bacalao.)

– Pero...

– Con una cámara digital podemos probar que hemos viajado en el tiempo. Si me fotografías con el bisabuelo y contigo de joven... mamá y Carmen van a alucinar.

– Está muy buena la paella, Blanca. (el pescador ha sido cazado.)

– ¡Qué grande es la ciencia, papi!. (esto ya es como un amén Jesús o Santiago matamoros cierra España, o un madre de la misericordia bendita, o, mejor, aún, un buen punto y aparte.)

– Deberíamos regresar a _milnovecientosnoventaydos_. Tenemos que averiguar el avión que cogerá tu padre más joven.

– Hay que coger el otro carrito.

– Vale. Vamos.

De regreso al otro lado del tiempo, los dos viajeros buscan a Alejandro con el propósito de saber qué vuelo cogerá. Alejandro ha llegado hace tan solo una hora, mientras ellos comían. Él también lo ha hecho y ahora toma café junto a unas jóvenes vecinas escandinavas que departen pacíficamente, casi sin romper la virginidad del silencio. No puede evitar detenerse en la contemplación de la más joven. En ese tiempo, Alejandro siente una inclinación muy acusada hacia lo femenino, está a caballo entre dos generaciones de hombres que se diferencian por la afirmación de la masculinidad o la feminidad. Alejandro, que sabe que la elección de pareja requiere ceder parte de lo que le fue transmitido tanto por su padre como por su abuelo y tampoco está dispuesto a ceder todo el terreno, sino el que le parece razonable, representa, por tanto, un intermedio.

Ha comprado un ejemplar de "El País" porque la prensa de izquierda mantiene un prurito que marca tendencias. A pesar de no ser un votante del partido socialista ha desarrollado una mentalidad intermedia entre la derecha y la izquierda que, no siendo más que un reflejo del híbrido que han construido su abuelo y su padre, hoy por hoy le proyecta a leer prensa progresista, sobre todo la de colaboración literaria y, entre ella, la del autor valenciano Manuel Vicent, al que años más tarde abandonará. Hay cosas que le convencen de ambos polos de la realidad política. Rechaza casi de plano el espectro ideológico del partido popular, porque le parece anacrónico aún, y sigue soñando con un partido liberal que no cuajará nunca en la realidad de los próximos veinte años.

Las liberadas mujeres escandinavas son la causa de que no lea mucho y de que no se corte mirando, casi nunca lo hace -cortarse se quiere decir-, gravita en torno a la forma femenina, que le magnetiza, queda prendado de ella, observación distante y distendida que, a veces, sólo a veces, le repercute alguna mirada de reproche. El español no está muy acostumbrado a respetar el espacio visual de los extraños, tampoco respeta el auditivo. La calidez del ámbito social le coloca en un plano cercano que impide el distanciamiento. Alejandro aún no ha madurado esto, lo cual no impide naturalmente que lo haga el narrador, voz suya más hecha que emana de un pensamiento más construido.

El narrador ha ido dejando en el camino las tendencias que la sociedad construye, es más políticamente incorrecto. Otras lecturas distintas a la novela, primordialmente el ensayo de pensamiento, donde se ha encontrado, entre otros, con Octavio Paz, con Ortega y sus discípulos, como María Zambrano o Julián Marías, con Unamuno, con Madariaga y con un largo etcétera que no se reproduce, conjuntamente con la lectura de ensayos históricos en torno a España y el mundo contemporáneo, han cambiando su percepción sobre la circunstancia que le ha tocado vivir y sobre la naturaleza de una democracia que no es, al menos a él no se lo parece, tan ejemplar como nos dicen. En _Facebook_ ha coincidido con el periodista y escritor Jorge B., en cuyo muro confluyen amigos reflexivos que evidencian el descontento hacia la deriva democrática española de los últimos años. En Jorge, hay que notarlo, influye poderosamente la percepción intelectual de García Trevijano, a quien respeta y ama. Por recomendación del propio Jorge, el narrador ha accedido a ese maravilloso ensayo dejado en casa, el cual, no obstante, quiere leer desde la distancia emocional. Guillermo de Miguel, a grosso modo, acepta las líneas generales que inducen al descontento, y es verdad que se desmarca del mundo oficial esperanzado en que la cosa cambie. Trevijano ha venido a reforzar su anterior admiración por las sociedades inglesa y americana, pues ha encontrado coincidencias en su exposición a las que él mismo ha llegado siguiendo un camino paralelo. Alejandro y el narrador, sin embargo, viven dos momentos distintos de la Historia de España y perciben el presente desde ópticas totalmente diferentes. Están juntos en el presente de la novela, pero muy distantes a pesar de ser la misma persona ¿La misma persona? ¿Son el mismo? Emín no reconocería interiormente al hijo de los cuarenta y nueve años que hoy viaja en el tiempo con su hija, reconocería un poco más al Alejandro de los treinta que viaja a Gran Canaria. ¿Somos lo mismo o cambiamos? Tal pregunta se está haciendo el narrador en el aeropuerto mientras camina en la búsqueda de su otro yo, aquel que fue dejando poco a poco. El ser, lo que se dice el ser, puede que no cambie nunca y que, como vulgarmente se dice, agudicemos nuestros defectos con el envejecimiento, pero la edad debe propiciar la aceptación de las sombras, compañeras indisolubles de las luces, en las que, si tenemos energía, también debemos perseverar.

Guillermo es consciente de que el pensamiento ideológico, político o religioso, no cimientan el ser, pero no sabe si la sociedad española tiene la misma consciencia. Observa, y no le gusta, que pretendemos afirmar el ser, el interior, a través de las creencias, como si éstas no fueran mudables o como si nada tuvieran que ver con el espíritu con el que nacemos, el cual probablemente no cambia. Las creencias o las ideas, que tanto da, nos mueven a la acción, pero los hechos, acertados o erróneos, no reflejan el ser. España, quizás por sus raíces fundamentalistas religiosas, no ha dejado de ser dogmática e inquisitorial. Cuando basamos el ser en las creencias podemos caer en el error de desconsiderar a los que no piensan como nosotros si no les reconocemos el privilegio de ser iguales, lo cual ocurre, precisamente, porque identificamos la naturaleza buena del ser con el compartir una misma creencia. Les pasó a los católicos cuando procesaban inquisitorialmente a los herejes; les pasó a los nacionales y a los republicanos durante la guerra; a los franquistas durante la dictadura; les pasa hoy a muchos socialistas, que, al parecer, se sienten más legitimados que la derecha, y les pasará a los futuros creyentes de derechas cuando la sociedad estigmatice a los de izquierdas en lugar de estigmatizarles a ellos, cosa que, por desgracia, llegará. Hay un campo, que marcan las tendencias, en el que el narrador de este libro no cree. Piensa que el ser, nunca cambiante, no puede verse reflejado en el pensamiento, sino en el espíritu, esto es, en la parte que nos une con el todo cósmico, o con Dios -si el lector quiere llamarlo así-, con esa verdad universal situada por encima de toda creencia que en modo alguno puede relacionarse con lo temporalmente humano, mucho menos aún con la manera de pensar. Alejandro y el narrador son el mismo ser, tal punto en común les une de modo indisoluble, pero no piensan de igual modo, su mente no es la misma, los hechos que su pensamiento provoca tampoco. Al uno le mueve el impulso más que la razón, al otro la razón por encima del impulso, pero ambos siguen siendo lo que siempre han sido desde que fueran niños, son su infancia, la matriz imborrable que construyó su espíritu, también la genética heredada, y, quizás, aunque esto esté por ver, la impronta de sus vidas anteriores.

– ¡Allí estás, papá! ¡Mírate!

Blanca acaba de reconocer a su padre leyendo "El País". Está sin barba, más joven y delgado, quizás más guapo. La niña distingue el cebo hermoso del joven padre que algún día servirá para que ella misma nazca.)

– Es verdad, ése era yo.

El narrador permanece abstraído, refugiado detrás de la barba, contemplándose en un espejo retrospectivo. No puede evitar emocionarse, experimenta lo mismo que cuando nos encontramos con un pariente muy cercano después de mucho tiempo, y este encuentro se parece mucho al regreso de un difunto, porque, de alguna manera, el Alejandro joven, que en la realidad también se llamaba Guillermo, está muerto desde hace años y quizás también ha sido abandonado por el más construido Guillermo de los cuarenta y nueve años. Cuarenta y nueve años frente a treinta distancian la escena.

Nadie advierte su propio parecido cuando lo tiene delante, ni siquiera si el que se nos parece es idéntico. Rechazamos la semejanza porque queremos reforzar lo exclusivo que creemos tener. Alejandro ni siquiera se ha percatado del casi exacto parecido del hombre que tiene delante. El narrador se ha acercado con el pretexto de interesarse por algún vuelo con destino a Gran Canaria y al fin ha conseguido la información que necesita. Recuerda que en el vuelo que hizo ese día había asientos vacíos y confía poder comprar dos pasajes. Padre e hija se dirigen al puesto de venta de Iberia después de haber cambiado dólares por pesetas. Mientras Blanca se entretiene con los billetes antiguos, el narrador ultima los detalles de la compra.

– ¿Quién es éste?

– Benito Pérez Galdós, un escritor español muy importante. Era de Canarias, mira…

– ¿Y ésta?

– Rosalía de Castro, una poetisa

– Vale quinientas pesetas.

– Tres euros, cariño.

– *¿Perdón, señor?* -pregunta la azafata.

– Nada, disculpe, hablaba con la niña.

– Benito Pérez Galdós vale el doble.

– Eso es cuestión de gustos. Galdós escribía cosas que habían pasado de verdad y Rosalía hacía poemas.

– ¡Como tú!

– Sí.

– *Ahí tiene, señor.*

– Gracias, muy amable.

– Tenemos billetes para parar un tren. El de cinco mil es de Cristóbal Colón, que descubrió América.

– Y el de diez mil es del Rey. Fíjate qué joven está. Le acaban de operar un pulmón hace muy poco, y ahora está más viejo.

– ¿El rey es bueno?

– Imagino que sí, tiene pinta de campechano, pero no le conocemos realmente.

– ¿Por qué es Rey?

– Porque lo ha heredado de su padre, de sus abuelos, de sus bisabuelos.

- ¡¡¡¡Ah!!!!

– Los escritores también son reyes, son reyes de la Literatura. Por eso les ponen en los billetes.

– ¿Tú también eres un rey?

– Yo no. Sólo los buenos, los que después de morir siguen siendo leídos. Cuanto más tiempo pasa más reyes son.

– ¿Los padres de los buenos escritores eran escritores?

– Algunos sí, pero la mayoría no.

El narrador piensa en la Monarquía como forma de gobierno, la cual, considerando el contexto histórico de España, siempre ha defendido. Retoma el pensamiento de García Trevijano y su empeño por construir una República Constitucional, pero empieza a estar cansado de los cambios de lo de arriba para cambiar lo de abajo porque es escéptico. Cree que el hombre no cambia, considera que mientras el pueblo no modifique su comportamiento pocas cosas pueden esperarse. Mónica Palozzi, su amiga italiana de *Facebook*, le dice que es un estoico. Va a echar de menos el habitual contacto con la red, con todos los amigos que forman parte de su vida diaria, pero vive en otro tiempo y ha de adaptarse. La red social más famosa del planeta le ha atrapado, los amigos que forman parte de su "muro" suplen aquella vieja amistad del pasado que la vida real le proporcionó. Un amplio abanico, desde los más frívolos a los más profundos, roban parte de su tiempo. La vida virtual, quizás la expresión de lo que deseamos ser o deseamos hacer, se ha hecho tan real como ésta, forma parte de la vida.

Alejandro, por su parte, se encuentra frente la puerta de embarque sentado en una butaca. Los aviones le parecen aves inmensas. Aunque tiene predisposición, aún no es del todo paciente y el momento se le atraganta un poco. Ojea un libro sobre budismo que ha comprado para su abuelo, que últimamente está muy interesando en el tema. La proximidad de la muerte nos proyecta a comprenderla, sobre todo cuando la vida, por vivida, ofrece pocos misterios que resolver. Al abuelo Guillermo sólo le ata a la vida la incertidumbre de saber qué pasara con su esposa tras su partida, pues es consciente de que vivirá hospitalizada. La ha amado con padecimiento, absorbiendo su sufrimiento, siendo él el objeto sobre el que ella ha proyectado la depresión azuzándole fantasmas de celos infundados, pesares constantes, neurosis por el "qué-será-de-mí", el cual no ha dejado de ser un aguijón permanente en la vida de un anciano dulce que nunca ha dejado de trabajar y preocuparse por su familia.

Al otro lado del destino el abuelo espera la llegada de

Alejandro con impaciencia, apura pitillos "Winston" sin tragar el humo, calcula el tiempo para presentarse en el hotel donde se alojará. Lamenta que su nieto no haya querido compartir el apartamento de la calle Doctor Grau Bassas. (El narrador nunca ha dejado de sentirse culpable por ello, pero el apartamento, muy pequeño, no le dejaba mantener el relativo margen de independencia que por aquellas fechas deseaba establecer). El abuelo nunca ha dejado de lado la impaciencia, quizás tampoco ha tenido espacios para la paciencia, lujo que, quitando los huecos excepcionales para la lectura, la escritura, o el estudio del ajedrez, no se ha podido permitir . Aún se conserva ágil y bien alimentado, alguna vez ayuna sosteniéndose únicamente con zumos de naranja, lava su ropa y a veces se hace la comida, pero normalmente come en un restaurante cercano donde se ha granjeado la amistad de la gente, sobre todo de un camarero joven, hijo del dueño, que sueña formar parte de la Guardia Civil. Hoy ha comido allí y ha anunciado contento la llegada del nieto, a quien, porque se siente orgulloso, quiere presentar. Sostiene un pleito contra alguien a quien quiere desahuciar de un lujoso apartamento que necesita vender, dolorosa circunstancia de la que, por razones que no vienen al caso, nada más se va a contar en este relato. Dejemos en un aparte quién tiene razón en torno al conflicto, pero apuntémoslo para saber un poco más de la vida que el abuelo Guillermo desarrolla en estos concretos momentos de la historia. Dado su carácter independiente no le afecta mucho vivir solo. De joven también lo hacía, se distinguía por tener el piso curioso, como dicen en Asturias, cosa que a Alejandro, más manirroto para estos menesteres, le sería del todo imposible desarrollar, pero el abuelo oficia lo doméstico con exquisita minuciosidad, orden y limpieza, da ejemplo, y muestra que la batalla de la vida no sólo se bate en la cancha del pensamiento.

Está leyendo un libro que trata sobre los dioses y los hombres de la humanidad. El abuelo Guillermo, al contrario que Alejandro, lee pausadamente, reflexiona mucho y carece de prejuicio literario alguno, saca provecho de todo tipo de lecturas, incluso de aquellas que el nieto palmariamente rechazaría. Extraña en un viejo que no se haya hecho selectivo a pesar de haber leído a los grandes filósofos, de los que tiene en muy buena consideración a Spinoza, pero aunque tienda a sobrealimentarse de los que pudiéramos denominar más afines, no desprecia nada. Distingue la música y sus géneros, que ha cultivado tocando la mandolina, instrumento precioso que él mismo se fabricó desde joven, es moderno en la apreciación de este arte, ni siquiera desprecia el rock (cosa extraña para su edad), pero, sin embargo, no le gusta el cine porque le parece pura fantasía. Viste pantalón gris claro, polo granate y una cazadora azul marino de corte moderno que revela su carácter abierto, el que le ha llevado a abandonar el comunismo en favor de la socialdemocracia de Felipe. Piensa que Alfonso Guerra tiene una humanidad desorbitada y una naturaleza intelectual sobresaliente, más que el propio presidente de gobierno, pensamiento que funda en la intuición y en una pista que le ofrece la experiencia: sabe que los malos, los que lo son verdaderamente, nunca ofician como tales, antes se disfrazan mostrando su cara hipócrita. Por ello le ofende el rol perverso que sobre este político español se ha acuñado como moneda circulante e infame. Aunque está esperanzado en la política también sabe mostrarse escéptico, pero disculpa más los errores de los hombres de izquierda. Tenía en buena consideración a Suárez, no así a Fraga, y, por supuesto, muestra un desdén manifiesto con respecto a la derecha de este tiempo que revivimos (este libro, como se ve, deviene resurrección de muchas cosas). Sin embargo, morirá sin saber que los políticos españoles caerán en una deriva que la Historia, si es justa, sabrá algún día enjuiciar, pero, para juicios, ya tiene el pobre el suyo propio.

El narrador y su hija embarcan, Alejandro lo ha hecho un poco antes que ellos. Pasan delante y se colocan un par de filas más allá, donde les corresponde. Alejandro está recordando el último vuelo que hizo con su abuelo a Canarias. Si la memoria no le falla les sirvieron "Paternina", y aquel vino de entonces se le antoja ahora solemne, como si fuera de celebración de la amistad que les unía, un punto y aparte relajador de las presiones del momento. Iban con el propósito de dejar al abuelo en casa, y para que Alejandro intercambiara opiniones con el letrado que dirigía el pleito que conocemos. Alejandro, inmerso en el pozo profundo de la memoria, mira por la ventanilla ignorando que el narrador, curiosamente, está recordando el mismo viaje y el mismo vino. Blanca, por su parte, observa el mundo circundante con la superioridad de conocer un aeropuerto más moderno, privilegio del que sólo puede envanecerse una viajera del tiempo como ella. No teme volar porque su padre le ha explicado que el avión se mantiene en el aire por la diferente presión que ejerce el aire sobre las dos caras del ala. No lo comprende muy bien, pero como es ciencia y la ciencia es grande, a ella le basta.

El avión inicia el lento movimiento hacia la pista de despegue. El aeropuerto parece un nido de águilas gigantes y Blanca sabe que han puesto aves rapaces para evitar que el revuelo de los pájaros provoque algún accidente, papá le explica las cosas, se lo explicó, mejor dicho, en el primer vuelo. Ahora ya lo sabe y no lo descuida. Se ríe por lo bajines porque sabe que a Carmen le da miedo despegar, lo cual le enorgullece y envalentona. Poco tiempo después surcan el océano del aire. El narrador piensa en el aire, en el elemento. Aficionado a lecturas históricas sabe que las grandes civilizaciones han nacido en torno al mar. La mediterránea, primero, marcó el compás del Clasicismo, la Atlántica puso los cimientos del despegue de la Modernidad. Ahora sostiene que el aire une a la humanidad. No en vano, el inmenso océano que surcan, agujereado por una infinidad de pasillos aéreos estampados en las cartas de navegación, representa el mar de la nueva civilización, la que asienta los cimientos de la post-modernidad.

El vasto territorio que observa desde el aire siempre le trae el recuerdo de Napoleón, le pasa en todos los viajes y éste no iba a ser una excepción. La percepción de la Tierra vista desde la altura, saber que suele ser el fruto maduro que todos los hombres apetecen, le recuerda a Napoleón, uno de los grandes conquistadores militares de la Historia. Al narrador le hace gracia que en determinadas situaciones afloren siempre las mismas imágenes evocadoras, las cuales se repiten como si fueran el inevitable reflejo de otro espejo, un espejo que le devuelve neuróticamente los mismos recuerdos. Las nubes, pequeño ejército de barcos flotantes, le recuerdan a la Armada Invencible. Le gustaría acariciarlas con su mano desde el avión, pero es consciente de que el extremado frío que hace fuera hace imposible el propósito. Después evocará un fragmento de una película de Steven Spielberg que ofrece la imagen de un monstruo caminando por las alas del avión ante la mirada impertérrita de uno de los pasajeros, al que las azafatas no creen. Las paranoias de la gente, imagina, estarán presentes hoy en muchos pasajeros que no desprecian la producción de un accidente aéreo. Blanca, consciente de la grandeza de la ciencia, no tiene miedo alguno.

El vuelo a Gran Canaria es largo, dos horas y media aproximadamente, pero el narrador se ha traído su "moleskine", de la que se sirve -según le dé- para dibujar o escribir. Afortunadamente, el cuaderno no levanta sospechas. Se ha puesto de moda últimamente, pero se trata de un bloc que utilizaron mucho los intelectuales de inicios del siglo veinte en el París de entonces, entre ellos Hemingway. Todo amante de la literatura gusta emular a los grandes, rodearse de los objetos que utilizaron, se da quizás un fetichismo que enajena y permite olvidar que el fetichista no es más un ser anónimo dentro de la masa. El narrador tampoco pide tanto, en realidad sabe ser feliz con lo que tiene y se considera privilegiado por el simple hecho de haber nacido en un contexto favorable, no haber pasado necesidades y haber accedido a la cultura, pero, a pesar de esta aceptación de la realidad, ningún hombre, por muy asentado que esté, y el narrador lo está, puede evitar dejar de ser él mismo alguna vez . Quizás sea sano también.

La relación que el narrador tiene con la "moleskine" simboliza claramente lo que es. Cultiva el tiempo y la paciencia, valora la lentitud en el viaje de la vida, por eso siempre afronta el inicio de un cuaderno sin sentir impaciencia ante las páginas blancas. Poco a poco irán apareciendo dibujos y poemas, y sabe que esos cuadernos quedarán cuando no esté, serán el legado que dejará a sus hijas. Cuadernos, artículos periodísticos, libros suyos nunca publicados que conserva encuadernados, y una biblioteca provista de volúmenes en los que siempre escribe una pequeña nota biográfica del momento en que los compró, todo de tal manera que la biblioteca, sin que las niñas lo sepan, representa una biografía diseminada por los libros, estos, para más inri, totalmente desordenados, razón por la que, si algún día las niñas se dan cuenta -y esto le hace mucha gracia al narrador- les será francamente laborioso ordenar las notas que muestran el rastro cronológico de la vida de su propio padre.

En un avión resulta inevitable pensar en torno a la muerte. Recuerda que el abuelo decía que no merecía la pena llegar a viejo, y el narrador, en este momento de su vida, siente que se le ha parado de repente el tiempo, muerte simbólica de la que espera renacer fortalecido. Todo parece estancado. Las niñas viven el tiempo detenido de la infancia, un tiempo en el que el propio Guillermo también ha querido estancarse con ellas, deteniendo incluso su propio progreso, que no parece importarle. No confía en que el mundo progrese. Sus lecturas, al fin reflexivas y más pausadas que antes, más parecidas a las del abuelo, quien siempre le sorprendía con la apreciación de algún matiz que le pasaba inadvertido, éstas lecturas, ya sedimentadas, digo, compartidas desde la silente relación que une a todo lector con sus autores favoritos, le han convencido de que la humanidad ha estancado el sueño ilustrado de conseguir un mundo mejor. Sabe que el siglo veinte no sólo derribó el objetivo ilustrado de hacer una sociedad feliz basada en la cultura, sino que llegó a las cotas de crueldad más grandes que la historia ha conocido. La *Ilustración* tomó el relevo del viejo sueño cristiano de la *Ciudad Celeste*, sustituyéndolo por la terrenal realización de una sociedad justa en la vida que nos ha sido dada, pero ninguna doctrina política ha sido capaz de realizar el sueño, y tras la caída del muro de Berlín y el derrumbe de las ideologías, el hombre está estancado en el presente, sólo se afirma en él y el progreso ha desaparecido del horizonte. Las personas reivindican su presente y sus derechos y han olvidado a las generaciones futuras, componenda egoísta e insolidaria con respecto a la que no queda mejor opción que refugiarse donde cada uno puede. En la infancia de unas hijas hermosas, por ejemplo. Sin embargo, el narrador va al encuentro de un abuelo que está esperanzado en todo lo contrario. Recuerda la última carta que le escribió algunos meses después del último viaje, le decía que estaba orgulloso de que un nieto suyo se dedicara a los menesteres de la justicia, estaba orgulloso porque, según el abuelo, el narrador estaba capacitado para hacerlo bien, aunque matizando que debería practicar la compasión, el amor y la justicia guardándose de vivir él también.

¿¡Vivir él también!? Qué contiene esta afirmación, se pregunta a su vez el narrador . Disipado el recuerdo de Napoleón, olvidada la flota de nubes embarcada hacia las costas de Inglaterra, dejada a un lado la "moleskine", en la que sólo ha esbozado un tímido dibujo del interior del avión, abandonado el fetiche "hemingwayano" que antes le emocionara, se ensimisma, regresa al mundo interior del que había salido.

- _Gracias, muy amable._

La azafata acaba de servir el café. También un vaso de agua que le viene de perlas para el ácido úrico. El narrador piensa que ha vivido y que no ha vivido. Ha renunciado a mucho, y, por otra parte, no sabe exactamente qué cosa es eso de vivir, a qué aspiramos cuando expresamos que vivimos bien. El bienestar de nuestra época parece centrarse en la consumación de los placeres hedonistas, pero lo material, muy a pesar de aquellas adolescentes negativas a ir a misa, nunca ha cuajado del todo en Guillermo. Satisface una parte burguesa que se ha hecho costumbre, pero ha dejado a un lado otras empresas propias del hedonismo, se ha alimentado más de deseos que de realidades, incluyendo los inmateriales que, cabezonamente, como escribir y ver publicado un libro con relativo éxito, aún persigue. El escritor proyecta la frustración de lo no vivido, lo intelectual suple la acción no resuelta, quizás también la cobardía, no sabe adónde lleva vivir bien, qué es exactamente aquello que encierra el consejo del abuelo en su última carta. Quizás el abuelo también se olvidó de vivir, enfrascado como estaba en el acompañamiento de una depresión conyugal de por vida. El narrador, por su parte, tiene prisiones metafóricas que le constriñen, de las que sólo sale de vez en cuando, para airearse, pero nunca definitivamente.

Lo que entendemos por vivir bien no deja de ser una exaltación de los derechos individuales, individualismo que Occidente ha llevado al extremo sacrificando la cohesión que toda sociedad debe tener en torno a un objetivo que supere el propio egoísmo. ¿Somos más felices cuando vivimos nosotros que cuando pensamos en los demás? El padre del escritor fue un hombre decididamente entregado a darse por entero a su familia y al entorno circundante, realizó buenas cosas distintas al mero enriquecerse. "Nunca he comprendido la sonrisa de satisfacción de tu padre", dijo una vez el abuelo después de que el yerno hubiera muerto. Al abuelo le faltaba la clave mística de Emín, su renuncia al yo en favor de los otros, clave de bóveda labrada en el seno de la sociedad católica castellana de principios del siglo veinte, rumbo de la carta de navegación de un hombre ciertamente excepcional cuya dadivosidad ni se exige a todos ni, como pensaba el abuelo, es justa. Porque lo justo no debe tender a la santidad, ni mucho menos, sino a equilibrar el goce y el espíritu, las apetencias propias y las de los demás. Entonces ¿para qué tanta monserga con la construcción comunista de la historia, aquellas soflamas con las que el narrador había ido creciendo después de cada partida de ajedrez que jugaba con su abuelo? ¿Y para qué, en todo caso, la renuncia permanente del padre volcado en la santidad civil? El narrador, ese híbrido inevitable, había crecido entre vivir y no vivir. Y, entre vivir o no vivir, también está la pregunta del ¿para qué vivir? ¿Qué es lo que un hombre puede hacer que ya no se haya hecho? En el tiempo estancado que el narrador vive, un tiempo sin propósito común, le queda seguir trabajando en la justicia sabiendo que constituye un ideal humano difícilmente alcanzable, y le cumple seguir escribiendo. Al fin y al cabo, escritor sólo es aquel que necesita escribir.

- Estamos bajando papá -exclama Blanca, aún entretenida con el paisaje que ve desde la ventanilla.

- ¿No te da miedo?

- No, pero me duelen los oídos, como la otra vez.

- Imagina que tienes un chicle y masca.

El narrador ha construido un personaje con vida propia que se distancia del escritor a medida que la novela avanza. Fluir por las páginas del libro le libera, el personaje es el resultado de escribir, la inmediata consecuencia de un ejercicio que cura al autor sus obsesiones. En Guillermo de Miguel Amieva habitan el inquisidor y el hereje, es decir, el padre represor que, por bueno, aprisiona con más fuerza, y el hombre libre que quiere ser, el que su abuelo quería que fuera (probablemente eso es, exactamente, lo que quería significar con la expresión "vive tú también"; quizás quiso decir: "practica la compasión, la bondad y la justicia", es decir, sé tan bueno como tu padre pero "vive tú también", no renuncies nunca a tus sueños, a todo aquello que es tuyo y deseas libremente realizar).

Tras regresar del despacho y cenar sin orden, se ha puesto a escribir digitalmente en el _iPhone_. Escribe junto a MJ, su mujer, quien, por otra parte, desconoce que su marido aterriza junto a su hija en el aeropuerto insular del Gando de hace casi veinte años. Guillermo de Miguel Amieva acusa la escisión de autor y personaje, se siente constreñido, pero está convencido de que escribir es lo único que puede hacer para mantener un vínculo estable con su otro yo. En el _dosmilonce_ se ha quedado el hombre sensato, el que nunca actúa. Mientras tanto, su otro yo, menos arraigado en la rutina, ha huido en busca de un abuelo con el que quiere conversar de nuevo. Blanca, aquí en casa, lee antes de dormir. Sabe que ambos están viajando en el tiempo dentro del relato que escribe papá, pero Blanca, al contrario de lo que le pasa a su padre, es la misma en la realidad y en la fantasía, no es un ser escindido, aún disfruta de un margen amplio para que el sueño o el deseo no la conviertan en un ser marginal.

Como si las cosas estuvieran ordenadas causalmente ha ocurrido algo anecdótico y a la vez concurrente con la trama. Al llegar a casa he encontrado a Blanca en el escritorio doméstico y, observando detenidamente el suelo, he descubierto el ejemplar de *El Viejo y el mar* que regalé a mi abuelo. Blanca lo toma y lo deja a su placer desde hace meses y aunque desconozco y no me importa el motivo, ha aparecido abierto por las pastas en el parqué. Un hecho real del presente que vivo se ha inmiscuido de pronto en la trama del libro que escribo, pues, a raíz de la anécdota, he sabido lo que mi abuelo anotó en el libro. Primero figura una fecha, dieciséis de mayo de *milnovecientosochentaycuatro* (aún vivía mi padre); un poco más abajo aparece el nombre de mi abuelo; finalmente, un poco más abajo, subrayado, he recordado lo que escribió: "Regalo de mi nieto, Guille". Los objetos que un día forjaron mi pasado están en mi vida, decoran el entorno que me circunda, están presentes ordinariamente, aunque no me dé cuenta, y reflotan en las ocasiones en que, como hoy, deben resurgir.

Distanciado del tiempo al que mi otro yo ha viajado, sentado junto a mi mujer en el sofá, sosteniendo un *iPhone* que, si cambio de aplicación, puede ponerme en contacto con *Facebook* para ver qué ha contestado mi querida Mónica Palozzi cuando le he propuesto que prologara la novela, el presente ofrece distintas imágenes de mí mismo que pueden ayudarme a encontrar el sentido de mi vida. Unas están en la realidad ordinaria, otras en la virtual y otras en la novela (un instante, voy a Facebook). Ya estoy de vuelta, Mónica ha aceptado mi petición si no me importa que no se exprese adecuadamente en mi lengua. Dice que es un honor para ella. Para mí también lo es. Amo cerebralmente a Mónica y deseo que se me entienda. Nuestras mentes parecen formar parte de un espíritu único al que también se agregan todas las personas que tienen esta afinidad intelectual y espiritual que nos vincula. Es, por tanto, un amor espiritual nacido de la admiración y de darnos cuenta de la común sensibilidad, platonismo invocado que carece del más mínimo interés por el contacto sexual, pues no ese ése el amor que desarrollamos. Admiro mucho el desarrollo intelectual de Mónica, siempre oportuna, resuelta, profunda, minuciosa en el rigor histórico, sincera a la hora de matizar los pensamientos que los demás ponemos en el grupo cerrado que hemos creado. Admiro su humanidad, siempre preocupada por su madre, a quien atiende toda la noche despertándose cada quince minutos para atenderla, así una noche tras otra, admiro su cercanía a la poesía y me gusta su rostro resuelto, fuerte, combativo, orgulloso de sí misma en el sentido más noble. Mónica pertenece a este tiempo maduro de mi vida en el que, a diferencia del anterior, acuso una mayor relación con el mundo femenino.

Guillermo y Blanca están a punto de aterrizar. Les emociona porque no suele ser frecuente aterrizar sobre el espacio-tiempo que uno elige como destino. Cuando las ruedas del avión chirrían sobre la pista de aterrizaje Guillermo se ha escindido del narrador completamente, conserva su personalidad pero no es quien escribe la novela, la cual se vive en un tiempo escribiéndose en otro, algo así como si la literatura, el acto de escribir, pudiera vincular el pasado y el presente con lo no sucedido nunca, con lo imaginado, que también se introduce. El propósito es recordar un viaje pasado para revivirlo, introducirse en él para rehilar una conversación perdida y buscar, al mismo, tiempo, el sentido de la vida propia. El narrador, escritor y primer lector de lo que se escribe, depende de la literatura para su propia salvación, pues -esto no puede ocultársele a quien nos lee- sólo tras el punto y final de la novela, sólo cuando el personaje y el narrador se reúnan de nuevo, sabremos si la vida tiene sentido y si el abuelo, Guillermo Amieva Díaz, puede descansar en paz.

Recuperando la memoria del aeropuerto de Gando, Guillermo recuerda que lo visitó por vez primera cuando contaba catorce años de edad. Imágenes muy sensuales afloran con la frescura e inocencia que aquella vez no fue capaz de razonar. Una azafata de caderas anchas, imagen matricial de la fertilidad, se fijó poderosamente en su subconsciente, aún la recuerda despidiéndole amablemente tras el aterrizaje. También recuerda a una chica de su edad, rubia y de ojos azules, muy mona y moderna, una chica del Madrid de entonces, compañera de viaje que, entre otros secretos inconfesables y quizás para hacerse mayor delante de él, le dijo que su novio la tenía muy gorda. Se pasó buscándola todas las vacaciones por la playa de *Las Canteras*, pero la búsqueda resultó infructuosa, tal impacto le produjo el encuentro con aquella chica joven y liberada.

Cuando posas los pies en el aeropuerto, y en aquel tiempo había que descender del avión, pisar el suelo y encaminarse al autobús que finalmente te llevaba a la Terminal, notas la brisa acariciando la cara, presientes las palmeras, la arborescencia de la rica y variada flora canaria, el tilo de indias, el flamboyán, el drago, colorida secuencia de heterogénea presencia, museo vegetal inagotable. Las sensaciones se agigantan y el espacio se abre, no lo sientes constreñido como cuando en Castilla parece cerrarse en torno a ti por el frío, cuando cuesta dar dos pasos y sólo piensas en terminar el recorrido. Escuchas las primeras voces alrededor, te fijas en las autóctonas, caracterizadas por un acento suave, amable, melódico, propio de gentes que viven en calma. El abuelo Guillermo, quizás porque vivió en su Cuba soñada, en la República Dominicana y en Guinea Ecuatorial, tiende a vivir en lugares exóticos de buen clima, donde puede vestir bermudas, vestigio que aún conserva de su última etapa en Guinea. Canarias sería su retiro y también su sepultura, el lugar donde Guillermo, con cuarenta y nueve años, regresa para resucitarle. "Levántate Lázaro y anda, ven hacia mí, que acudo abierto a tu encuentro".

Blanca echa de menos los pasillos que permiten entrar directamente al aeropuerto desde el avión. Aún puede quejarse, no aprecia la belleza de tocar el suelo que visitas y sentirlo, permanece virgen, sin melancolías ni nostalgias del pasado, su memoria aparece vacía, crisol que ha de llenar poco a poco para, algún día, instalar en el recuerdo las experiencias que ahora vive con su padre, éstas que TeresaRC Galdiz dice que van llenando su mochila. Tal cosa ha recomendado al escritor cuando ha anunciado en *Facebook* el viaje en el tiempo que pretende realizar con Blanca. "Llena su mochila", consejo escueto que proviene de quien valora la importancia de contribuir a enriquecer la infancia de los hijos.

Hace dos párrafos que el escritor está en el despacho, ha abierto su correo electrónico para recuperar lo que ayer por la noche escribió en el *iPhone*. Ha madrugado porque Blanca le ha despertado a las siete y media de la mañana anunciando la presencia de una pesadilla. Al parecer, dos tigres la perseguían por la jungla. ¿Qué has hecho? ¡Correr! El escritor, entonces, se ha presentado como el "deshollinador de pesadillas", ha soplado por la oreja metiendo el dedo, como si de una chimenea se tratara, ha penetrado por ese intersticio hasta lo más profundo del cerebro, le ha limpiado a su hija la mente, los tigres han regresado a la selva y Blanca se ha quedado dormida. En la novela, Blanca protesta por lo anacrónico del aeropuerto, le disgusta andar innecesariamente. La cinta de recuperación de maletas sigue como la conoció en el *dosmildiez y* tendrá que esperar una eternidad hasta que empiecen a circular. La lentitud de la cinta introduce a los pasajeros en la calma de la isla, les mece y medio les adormece, acolcha la prisa, les presta el compás idóneo para unos días de vacación. Blanca siente la pesadez del tiempo sobre las espaldas, lo percibe dilatado, pesado, todavía puede experimentar el bendito aburrimiento de la infancia, manjar exquisito, pequeño gimnasio muy adecuado para el entrenamiento de la imaginación. ¿Cuándo nos vamos? ¿Falta mucho? No llegan las maletas, pero sí las mismas preguntas de costumbre ante las que el padre sólo puede ofrecer el silencio, paréntesis pedagógico que le permite hacerse entender mucho mejor.

Alejandro está enfrente, pero no les mira. Falta menos para el reencuentro apetecido. El fantasma de la chica que conoció con catorce años flota por el lugar, revive los recuerdos de sus viajes a la isla, rememora los lugares apetecidos como destino, *Maspalomas*, Las Canteras..., "Las Grutas de Artiles", pero conoce poco la isla. Su gemelo mayor podría dar buena cuenta, ya que la ha circunvalado y también ha viajado por su interior, la ha conquistado y se ha dejado conquistar por ella.

- ¡Mira, aquella maleta verde es como la que tienes en casa! -exclama Blanca.

- Es la que tenía entonces. Es muy buena y por eso no se ha estropeado, pero no la he traído porque sabía que mi yo más joven la traería también.

- Va a coger la maleta antes que nosotros y se va a marchar. Le perderemos.

- No te preocupes, recuerdo el Hotel al que va. Nosotros iremos al mismo.

- ¡Yo prefería el _Baobab!_

- Me temo que no lo han construido todavía. Ya lo sabes... Además, el _Baobab_ está en el sur de la isla y nosotros vamos al norte. (A Guillermo siempre le ha hecho mucha gracia que las señales indicativas de tráfico en Gran Canaria señalen el Sur como lugar de promisión, al que los isleños acuden para mitigar el encierro que padecen.)

- Ya se va, ¡mírale!

- Ya le veo. Va a coger un taxi. Lo recuerdo perfectamente. Es el taxi que pone el hotel para él. El chofer le espera con un cartelito que pone su nombre.

- Jolín. ¿No nos esperan a nosotros?

- No, pero cogeremos otro taxi.

Alejandro saluda al chofer y le sigue, sube delante para iniciar una relación más próxima. Le gusta hablar con los taxistas de las ciudades que visita porque le aportan la primera impresión de los habitantes, son los indicadores del grado de hospitalidad que va a encontrar y los mensajeros de las noticias recientes. Gran Canaria no es tierra de novedades sino de estacionamiento de la vida, la acción se vierte tranquila en el decurso de la vida. Esto explica que si acontece algo sobresaliente se produzca una reacción más acentuada que en otros lugares, un despertar a veces colérico, pues el insular, acostumbrado al sosiego, a veces explota en cólera purificadora que luego le devuelve a su ser, estallido inocente proferido dramáticamente para expiar la tranquilidad.

El recorrido hacia Las Palmas deja a un lado la montaña y el océano al otro. La carretera discurre entre ellos como una intersección de frontera, aparecen poblaciones rurales con casas blancas, de fábrica pobre, que disponen depósitos de agua en las azoteas, blancura que a la que se suman plantaciones de tomates cubiertas por extensas telas blancas. Ya en la ciudad dejan a mano izquierda el precioso casco antiguo, del que Alejandro recuerda los balcones canarios, exclamación esculpida en celosías de madera, ven la playa de "Alcarabaneras", un poco contaminada por la proximidad del puerto. No resulta fácil aparcar en esta ciudad atestada de coches y con pocos aparcamientos públicos, al menos no lo era en el año en que estamos, pero el chófer se detiene junto al hotel, edificio pintado interiormente en tonos salmón, con pasillos abiertos al cielo, aireados y frescos, inmersos en la reconfortante brisa canaria. El abuelo Guillermo lleva una hora y media esperando en el hall y ha fumado lo suyo. Está impaciente, más que de costumbre, porque el nieto romperá por unos días la soledad diaria. Necesita estar con él, unirse al calor del cariño para hablar y ser escuchado por quien lo hará disfrutando de la charla. Se distinguen, se besan y se abrazan, el viejo con más emoción, asido al nieto, al que mantiene abrazado por un tiempo un poco más largo.

- ¿Qué tal, cielo? ¡Qué ganas tenía de verte! Te sobran unos kilos. (Cuando se trata de aconsejar el viejo siempre dice las cosas directamente y sin ambages.)

- Yo también tenía ganas de verte, viejo. Estás estupendo, como siempre (tiene la voz enérgica, jovial, no es la voz de un hombre de ochenta y seis años, ni siquiera el cuerpo se ha doblegado a la vejez, pues anda perfectamente al paso de Alejandro).

- Gracias.

-¿La vieja?

- En el hospital, como siempre, aunque yo no pierdo la esperanza... (parece mentira que no la pierda, parece mentira que lleve todo un matrimonio soportando las depresiones de Pilar y que conserve aún la esperanza de que su mujer se ponga bien, de que pueda regresar al hogar, cosa que ya no ocurrirá nunca más, parece mentira que acuda diariamente a verla cogiendo un autobús, recorriendo veinte kilómetros de ida, luego un trecho andando hasta el hospital, luego otro trecho de vuelta caminando y otros veinte kilómetros de vuelta, parece mentira que acuda todos los días y que, a sus ochenta y seis años, las fuerzas le respeten, es, Alejandro lo madura, verdaderamente admirable, una demostración de amor.)

- Iremos a verla, imagino.

- Claro, tiene muchas ganas de verte, quiere ver a su ruso (la abuela siempre le ha dicho que parece un ruso guapo, por la tez clara, los ojos verdes y el pelo rubio, cosas de las abuelas orgullosas).

- Has tardado mucho, pensaba que el avión llegaba antes. He preferido esperarte aquí porque estoy un poco cansado de coger autobuses.

- *No ha parado de fumar* -intermedia el mozo del hotel que, al parecer, ya se ha encariñado con el abuelo.

- ¡No trago el humo, y además, de algo hay que morir! -contesta con desdén jocoso y amable, presunción de viejo que sabe que ya ha vencido a la muerte y que, por mucho que se anticipe, no le ha robado la vida).

- Voy a dejar mis cosas, si te parece. Acompáñame, si quieres. (El viejo prefiere esperar.)

Guillermo de Miguel Amieva escribe en su despacho.

La Semana Santa se echa encima y estos días no dan para más porque no apetece trabajar. Tiene que enfrentarse a la declaración trimestral de la renta de manera ineludible, pero alarga el momento porque le apetece seguir. La pantalla del ordenador le ofrece dos posibilidades: escribir o aparecer por *Facebook* para ver qué dicen sus más íntimos, que ya están al tanto de que escribe una novela. Les ha dejado el comienzo y algún pequeño fragmento, más que nada para ver qué les parece. Relee parte del hilo en el que ha propuesto a Mónica Palozzi escribir el prólogo, piensa que sería bueno para el lector recuperarlo a partir de la contestación de Mónica (Hay que disculpar que Mónica Palozzi no domine nuestro idioma, aunque esto no representará óbice alguno para que prologue.)

Monica Palozzi *Sería para mí un honor!!! Si piensas que pueda ser yo a la altura de eso expresándome en tu lengua, lo haré con infinito placer.*

Guillermo De Miguel Amieva *Claro que puedes. Además, en la novela ya sale que has aceptado, de modo que tu declinación trastocaría el sentido de la trama. El presente que vivimos se inmiscuye en la trama de una manera cada vez más complicada. Ahora escribo en el iPhone junto a MJ viendo la tele porque no quiero dejarla sola y no resisto dejar de escribir. De locos ¿Qué te parece?*

Monica Palozzi *Me parece muy bien!! ...¡¡¡Eres tù!! ;)*

Teresa Rc Galdiz *Elenita!!!!!! Como no aparezcamos tú y yo en esta novela no la adquirimos!!!!!!!!!* (Aparece Teresa, intermedia en tono humorístico apelando a Elena Serrano, otra amiga que escribe muy bien)

Guillermo De Miguel Amieva *Como en la tele, a pagar por anunciarse¡¡¡¡¡ Aunque ya sales en la página cincuenta y tantos.*

Monica Palozzi El filosofo Leibniz, como ya Aristóteles, hablan de "tabula rasa" con referencia a un innatismo intelectual con el que todos empezamos nuestro camino y que es por considerarse libre de cada idea. Ese enriquecimiento consiste en lo que se experimenta viviendo... Cada escritor, obviamente, en sus "criaturas" transpone lo que deriva de sus experiencias propias y en sus experiencias hay que considerar las relaciones con las personas y lo que deriva de su frecuentación. Y por lo tanto creo que cada ser que cruce la vida de un escritor (en este caso Guillermo) deje una estela de su paso. De consecuencia todos nosotros tenemos méritos o responsabilidades en las experiencias de Guillermo. Seguramente, que nos nombre o no, estaremos presentes en lo que escribe.

Mónica resulta soberbia cuando se pone así, maravillosa, no escatima esfuerzos en trasladar a los contertulios el fondo de su pensamiento, lo adereza y refuerza con citas clásicas que evidencian su enorme cultura, desciende desde ella al caso concreto y explica el porqué de lo cotidiano, lo cual es muy agradecer porque enriquece a los facebookeros que la acompañan. La red social ha permitido que Guillermo pueda entablar amistad con alguien lejano, una romana enérgica a quien probablemente nunca hubiera llegado a conocer de no mediar la red. Amiga "en femenino" veinte años después de aquel viaje, un ser con el que cruzar pensamientos que se vierten dentro de una amistad especial y sentida que Guillermo valora mucho y se suma a la amistad de otras personas unidas por el placer del pensar. El cambio de la mujer acusa en los tiempos que corren el beneficio de aportar riqueza a la vida. Guillermo está convencido de que, tras la guerra fría y el fracaso de las ideologías, sólo permanece -de lo que trajo aquel mayo del *sesentayocho* parisino- el movimiento de liberación de la mujer, el cual, hay que decirlo todo, se inició primeramente en las iglesias baptistas norteamericanas. Todo lo que de intuitivo tiene el ser femenino, complementado por la sensibilidad y la formación intelectual, aporta un prisma novedoso desde el cual afrontar el horizonte con más perspectiva. Quizás el fracaso de las ideologías se sustituya un día por la acción práctica y sensible de la mujer; quizás los hombres, instalados en un presente estancado, deben aprender a enfocar el mundo de otro modo. El narrador escribe la novela bajo la mirada atenta de amigas internáuticas con las que conversa a medida que avanza, y el libro inaugura horizontes de diálogo por todos los lados. Se abre al tiempo y al espacio, parte de la realidad del pasado, transita a la realidad reinventada, construye la ficción en determinados momentos, y, finalmente, introduce lo virtual. Escribe en la soledad del despacho, también desde su soledad vital, pero busca socializarse en derredor, conoce que la vida no socializada nos lleva a una muerte anticipada

El adán de Alejandro ni siquiera ha deshecho la maleta, la ha dejado tirada encima de la cama, lo que evidencia su carácter negligente en estos menesteres y la circunstanciada de haber sido muy bien tratado, quizás demasiado, por su madre. Mientras tanto, Guillermo y Blanca han llegado al hotel y disponen de habitación en un piso superior. Al viejo no se le ha pasado inadvertido el parecido tan grande que tiene con su nieto el hombre que acaba de ver, el cual, antes de pasar, ha advertido a Blanca, rogándole que no diga nada, que el anciano del vestíbulo es su bisabuelo. Blanca, obediente, ha pasado de puntillas mirando de reojo con curiosidad, se ha encontrado con su pasado, con las raíces sin las que no tendría ahora el regalo de la existencia.

- ¡Pues no parece tan viejo! -exclama luego en el

ascensor.

- Nunca lo parecía, era un hombre lleno de energía.

- ¿Energía?

- Fuerza.

- Es un poco pequeño.

- No me refiero a esa fuerza gordita, quiero decir - ¿cómo te lo explicaría?-, quiero decir que nunca se cansaba, que siempre tenía ganas de hacer cosas, era un viajero de la vida, como nosotros, un hombre de mundo.

- ¿En qué trabajaba?

- Era ebanista. Un artista carpintero. Hacía muebles preciosos. Le enseñaron desde que era tan pequeño como tú, y también sabía tallar la madera. Hacía cosas preciosas, tallaba a su madre, tu tatarabuela Mariquina, que aprendió a leer sola por amor, se hacía mandolinas, que son como guitarras pequeñas, fabricaba mesas de comedor de las que salían juegos escondidos, como el ajedrez, las damas, el parchís. Se las hacía también a sus hijas, a la abuela Menchu cuando era pequeña.

- ¿No fue al cole?

- No. En aquella época no todos los niños podían, sobre todo si sus papás se marchaban de casa. Les mandaban a los talleres a aprender, así que sólo iban al cole lo justo, pero como el bisabuelo Guillermo tenía mucho amor propio y no quería ser menos que nadie, leyó mucho por su cuenta, sin un profe tan bueno como Paco, y leyendo y leyendo y leyendo, llegó a saber muchas cosas . ¿Qué te parece?

- (Silencio de Blanca, que se encoge de hombros, quizás porque no comprende del todo o porque no se imagina que los niños de antes no fueran al colegio.)

- Y se hacía sus propios juguetes de madera, no era como ahora… ¿Qué harías tú sin la *Wii*)

- Pues… bien que te gusta jugar conmigo al fútbol en ella.

- ¿Ves qué grande es la Ciencia? Si no hubiera sido por Albert Einstein nunca habrías tenido tele.

- ¿El de los bigotes que saca lengua? Es muy divertido.

- Creo que fue el primero en decir que se podría viajar en el tiempo, pero no sabía cómo.

- Nosotros sí.

- Igual sólo sabemos viajar en el tiempo con la imaginación, ¿no crees?

- (Nuevo silencio, sin encoger los hombros. Blanca afianza su mochila cuando las puertas del ascensor se abren).

Guillermo de Miguel Amieva, el escritor, alterna la redacción con un diálogo interno que mantiene privadamente con Milena, amiga italiana más reciente que Mónica. Milena está muy interesada en dominar el español. Utiliza *Facebook* y se comunica con Alejandro para que le corrija y enseñe, lo cual no impide que profundicen en su amistad contándose experiencias, entre ellas la novela. Milena es la primera crítica que sale al paso. Respetando las incorrecciones lingüísticas de la voluntariosa dama italiana, del todo perdonables porque no domina el idioma, parece conveniente traer parte de ese diálogo. Ha leído los primeros párrafos de la novela y su opinión debe ser tenida en cuenta.

<u>Milena</u> *Ciao, Maestro. Esta noche la pasé con aviones,*

*aeropuertos, vuelos retrasados. Pero qué haces conmigo?
:-)*

Guillermo De Miguel Amieva *como qué hago
contigo? Charlar.*

Milena *por supuesto. Creo que fue leer las primeras
imágenes de tu libro, con las que probablemente me he
endormido. Raros que son, los suenos.*

Guillermo De Miguel Amieva *te gusta lo que has
leído? o te has dormido porque te aburre?*

Milena *me has mareado!*

Guillermo De Miguel Amieva

*uffffffffffffffffffffffffffffffffffffffffffffffffffff, lo siento, no era mi
intención. No te gusta entonces...*

Milena *no quería decir esto. Quería decir que tu
novela tiene muchos niveles de sentido, cruzándose uno con
otro. Yo soy de la escuela de quitar mármol para buscar el
perfil escondido. Sin ánimo de ofender, claro. (estoy
tratando de imaginar tu expresión mientras que lees estas
líneas. Cuéntamela, por favor).*

Guillermo De Miguel Amieva *no me molesta, me
parece bien que seas sincera y que me muestres tu
reacción, eso es bueno y ayuda a no mirarse en el espejo,
gracias Milena, pero me temo que es mi manera de escribir
y no puedo cambiarla*

Milena *no te preocupes. Piensa en lo que los críticos
habrían dicho (ay, los verbos...) a Joyce, frente a su estilo
revolucionario. Sigas, sin darte pena. Yo soy minimalista,
de carácter y de trabajo, siempre tengo que luchar contra
el idioma complicado y los espejismos. Pero me gusta tu
búsqueda, la energía de tus palabras.*

Guillermo De Miguel Amieva *gracias amiga italiana, está bien recibir elogios y críticas al mismo tiempo. es una suerte tenerte.*

Milena *ciao, torno al lavoro! baci, m.*

Guillermo De Miguel Amieva *mua*

Poco después, Alejandro toma el ascensor para reencontrarse con su abuelo. Hace un día espléndido, la brisa nutre al visitante estimulando su paso, el nieto y el abuelo caminan en dirección a la playa de *Las Canteras,* ubicada en la enorme bahía del *Confital,* que se caracteriza porque acumula pequeñas masas de roca con aspecto de confites. Se encuentra situada al sureste de la península de la Isleta, siendo una prolongación de la playa, la cual se extiende dos kilómetros acogiendo un paseo marítimo precioso. A la derecha, mirando de frente al océano, hay unas lomas que a Alejandro siempre se le figuran jorobas gigantes de camello, símbolo ineludible de que está en África.

Los dos amigos pasean por *Las Canteras* unidos por el largo tiempo que les vincula, olvidados ya de su anterior separación, armónicamente comprometidos con el presente de unos pocos días de Semana Santa. El aire corre como si estuviera visualmente pincelado por tonos ocres y azules, tarde primorosa de primavera que, por la ilusión del encuentro, provoca mayor deleite en la pareja. Las cosas siempre se ven mejor cuando algo novedoso despeja de nuestra mente el pasado o el futuro que nos preocupa, cuando sólo el instante esculpe la materia de la realidad. A veces ocurre que dos buenos amigos no necesitan siquiera hablarse, a veces la compañía se cierne en silencio tejiéndose por hilos invisibles que nada tienen que ver con el lenguaje, entonces puede esperarse sin ansiedad la llegada de las palabras. Los viejos se distinguen de los jóvenes porque saben decir lo justo, conocen que las palabras se supeditan a la economía, no porque éstas sean recursos escasos como acontece con el dinero, sino porque el lenguaje tiene algo de sagrado que se profana cuando se dicen cosas inútiles. Llega un momento en que no merece la pena perder el tiempo diciendo lo que sobra o lo que no se siente, pues el sobrante pesa como una losa para quien conoce que le queda poco tiempo de vida. Lo que no se siente, entonces, es un papel que ya no precisa ser representado. La vejez y la infancia, polos extremos de la vida, coinciden en lo innecesario que resulta representar un papel. El niño y el viejo son lo que son. Uno se alimenta de la inocencia. El otro, tras vivir, ha sido puesto en su sitio y no necesita fingir.

El abuelo Guillermo se siente halagado por la admiración que su nieto le profesa, pero considera que ha venido al mundo y no ha hecho nada digno de mérito, juicio severo y escueto que demuestra su sabiduría y la consciencia, que no todo el mundo tiene, de que el hombre debe nacer para hacer algo que merezca la pena. Aun así, desprendido de la vanidad mundana, no ceja en el empeño de aprender y profundizar en los misterios del mundo, su vida se instala en una rutina que no desprecia ni las archiconocidas aperturas de ajedrez, ni los libros que relee o los que le vienen nuevos a las manos, ni los textos que él mismo emprende, a veces, con ecos poéticos hacia Pilar. Tampoco deja de lado la actualidad, la cual sigue con viva curiosidad pero con el escepticismo propio de quien no espera cambios rotundos y presta poco crédito a las promesas del poder; sin embargo, confía en la juventud y está persuadido de que el correr de las generaciones terminará por hacernos recuperar el rumbo perdido. Su mundo, como él mismo, es viejo, se alza sobre el mausoleo de las cosas que fijan su seguridad desde años, pequeños anclajes domésticos que sabe que algún día deberá dejar aquí.

- Podías haberte quedado en casa... (palabras justas que revelan decepción.)

- No sé que decirte viejo, la verdad es que me apetecía el hotel. (Alejandro no puede improvisar una disculpa sin ofender la inteligencia de su abuelo.)

- Bueno, ya está. ¿Te apetece un refresco? (siempre suele utilizar esta palabra cuando propone una invitación.)

- Venga. Sentémonos un rato en esta terraza ¿Te parece?

- ¿Qué tal llevas la vida? (lo pregunta siempre que se ven, lo suele hacer al principio de la primera conversación, no por cortesía o por hablar de algo, sino porque está interesado en conocer lo que hace Alejandro.)

- Trabajo y leo. Escribo de vez en cuando, llevo a mamá por ahí, salgo con Chusma ¿Te acuerdas de él?

- Sí, un chico inteligente y noble. Me gustaba su manera de pensar. Creo que la gente castellana es recta, no se mete en camisa de once varas.

- Tengo asuntos, no para echar las campanas al vuelo, pero no me falta trabajo. Me ayuda mucho la Cooperativa de Piensos y el gallego de la Estación de Servicio.

- Tienes que perseverar y tener paciencia. Todo llega. pero sé honesto como tu padre y como yo.

- Algunos amigos de papá, a los que favoreció, no me han ayudado...

- Envidiaban la posición de tu padre y lo pagan contigo. Era un señor. La gente no perdona, cielo. (Llega el camarero.)

- ¿Qué quieres?

- Un café solo.

- Uno solo y una *Coca-cola*, por favor.

- *Ahora mismo, caballero* (A Alejandro le encantan los modismos gentiles que los isleños no han perdido, gente amable donde las haya.)

- Me enorgullece que te dediques a la abogacía y sé que lo harás bien, pero el mundo es egoísta y nosotros somos muy emotivos y eso perjudica nuestros intereses. Debes nadar y guardar la ropa. ¿Qué tal andas de mozas?

- Estoy solo.

- El buey solo bien se lame, no te cases. Algunas novias que tuviste no me convencían...

- Nunca dijiste nada.

- Yo siempre respeto tu independencia, y el amor es cosa difícil, cada cual debe elegir el suyo.

- ¿Lo dices por la vieja?

- Yo me enamoré de Pilar, pero mi vida no ha sido fácil con ella.

- Lo sé, pero quiero casarme y tener hijos, formar una familia.

- Los hijos te pueden decepcionar Alejandro...

- No me desanimas, pero aún me queda tiempo para pensarlo.

- Todavía tienes la sangre caliente, pero. si aguantas un poco te enfriarás. Tienes a tu madre.

- Tú te casaste. Te enamoraste.

- Nosotros dos somos muy enamoradizos, lo sabes bien, y las mujeres siempre van por delante de nosotros. ¿No has tenido bastante con tus experiencias?

- El amor no es fácil, viejo.

- Hay que sufrir mucho una vez que te embarcas.

- Creo que tu experiencia te ha exigido renunciar más de la cuenta. Eso te hace hablar así, pero no creo que hables en serio.

- Bueno, yo quiero mucho a Pilar.

- Viejo, tu vida no ha sido fácil.

- La de nadie lo es. Algunos viven en la ignorancia, sin padecer, bien porque no les toca o porque no afrontan los problemas. Pasan por la vida como ovejas de un rebaño. Tampoco lo cambio.

- En realidad me planteas un horizonte muy negativo y tú no lo eres.

- No. Pero ¿de qué vale vivir? ¿Para que estamos aquí? No merece la pena llegar a viejo, créeme.

- Pero te obstinas y sigues luchando. No te entiendo, de verdad.

- Porque tengo energía, si no estaría derrumbado. Las cosas que hago son para evadirme. Llegas a más cuando sufres. El placer te abotarga, no te permite avanzar. Pero ¿Para qué avanzar? Eso es lo que me pregunto.

- Siempre has soñado con cosas buenas. El gobierno central de la humanidad, por ejemplo, escribir...

- Ya... *Tú siempre serás un escritor* (esta frase escueta, dicha con una seguridad cuyo fundamento no alcanza a comprender Alejandro, permanecerá siempre en su memoria y le dará vueltas el resto de su vida.) No sabe si se trata de una premonición de un abuelo al que le queda poco tiempo de vida *-a veces los premuertos traen ecos del tiempo del porvenir-* o si lo que el abuelo en realidad quiere es que Alejandro le tome el relevo de un sueño incumplido; en cualquier caso, la frase no puede ser contestada, parece dicha como afirmación que no admite respuesta, no porque el abuelo la pronuncie en tono imperativo sino porque se trata de un pensamiento que no proviene de la razón sino de la intuición, de aquello que se sabe con certeza. Y el abuelo ha dicho "tú siempre serás un escritor". No lo cree, no lo pregunta, lo sabe a ciencia cierta…

Las frases que se quedan en nuestra memoria demuestran que debemos economizar lo que decimos, sólo muy pocas alcanzan la pequeña eternidad de fijarse permaneciendo en nosotros. Aunque no estén siempre presentes tienen una misión encomendada por quien las pronunció, permanecen para resurgir cuando las necesitamos, bien porque tienden a reafirmarnos cuanto caemos en el desánimo, bien porque contienen un mandato o el ruego de que hagamos lo que quiere aquel que nos las confía, o bien porque son verdaderamente el norte que guía nuestro destino, el rumbo que nunca debemos abandonar. No se sabe si el abuelo Guillermo quiso trasladar un relevo generacional una vez que su vida no diera para más o si ciertamente los duendes que manejan los hilos de la vida se sirvieron del abuelo, cual ángel de la Anunciación, para dejar claro a Alejandro su destino vital, pero Alejandro perseverará en el propósito publicando habitualmente en periódicos locales, se hará un poeta de su ciudad, escribirá sin cesar sin importarle el grado de trascendencia de lo que hace. ¿Qué quiso transmitir el abuelo realmente?: ¿que Alejandro nunca dejará de ser un escritor desconocido y que, por tanto, morirá como el abuelo, sin haber hecho nada de mérito, o que será un escritor reconocido? La frase, como se ve, contiene un enigma indescifrable. Da igual que Alejandro se conforme con ser un escritor local más o menos reconocido, como llegará a ser en su provincia, o que, incluso, no le importe que se le olvide en este ámbito y pase al anonimato, da igual si el destino prefijado no es ése y lo que tiene que suceder no depende de su voluntad. Más aún, en el supuesto de que su destino fuera escribir para los hombres, para la humanidad, qué mensaje debe transmitir a los lectores, cuál debe ser el sentido final de su contenido. Una frase limpia, sencilla, escueta, pronunciada por quien no malgasta palabras, permanecerá en Alejandro como un eco de reflexión permanente y como un impulso en los momentos de zozobra.

Se va echando la noche y el abuelo quiere que Alejandro conozca el apartamento donde vive. Por culpa del litigio y los gastos que conlleva y porque necesita dinero para atender las necesidades de Pilar y las suyas propias, ha tenido que vender el confortable apartamento situado en el centro urbanístico de las Palmas, en la calle Olof Palme, donde vivía antes. Ahora vive de alquiler en un apartamento muy modesto de la calle doctor Grau Bassas. Alejandro siente culpabilidad por no haber compartido con él la pequeñez y el relativo mal acomodo del inmueble, ahora comprende que la solidaridad hubiera sido necesaria. No hay división de tabiques, excepto para el pequeño cuarto de estar, que da a la galería; el dormitorio, pequeño, prácticamente se une a una cocina improvisada. Sólo el cuarto de baño permite intimidad. Alejandro está dolido, le irrita profundamente la circunstancia vital del abuelo, no le parece justa. Se reserva sus pensamientos, no le propone regresar con él porque sabe que no quiere ir a Palencia mientras no resuelva su problema. Improvisan una cena ligera y, a pesar de que el día ha sido largo, deciden jugar una partida de ajedrez. Mientras el abuelo dispone el tablero, acerca a Alejandro un pequeño escrito.

- _Hoy hemos hablado del amor. Toma, lee esto, a ver qué te parece. Lo he escrito para Pilar._

El narrador, que conserva el texto en su despacho, lo transcribe literalmente, tal y como fue escrito por Guillermo Amieva Díaz. Lo cuelga también en el grupo de _Facebook_ al que pertenece esperando que alguien sensible lo comente.

Pasado y fantasías de un mundo desconocido

Recuerdos que afluyen a mi memoria como un pasado incierto, un destino: ¡El mío!. Era una tarde dulce y apacible de primavera. Sentado a la puerta de una peluquería esperaba mi turno. A lo lejos veo venir una niña en dirección hacia donde yo estaba; rondaba los catorce años y su caminar era sereno y firme. En sus brazos llevaba unos paños blancos y la mirada fija en mí. Yo le seguí su juego y cuando llegó donde yo estaba, entregó los paños en aquella peluquería y se marchó sin que mediara una palabra entre los dos. Una tarde me enteré de que el padre era el dueño de aquel establecimiento. Este día quedará grabado en mi alma. ¡Aún recuerdo su imagen! En aquel momento algo me dijo que tú serías mi destino, y al correr del tiempo se hizo realidad. ¡Cuarenta y seis años de ilusiones, esperanzas y sueños que hemos ido unidos por el mismo camino. El cielo no ha querido darnos toda la felicidad que nosotros hubiéramos deseado, pero seamos pacientes y abracemos con amor nuestro destino. Resignado a mi muerte, y esperando que después de ella guardes un rato recuerdo de mí, iniciaré un nuevo camino. Otros mundos, otros horizontes que guíen mi espíritu a donde esté el tuyo. Y vagaré sin descanso por las llanuras del espacio hasta encontrar aquella Rosa que un día de *primavera ha dejado en mi corazón el recuerdo imperecedero de aquella ilusión. Y te encontraré, porque si somos esencia de la propia vida, y ésta es eterna, hasta que no te encuentre no tendré reposo ni sosiego, ni mi espíritu placer. Y si en algún momento nos cruzamos sin habernos conocido y el viento deja algo de ti, extenderé mis brazos impacientes suplicando : ¡Vuelve...! ¡Y vuelve otra vez a mirarme de frente, como lo hiciste de niña cuando te vi por primera vez!. Si esto no sucede nunca y mi pasado ha sido una ilusión, quiero seguir unido a este espejismo, a esta sombra mía; que aunque no tenía vida, sin separarse de mí, me había hecho creer que existía. Y puestas mis esperanzas en esta ilusión, todo mi afán será cabalgar en el viento hasta poderte encontrar. En ese momento en que vengas a mí, emprenderemos un largo vuelo al infinito, sin prisas, sin tiempo. Y lanzaremos las campanas al vuelo como en nuevas nupcias. Y cuando la noche extienda su manto, las estrellas y la luna nos servirán de guía en este peregrinar eterno de la vida sin fin. Así caminaremos tú y yo. Unidas nuestras almas en un mismo ser, hasta que el correr de los tiempos nos haya purificado, y ya sin pecado esperemos que el cielo envíe a su mundo preferido la esencia que con nosotros ha recorrido un camino, y que ha de dar vida a otros seres para que cumplan su destino. Y cuando hayamos cumplido este mandato del cielo, volveremos a entrar en la rueda de la purificación para que las nuevas generaciones sean más sinceras, más humanas y más justas, y así, el odio y el dolor serán recompensados por el amor. ¡Y siempre empezar! ¡Cómo lo hicimos en aquella dulce y apacible primavera en que, en la plaza de Santo Domingo, por vez primera nos conocimos.*

Cuando Alejandro termina de leer, las piezas negras del abuelo ya están ordenadas, centradas en cada casilla. El abuelo nunca las deja al albur desordenado del primer momento que caen en el tablero, un tablero que es el mismo de siempre y que, porque es un hombre muy curioso, no ha perdido. Las fichas también son las mismas. Han pasado veinticinco años y ni una sola se ha despistado, están gastadas por el uso, habituadas a ganar o perder, a ensayar jugadas desde la instrucción que reportan los grandes maestros como Alekine, el gran jugador ruso que fue campeón del mundo y que el abuelo tanto admira. Por el tablero se han desarrollado las grandes aperturas que _el viejo creador de formas de madera_ tiene acumuladas en la memoria: el gambito de dama, la defensa Nimzo India, la Catalana, etcétera... Como si de un ritual se tratara, se centra en la observación metódica de las fichas y se dispone para la batalla. Han pasado muchos años tras aquella primera partida que inició la larga conversación sostenida en el tiempo con su nieto, y Alejandro ya es un rival difícil de batir, la partida puede decantarse para cualquiera, depende de la concentración, de la agilidad del momento, pero se consuma pacientemente, concentra competitividad y amistad unidas en concurso. Es su juego, el gimnasio mental que el abuelo regaló al nieto para que aprendiera a pensar por su cuenta y a enfrentarse a las circunstancias, para que aprendiera a perder, para que desarrollara la paciencia, para que encontrara el lento camino hacia la sabiduría. Aquella partida fue el comienzo del aprendizaje del niño, el primer paso de los muchos que debería dar hasta llegar a ésta que, aunque ellos no lo saben, será la última que jueguen. El abuelo le ha cedido la ventaja de jugar con blancas, como hacía siempre al principio. En el principio y en el fin se concita siempre una igualdad de destino, la pescadilla se muerde la cola, sólo el recorrido del viaje experimenta la variación que le hace sugestivo, rico en matices. Una partida final, la última entre dos jugadores unidos por lazos de parentesco tan fuertes, acrisola la energía espiritual que los une, y aunque no sepan que será su último enfrentamiento, el subconsciente lo presiente y, entonces, el juego se hace más dramático por la inevitable marcha de uno de los dos contendientes, que será arrebatado por la muerte y arrancado radicalmente de la vida para cabalgar con el viento hasta el infinito.

Alejandro sigue el mismo ritual que su abuelo para colocar las fichas, costumbre aprendida en la infancia que nunca ha abandonado. Puede dejar la maleta tirada sobre la cama de la habitación sin que le importe mucho que se arruguen las camisas, pero no puede dejar las fichas mal colocadas. Antes de jugar suelen hablar de cosas intrascendentes, para aligerar la tensión y preparar el necesario silencio posterior, pero en esta ocasión el texto del abuelo no da pábulo a lo intrascendente. Alejandro recuerda que han estado hablando del amor y del matrimonio, recuerda que el abuelo le ha aconsejado que se quede soltero, pero el pasaje que acaba de leer muestra que el abuelo no podía decir aquello en serio.

- ¿Te ha gustado el poema? (*El viejo creador de formas de madera* lo llama poema)

- ¿Y decías que no me case, que me quede como el buey solitario?, -reprocha Alejandro irónico y amable, divertido, con la displicencia propia de quien ha descubierto a otro en un renuncio- (luego, afianza la posición de la Reina blanca, pieza central y curiosamente femenina que señala irónicamente, sin que el abuelo lo advierta, como símbolo de la mujer; ¿El rey y la reina no parecen un matrimonio en buen concierto? -piensa.

- Hummmmm. ¡Ven acá, anda! (esta expresión resulta recurrente en el vocabulario del abuelo Guillermo, forma parte de las interlocuciones que alguna vez dirige a Alejandro, una manera cariñosa de intentar arrimar al nieto cuando sabe que éste le ha pillado) ¡Ven acá!, -sigue diciendo mientras mira al tablero como esquivando enfrentarse-. Las mujeres de ahora ya no son como las de antes, o te crees que no me doy cuenta, no hay más que verlas en la playa, el descaro que tienen. Son muy independientes, van a lo suyo, ¿no te das cuenta?, las cosas están más fáciles que en nuestra época, hombre, y sin dificultad es muy difícil que el amor anide de verdad, la gente no para de separarse, no sabe lo que quiere. (A pesar de que al abuelo Guillermo le gusten tanto las mujeres como a su nieto, y a pesar de su progresismo intelectual, conserva con respecto a las costumbres morales algún remilgo propio de las personas de edad, de hecho, la izquierda de las seis primeras décadas del siglo veinte nunca rechazó la sociedad patriarcal; estos hombres conocieron muy jóvenes a sus parejas, las cuales, además, les ofrecieron el regalo de la virginidad, tesoro que acrisolan como suyo y como un símbolo del arraigo).

- A cambio me propones que vaya de flor en flor.

- Puedes vivir de otra manera. ¿No lo has hecho hasta ahora? ¿Qué cambia?

- Tú has vivido con una mujer toda la vida, yo me he empeñado en encontrar una adecuada. De acuerdo con que las mujeres son independientes, pero es que antes os seguían los pasos, eran mucho menores que vosotros, la abuela tiene catorce menos que tú. Habíais vivido y buscabais tranquilidad, que no os incordiaran. El mundo era masculino, y hoy no lo es. Además, te quejas del matrimonio, y en parte lo comprendo por tu circunstancia, pero resulta que escribes un pasaje en el que hasta en el infinito estás esperando a tu amor.

- Sí, está bien lo de la independencia de la mujer. Yo he tenido hijas y les aconsejé que nunca se casaran pronto. Quería que no dependieran de ningún hombre, que tuvieran su vida y que luego decidieran. Más moderno que eso…

- Porque no te fiabas de los hombres.

- Puede… O porque no me fiaba del egoísmo mundano. Nadie quiere que sus hijos sufran.

- El sufrimiento es necesario para avanzar ¿no crees? ¿Por qué hay que empeñarse en que los hijos no experimenten el lado amargo de la vida?

- Siempre tiendes a protegerlos. Te pasará a ti también.

- Peón cuatro dama. Anda. (Alejandro empieza la partida con el gambito de dama, movimiento clásico que su abuelo le enseñó y que han reproducido muchas veces. Los primeros compases de la partida se saben, por eso mueven con cierta rapidez y relajación, tan sólo afianzan sus posiciones en el centro del tablero).

- Peón cuatro dama. (El abuelo enfrenta el peón negro al blanco, lo que se esperaba y lo que hay que hacer).

- Peón cuatro alfil dama. (Alejandro ofrece el peón de alfil para que el abuelo lo coma, pero sabe que no picará. En esto consiste el gambito. Se pretende engañar poniendo de cebo el peón del alfil porque, si las negras lo comen, debilitan su posición en el centro del tablero. A lo largo de todas las partidas jugadas ninguno de los dos jugadores ha comido la pieza ofrecida como expiación).

En la otra partida, en la de la charla, a diferencia de lo que ocurre sobre el tablero real, el abuelo juega con blancas.¿Pretende el abuelo que el nieto coma el peón de la soltería para expiarle? Se lo ha ofrecido gustosamente durante la conversación. La soltería contiene la apetecible golosina de la libertad y la variación de pareja, pero qué gana el abuelo con ello en esta partida dialogada. ¿Pretende planificar la vida de Alejandro, evitarle las incomodidades del matrimonio? ¿Quiere que no sufra su experiencia porque está persuadido de que será mejor para él? ¿Cómo puede estar seguro de ello? Hubo un tiempo en que el abuelo estaba convencido de que la familia no debería existir y que los niños deberían formarse en internados, alejados de su familia biológica y del pernicioso influjo materno, pensamiento probablemente influido por *La República* de Platón. Sabido es que la filosofía que destila el libro ha justificado los más arbitrarios y despóticos regímenes autoritarios, sin duda alguna el comunismo, o la participación comunal de los individuos privados de personalidad para el beneficio exclusivo del interés general. Platón escribió la República en un momento de la historia clásica griega en el que los filósofos habían sido marginados de la política, en la que antes tuvieron gran influencia, y tal circunstancia puede explicar la tesis finalmente sostenida por el clásico, que así, como respuesta al rechazo de la participación del filósofo en la sociedad política de su época, ideó una República no democrática. Lo contradictorio del caso es que el abuelo siempre había sido familiar y cercano a los suyos, siguiendo a las hijas allí donde vivían. También había mostrado cierta tendencia a acaparar la atención hacia alguno de los nietos, siendo Alejandro el último en recibir el beneplácito, ello por la afinidad en el gusto intelectual que se fue desarrollando con los años, por descubrir finalmente que su espíritu era el más parecido a su alma y por la proximidad que la naturaleza afectuosa de éste propiciaba. Alejandro representaba el único eslabón familiar en un tiempo en que el abuelo vivía aislado del resto del grupo, lo cual podría justificar que el abuelo pretendiera alejarle de los lazos de dependencia que provoca la familia y que quisiera proyectarle a una vida menos convencional y más profunda en las experiencias. Alejandro, como se sabe, nunca aceptó comer el peón de la soltería.

- Peón tres rey. (El abuelo no acepta el gambito, mueve hacia una posición que permite defender al peón de la dama negra).

- Caballo tres alfil dama. (Alejandro refuerza con el caballo la posición del centro del tablero).

- Caballo tres alfil rey.

- Peón tres rey, (para defender la posición del peón de la dama).

- Caballo tres alfil dama (Las piezas empiezan a vivir la batalla)

- Caballo tres alfil rey

- Alfil dos rey

- Alfil dos rey.

El abuelo se enroca. El nieto también. Todo se hace tradicionalmente previsible, forma parte de una de las variantes estratégicas de la batalla campal. Finalmente, al igual que les ocurre en la realidad del combate dialéctico, se enrocan. Los argumentos de los amigos tienden a proteger sus verdaderas convicciones y llega un momento en que no dan más de sí. En esta última partida que disputan, las blancas están bien posicionadas, pero las negras defienden su posición esperando momentos mejores. El abuelo confía en que Alejandro se enfríe con el tiempo y que le dé pereza casarse, lo que permitirá ganar parte del futuro que prevé para él. El Alejandro de esta época se muestra muy seguro de lo que quiere, hasta podría parecer osado. Se ha lanzado al ejercicio de la abogacía confiando en su valía pero ignorando que el país que habita nunca ampara el mérito, que el que no llora no mama y que quien no tiene padrino no se bautiza, expresiones populares arraigadas que arrastran consigo, cuando son pronunciadas, la síntesis de la Historia de España, decadente desde los Austrias menores.

El narrador acusa cansancio y necesita un café. Como si de partidas de ajedrez simultáneas se tratara, ha proseguido con la novela y, al mismo tiempo, sostiene en Facebook un diálogo con sus amigas . Han pasado veinte años y las mujeres tienen una influencia notoria en su vida. Tanto en el ámbito familiar como en el social, y más aún en el virtual, la mujer desarrolla el moderno papel que la Historia le reserva. Relee el hilo Facebook, que nace a consecuencia de haber colgado el texto literario del abuelo (Paraíso y fantasías de un mundo desconocido) y decide ponerlo:

Guillermo De Miguel Amieva *Esa historia de amor tuvo una parte muy trágica, pero estoy empezando a considerar que nada une a las personas como el padecer lo mismo. El placer, las alegrías, muy necesarias, también pueden tener el efecto de distanciar. ¿No crees?*

Elena Serrano *¡Milena!, no sé si para bien o para mal, Guillermo es muy poco pudoroso [Milena ha debido colgar un comentario, que luego ha retirado, del que el narrador no tiene noticia]. Cierto es que personalmente, en un principio, me llamaba la atención y me sorprendía ver cómo expone públicamente cosas que yo no considero deban hacerse "públicas", pero no es menos cierto que gracias a su poca ocultación, sus publicaciones sacan de muchos de nosotros pensamientos e ideas que tal vez, de otro modo, nunca hubieran sido expresadas. Te advierto que es un punto exhibicionista y bastante provocador!!!.*

Elena Serrano *Mi comentario es por otro hecho por Milena. Pero ha desaparecido.*

Milena *Discúlpame, Elena, no sé que pasó. Decía mas o menos que tenía un poco de miedo en leer algo de tan frágil, ¿verdad? Me he dado cuenta de que Guillermo quiere compartir, y quedarse a mirar las reacciones frente a sus regalos preciosos.*

Guillermo De Miguel Amieva *No entiendo por qué Milena ha borrado su comentario, porque no tomaría nunca a mal la crítica.*

Elena, no encuentro qué tiene de malo hacer público un texto hermoso escrito por mi abuelo y que, por serlo, puede beneficiar a más personas que las propias del restringido círculo familiar. Hay un ánimo de volcar sus palabras más allá de su muerte, pues él tenía vocación de escribir, aunque su escasa formación académica le dificultara algo la forma.

El escritor no es pudoroso por naturaleza, pero desnudarse también es un acto valiente que exige fuerza interior. Lanzarse al abismo me encanta y no puedo vivir de otro modo. ¿Provoco? Lo hago siempre con la mejor intención y procuro atraer hacia mí las sensibilidades. Creo que en el fondo hemos olvidado que todos somos uno, ingredientes de una especie y criaturas de un planeta. Nacimos desnudos y los prejuicios nos vistieron. No creo en pecados sino en pecadores. Prefiero estar entre herejes que entre inquisidores, pues en el inquisidor he encontrado siempre la debilidad de no vivir su propia vida y querer gobernar las ajenas.

El escritor nunca ha sido pudoroso, si no le sería imposible escribir. Pero me pregunto ¿a qué y por qué hay que tener pudor? Un día me fotografié desnudo con el iPhone en la parte convexa de una cucharilla de moca. Lo colgué en el muro dedicándoselo a muchos Facebookeros que se dedican a entrar en los muros, sin hacer acto de presencia, para ver lo que hacemos, es decir, con quién hablamos, con quien coqueteamos, qué personas nos atraen más, etc. y éstos hacen tal cosa sin ningún tipo de pudor, y el pudor nace de la vergüenza propia ante algo que pensamos que no debemos exponer. Ocultos, vestidos por el ropaje del anonimato, nunca dicen nada y todo lo controlan. Gracias a Dios que no es vuestro caso. No tengo miedo a que me juzguen. De momento manejo mi barca, me conozco y soy mi propio juez, para lo bueno y para lo malo. Tengo defectos grandes y no me avergüenza tenerlos, ni siquiera cierto narcisismo y algo de vanidad, porque no se puede aspirar a tener solo cualidades, a no ser que queramos ser santos. La novela, es todo un símbolo, empieza en un espejo.

Guillermo De Miguel Amieva *Ya Milena. Te lo leo ahora, el comentario. No tengas miedo de decirme lo que quieras, de verdad. La gente sincera me da pautas que los aduladores esconden.*

Elena Serrano *Queridísimo William, en mi ánimo no está el ofenderte. Efectivamente no hay nada malo en hacer pública esa carta y no soy yo quien para valorar tu decisión. Cada uno decide lo desnudo que quiere mostrarse y mi apunte lo que pretende es, precisamente, expresar lo positivo de ese exhibicionismo y ese poco pudor, ya que gracias a ello, surgen interesantes discusiones. No lo juzgo, simplemente es un apunte personal intentando compartir el comentario de Milena.*

Me gusta esa manera tuya de vomitar... (amplia sonrisa) "Seguiré metiendo los dedos en tu boca", te va a venir muy bien para removerte el alma en este momento creativo tuyo (guiño). Besote!!!.·

Guillermo De Miguel Amieva *No me ofendes, al contrario, me encanta como te muestras ante mí. Ya sabes que valoro la sinceridad, reflejo de la valentía, y la valentía, indicio indiscutible de fortaleza. Has de saber que este hilo saldrá en la novela que estoy escribiendo (forma parte de la trama), quizás no debería decirlo, pero si quieres aprovechar para introducirte y dejar alguna perla tuya, dentro del contexto de este hilo o de la novela, puedes hacerlo. Será, sin duda alguna, interesante para los lectores, tú entre ellos, una vez comprometida a comprarlo.*

<u>Elena Serrano</u> *Recuerda que mi promesa es condicionada!!*

<u>Guillermo De Miguel Amieva</u> *El amor no lo es nunca, y la amistad tampoco querida Elena.*

Todo lo que dices está saliendo en la novela, te lo advierto. Afila tus armas. Al lector le puede interesar tu opinión con respecto al texto del abuelo, el significado que le das... te lo agradeceríamos mucho.

<u>Elena Serrano</u> *Gracias por tu ofrecimiento, sería francamente interesante!!*

<u>Guillermo De Miguel Amieva</u> *Estamos en el presente de la novela, que, al tiempo, será pasado. Todo se mezcla, ¿Ves el juego?*

<u>Elena Serrano</u> *Estoy en mi iPhone y la carta no la he podido leer, me voy al portátil a leerla y te cuento.·*

<u>Guillermo De Miguel Amieva</u> *Vale, espero mientras escribo...*

<u>Elena Serrano</u> *El amor y la amistad son incondicionales, totalmente de acuerdo, pero yo soy muy exigente con la gente que quiero porque siempre persigo lo mejor de ellos.*

<u>Guillermo De Miguel Amieva</u> *Aunque debemos aceptar a los amigos y al amor como son en realidad.*

<u>Elena Serrano</u> *Desde luego, en eso consiste el amor.*

Lo que yo te quiero decir es que soy muy perfeccionista, creo que si se hace algo hay que hacerlo bien de verdad, si no, es mejor no hacerlo. No hablaba de sentimientos.

Guillermo De Miguel Amieva _¿No es el perfeccionismo una manera de huir de nuestra inseguridad, querer tenerlo todo controlado porque tememos no saber reaccionar ante los imprevistos? Aún no nos has dicho nada del pasaje de mi abuelo. (Olvida, por favor, alguna falta que pueda haber; dejó el cole a los siete años)_

Elena Serrano _En cuanto a esa carta, creo que está escrita con esperanza, pero con mucha amargura a la vez. No voy a decir que desea el final, pero sí que lo ansía como principio de una nueva etapa, de un nuevo reencuentro, como algo que resucite esos primeros momentos de ese amor, como algo liberador._

Vuelve otra vez a mirarme de frente como lo hiciste de niña cuando te vi. por primera vez! Para mí, esta frase resume toda la carta, ansía un reencuentro después de la muerte y tras ella poder vivir esa felicidad que no tuvieron.

Guillermo De Miguel Amieva _Entonces el amor no tiene que ir necesariamente acompañado de la felicidad..._

Elena Serrano _Pues claro que no!!! Dónde estás???_

Guillermo De Miguel Amieva _En el despacho, y en la novela. Aquí escribo, en la novela juego al ajedrez con mi abuelo.¿Por?_

Elena Serrano _El que ama sufre, va acompañado de la felicidad unas veces, de mucho sufrimiento otras. Alguien que nunca ha sufrido es porque nunca ha amado._

Blanca Mónica, no te disculpes, esto es una conversación abierta. Un beso

Guillermo De Miguel Amieva _Estoy de acuerdo en_

esto. Amar lleva implícito sufrir, pero hasta qué límite? Cuando el sufrimiento es continuo, como en el caso del abuelo, cuando el amor destila las gotas de amargura que has observado al leer la carta, ¿el enamorado resiste, se cansa, desea la liberación?

<u>Elena Serrano</u> *Te pregunto dónde estas metafóricamente.*

<u>Guillermo De Miguel Amieva</u> *Por una parte soy un narrador que escribe, inmerso también en la novela, que escribe e intercala la redacción con Facebook, donde estás tú, que te estás introduciendo en el texto formando parte de él. También estoy jugado al ajedrez en el apartamento de mi abuelo, la última partida que jugamos en vida, estoy mucho más joven, claro, y, por otra parte, también dentro de la novela, estoy con Blanca, en el hotel después de haber viajado veinte años atrás en el tiempo.*

Digamos que el Guillermo que conoces se ha diversificado un poco... ¿Tú dónde estás? Necesito un café. Me llevo el iPhone al Templo del Café.

<u>Elena Serrano</u> *Escribe, escribe... Permite que te espere mi opinión; sé conciso, vete al grano, que las situaciones queden claras en la novela, no pongas flores alrededor del árbol jugando al corro de la patata*

<u>Guillermo De Miguel Amieva</u> *Si voy al grano me quedo en una frase. Eso decía Torrente Ballester. ¿Una novela qué es? Apunte en la pizarra: Fulanito ama a Fulanita, y luego desarróllelo usted. No sé si podré evitar desarbolarme, pero he de escribir lo que me sale, no lo que se espera, al menos eso dice también Juan Goitisolo, que diferencia el libro del producto literario. Estoy cansado y juega el Madrid.*

<u>Elena Serrano</u> *Pues disfruta del partido... aunque a ti,*

como buen madridista, te va a costar!!! Jajaja!! Besazo.
Ah! Y no escribas nunca lo que se espera, se tú mismo!!

Guillermo De Miguel Amieva _Estoy en el Templo con_
Jaime, que es del Barca. Siempre nos peleamos
cariñosamente. No aspiro a mucho con el libro, aunque no
digo que no me gustaría que lo publicaran, lo escribo
porque necesito hacerlo, nada más. También albergo la
posibilidad de que mis hijas lo lean algún día.

Inmerso en la partida, Alejandro olvida la
conversación sobre el amor que sostiene con su abuelo. La
concentración opera como cualquier técnica oriental de
vacío de la mente, le enajena y sólo obedece al cálculo de la
estrategia, una mezcla de palabras cifradas
matemáticamente que definen el movimiento de las piezas
sobre el tablero. Juega a través de otros y un poco a través
de sí mismo, responde a la experiencia que el abuelo le ha
transmitido sin ser consciente de que, al menos en el
ajedrez, ha incorporando lo que el abuelo le ha dejado
como herencia. Hasta que el nivel de juego se fue
igualando, las partidas se desarrollaban con permisividad
por parte del viejo, pues éste permitía retrotraer la partida al
momento en que Alejandro había cometido un error clave.
Vivían el error como una oportunidad de aprendizaje, el
abuelo explicaba la causa y los efectos que se concatenarían
a seguido si Alejandro perseveraba en una jugada
equivocada. Pero lo que ocurría en el juego no ocurría en la
partida de la vida, donde cada jugador desarrollaba sus
propias acciones sin posibilidad alguna de retroceso y sin
que fuera posible aprender de otro modo que soportando el
peso de las consecuencias. El abuelo Guillermo sugería a
Alejandro que no cediera a la tentación de mover la ficha
del matrimonio y que, por contra, no despreciara jugar
partidas de amor simultáneas, alternativas o sucesivas, pero
si algo aprende el jugador de ajedrez es el sentido de la

independencia. El abuelo no previó que el juego elegido para establecer una relación duradera con Alejandro estimulaba paralelamente su autonomía y la menor dependencia con respecto al abuelo a la hora de aceptar como propia su experiencia.

La partida ha avanzado y buena parte del ejército de cada contendiente ha desaparecido. Mantienen las piezas importantes, pero han ido perdiendo peones, primeros sacrificados en toda guerra, y también algún caballo y algún alfil. La posición del abuelo se ha fortalecido ganando un punto ofensivo que antes no tenía. Los jugadores acusan la tensión del juego; pasar de una posición dominante a otra debilitada duele e impulsa la reacción, el jugador siente una pequeña muerte, cierto vacío, miedo a perder si no improvisa una jugada mejor, y, perder la partida, es la metáfora más repetida de la muerte que Alejandro y Guillermo han vivido juntos.

Raramente hablan cuando juegan. El ajedrez se interpone en la conversación que fuera del tablero desarrollan, de la que se abstraen totalmente, viven en una dimensión en la que son otros, menos comprometidos entre sí porque les separa la búsqueda de la derrota del adversario, desligados del propósito común que normalmente les vincula. Son lo que son los hombres. Individuos luchando independientemente por la supervivencia sin afectación de lo que pueda suceder al contrario. En el amor y en la guerra cada cual da la medida de lo que es y, como vulgarmente se dice, todo vale, aunque no en esta civilizada guerra medieval, sometida a reglas, que tanto apasiona a los personajes del relato.

Al final suelen mantener las torres, queda algún caballo o algún alfil resguardado en la retaguardia, también algunos peones que se han distinguido por su bravura y, por supuesto, conservan la reina, la cual se cuidan no mover hasta que el juego avanza. El rey aparece ya más desprotegido, pero suele conservar la importante protección de las almenas, y, alguna vez, mantiene impoluta la posición del enroque. Alejandro ha perdido esta última posición defensiva, su rey se desvive en los huecos que le han dejado, hasta la muerte, los peones más leales, pero la torre blanca aún le resguarda. No tiene perspectivas halagüeñas, está obligado a dedicar el alfil, junto con la torre, para la protección del rey, su capacidad ofensiva ha disminuido, y el abuelo, si juega con prudencia, tiene las de ganar. El principio y el fin son lo mismo. La primera partida y la última ofrecerán el mismo resultado, pero el maestro es aprendiz y el aprendiz también es maestro. A lo largo de la vida sólo los ignorantes desprecian el aprendizaje y sólo los indignos consideran que no tienen nada que enseñar a nadie.

El abuelo, un maestro, nunca ha despreciado el valor de las generaciones jóvenes, sabe que puede aprender de ellas y está esperanzado en que tomarán el relevo de la humanidad. Algunos jóvenes, no se le oculta, serán tan necios e ignorantes como sus mayores -de eso no puede salvarse ninguna generación- pero está seguro de que los más enérgicos y rebeldes, por más inconformistas, pondrán su inteligencia al servicio de la humanidad. A Alejandro le toca servir en la concreta parcela de la Justicia y el abuelo está seguro de que su nieto mantendrá el espíritu de lucha honesta de sus mayores, sabe que se llevará sinsabores y espera que se conforme con haber luchado poniendo todo de su parte. Para el abuelo, llegar a viejo no merece la pena, llega un momento en que la muerte se hace comprensible. Se alcanza la muerte civil cuando poco o nada justifica la presencia de una persona sobre la faz de la Tierra. *¿Para qué avanzar, para qué progresar?* se preguntaba horas antes en el Paseo de Las Canteras. Quizás la respuesta radica en contribuir al progreso final sabiendo que sólo ponemos pequeños pasos que no se justificarían si sólo pensáramos en nosotros. La esperanza del ser humano está puesta en el horizonte que le trasciende, nunca en él mismo, jamás en sus propias apetencias, pues la satisfacción inmediata de necesidades materiales nunca colma el espíritu. Sólo los seres sensibles trascienden esto y alcanzan el sentido de la verdadera religión que deberíamos practicar. El abuelo, aprovechando que Alejandro sólo alarga la caída de su rey, ha encontrado respuesta a la escéptica pregunta que antes se hiciera. Ganar le ha devuelto ilusión, pues el triunfo significa una pequeña resurrección para todo jugador que se precie.

Alejandro procura digerir la derrota consolándole, únicamente, que puede retirarse a descansar al hotel y que el abuelo dormirá satisfecho por la victoria. A pesar de la culpabilidad que siente por no quedarse en casa del viejo, no rectificará. Podría anular su reserva y acomodarse en casa pero no lo va a hacer. El deseo de independencia, quizás para alguna efímera aventura amorosa, es más fuerte que el sentimiento de solidaridad. No podemos evitar ser egoístas en ocasiones, los instintos detienen a veces la actuación más justa y aunque sepamos lo que debemos hacer, de nada sirve el recto conocimiento si carecemos de fuerza de voluntad para ponernos manos a la obra. Los amigos se despiden después de su primera jornada juntos y el abuelo, luego en la cama, contará las horas que le separan de Alejandro. La vejez ayuda a sintetizar, a elegir en qué debemos concentrar nuestra atención, y para el abuelo Guillermo nada hay tan importante en estos días como estar con su nieto; ni siquiera acompañar a Pilar será preferente.

Tras pasar la tarde en la playa, Guillermo ha dejado a Blanca profundamente dormida. Han cenado en un chino del paseo marítimo y, al final, la viajera no ha dado más de sí. Él conserva fuerzas para tomar un café en el ambigú del hotel, soledad que aprovecha para pensar una estrategia de acercamiento a sus dos reencontrados parientes. Cree que debe respetar los primeros momentos que disfrutan, incluso los de mañana siguiente, que, si la memoria no le falla, dedicaron en parte para visitar a la abuela Pilar.

El narrador nuevamente se detiene. Mónica Palozzi ha comentado el texto del abuelo Guillermo, y se ha mostrado muy sensible al trasfondo universal que rezuma.

Monica Palozzi *Acabo de leer la estupenda carta de tu abuelo, aunque llamarle carta en este caso es una limitación. Se trata de la expresión de un sentir profundo y metafísico, que se hace poesía, mientras se mezcla a un pensar filosófico, a su vez credo. Estupenda la imagen de la niña que avanza -cómo fuera visión- con la pila de los paños blancos, eternizándose en el recuerdo y marcando un destino que ya estaba escrito. Hay en el texto toda la expresión de la eternidad e inmortalidad del ser individuo que fluye y pasa nutriéndose de esa misma energía universal de la que es parte, mientras busca reestablecer un equilibrio aparentemente ofuscado mas ya alcanzado en otra parte y en otro momento de ese universo.*

Me permito expresar otra impresión mía... esta vez sobre los comentarios que siguieron el post de Guillermo. Personalmente no encuentro privo de pudor el haber publicado esta carta, ya que no hay nada que podría ofender al prójimo o dañar a los descendientes del autor. Al contrario, la encuentro edificante. Quizás diga yo esto por compartir sentimientos similares a los del abuelo de Guillermo, pero, de no haber sido así con sus ideas, igualmente hubiera ella constituido motivo de discusión. Y tampoco encuentro que Guillermo sea exhibicionista, el suyo es un entusiasmo muy típico de las personas que gozan y disfrutan cuando tienen su momento creativo, momento en el que la persona está como poseída por un demon que devora su tiempo y necesita transmitir y compartir esa luz que la rodea con los demás. En fin, no creo se deba condenar a nadie en su derecho de expresarse sino buscar una confrontación constructiva y libre de las partes.

Elena Serrano *En mi ánimo nunca ha estado adjetivar a Guillermo de esa manera para expresarme crítica con su manera de ser y mucho menos para condenarle!!*

Guillermo De Miguel Amieva *Aprecio mucho vuestros comentarios. Elena creo que no ha calificado mi comportamiento como exhibicionista o impudoroso a partir del texto colgado, sino que su juicio puede proceder de post anteriores, un juicio fundado en más datos por tanto, pero que no critica. Dice que al principio le extrañaba, porque ella no lo haría nunca (Elena a mi juicio escribe bien y el pudor puede constituir un obstáculo a la publicación de sus pensamientos), y luego añade que la exposición de mis pensamientos resulta positiva porque mueve al pensamiento.*

Mónica, tú, especialmente, hubieras trabado una muy buena relación con mi abuelo, porque ambos tenéis la mente siempre abierta a pensar y seguir descubriendo, no os acomodáis con lo establecido y compartís la visión de un espíritu universal más allá de la realidad terrena. Has hecho una visión profunda de la carta, en lo que tiene de sentido filosófico, moral y universal. Elena ha aportado la visión sentimental del abuelo con respecto al problema que padece y ha reflejado muy bien los entremezclados sentimientos de esperanza y amargura que la carta rezuma. Besos a las dos, mis sinceras amigas.

Monica Palozzi *Ah... bueno... pido perdón por el*

malentendido... no había comprendido que se refiriera a la desenvoltura de Guillermo en abrir sus sentimientos e ideas, un don que nos ofrece de sí. De todas formas estoy de acuerdo que se tengan que callar, por pudor, cosas que podrían ofender la decencia o la sensibilidad del auditorio. ...y ¿cuantas cosas nos callas, Guillermo? Besos a los dos y con cariño sincero!!

<u>Teresa Rc Galdiz</u> *Estoy deseando leer esa carta. No puedo desde el iPhone*

<u>Guillermo De Miguel Amieva</u> *Mónica, una vez, lo he dicho arriba, me fotografié desnudo con el iPhone en la parte convexa de una cucharilla de moka y se la dediqué a los que se meten en mi muro para sólo saber lo que hago y luego cotillear. Lo hacen y lo sé: cuántas amigas tiene Guillermo en el face!!! Cómo coquetea!!!! Qué cosas dice!!!!! Ésta le gusta mucho!!!', este busca algo, etcccc. Así es el mundo. O naces hereje o inquisidor y yo he elegido vivir, luego hereje.*

Sobre el pudor no tengo mucho. Hay una parte del pudor que no entiendo, porque considero que el pudor es algo que desarrollamos con respecto a lo que nos avergüenza o es muy íntimo. Con respecto a la vergüenza puedo tenerla si ofendo a los demás, pero no una ofensa de esas que la gente se toma dramática para hacerte sentir culpable por algo. Desde luego, revelar cosas de mi vida no puede ser impudoroso si no me avergüenzo de ellas o si mi intimidad no me importa revelarla, siempre que sólo me afecte a mí. Si compartes es porque decides que tu intimidad puede ser socializada, y si decides socializarla. ¿Quién puede ofenderse? Luego pedimos que no haya hipocresía social, pero ¿cómo no haberla si lo que contamos es verdad restringida? ¿La literatura debe ser un ejercicio de ocultación de la verdad o un valiente e impúdico arrojo hacia el vacío? El tema queda servido.

Monica Palozzi *Comparto lo que dices, Guillermo, yo también actuó de esa manera y también yo algunas veces he "osado" hacer algo que fuera provocatorio, pero limitándome al ejercicio verbal o textual... con "lo de callar cosas" bromeaba... sabes que no soy ni fisgona ni prejudicial (no sé si puede usarse este vocablo...) P.S.: mi nombre en italiano no tiene acento, es simplemente Monica. Nosotros solo tenemos algunos (pocos) acentos llanos.*

Monica Palozzi *Sí, Teresa, vale la pena leerla, es muy bonita.*

Elena Serrano *Ok, Mónica, Guillermo lo ha explicado muy bien. Beso. Cuando hablo de pudor no hablo de tapar por vergüenza, a lo que me refiero es al sentimiento de guardar o reservar la intimidad de ciertas cosas. Cada uno decide qué es lo que forma parte de su propia intimidad o qué está dispuesto a compartir con los demás y qué no.*

Segundo día

Guillermo se despierta cuando Blanca aún duerme. El día amanece propicio para hacer una excursión a Agaete, lugar que conocieron el verano del *dosmildiez* y del que guardan el buen recuerdo del *Puerto de las Nieves*. Juega a despertarla respetando el mal levantar que tiene, la zarandea con cariño y la besa, pronuncia el cariñoso apelativo de "gordita" con el que, aunque no sea una niña gorda ni mucho menos, suele dirigirse a ella, pero Blanca se hace la remolona; a veces provoca que el padre le administre un masaje en la espalda volviéndose de vientre contra el colchón, se deja mimar. Ummmmm. El tiempo apremia, Guillermo abrevia el masaje, la espabila con determinación hasta que consigue su propósito. En la habitación no hay tele de plasma, ni tampoco emiten tantos canales, ni mucho menos el dichoso Disney Channel al que está acostumbrada, lo cual le incomoda. Salta disparada al cuarto de baño, se ducha y pierde un poco de tiempo mirando el juego de objetos de baño que la mujer de servicio ha dejado en la repisa. Finalmente, se viste con bermuda y polo blanco y sigue a su padre.

- ¿Dónde vamos?

- He pensado que a Agaete. ¿Te acuerdas del *Puerto de las Nieves*? (El lugar es inolvidable para ella. Aquel día del verano pasado alquilaron un coche y circunvalaron la isla desde *Meloneras*. Recorrieron primero la costa oriental para alcanzar *Las Palmas,* donde comieron y se bañaron, en *Las Canteras* lógicamente; por la tarde se dirigieron a *Agaete* y al *Puerto de las Nieves*, ya en la costa occidental, con la intención de recorrer todo el tramo litoral del poniente por

San Nicolás. En *El puerto de las nieves* descubrieron que los muchachos isleños se lanzaban al agua desde las escaleras del muelle y, los más valientes, desde una grúa desvencijada. Cada peldaño de la escalera de piedra esculpida junto al espigón del puerto constituía un paso hacia el objetivo final de encaramarse en la punta de la grúa para lanzarse al vacío, cosa que, ya se ha dicho, sólo lograban los más fuertes y de mayor edad, *muyayos* canarios curtidos desde la niñez. A Blanca le atrajo la algarabía de aquellos chicos intrépidos y no pudo evitar mezclarse, ni siquiera le arredró carecer de bañador, ya que el suyo, húmedo por el baño en *Las Canteras,* lo habían dejado en el coche. Tal gana tenía de zambullirse que, quedándose únicamente en braguitas, no lo dudó un instante. Guillermo llevaba el bañador debajo de la bermuda, por lo que, tras obtener bellísimas instantáneas de los muchachos, pudo acompañarla. No pudo fotografiar entonces *El dedo de Dios,* célebre formación rocosa de la costa nombrada así por semejar un enorme dedo verticalmente dispuesto hacia el cielo, el cual fue derribado por las mareas del invierno hundiéndose en el agua).

- Síííííííííí!!!!!! - responde contenta, muy ilusionada.

- Podremos tirarnos de nuevo desde las escaleras, y además podremos ver *El dedo de Dios.* Es la ventaja de viajar en el tiempo Blanca.

- Y podremos fotografiarlo, así mamá y Carmen sabrán que no les mentimos cuando les digamos que hemos estado aquí.

- ¡Es verdad!, ésta vez nos va a ser muy útil que me hayas desobedecido, pero tendremos que tener cuidado de que no nos descubran utilizando una cámara tan moderna.

- No se darán cuenta… -balbuce-

- Seguro que no.

- ¿Y el abuelo Guillermo?

- Dejaremos que disfrute de la compañía de su nieto. Creo que irán a ver a la abuela Pilar.

Bajan a desayunar, Blanca come con gana, pero no así Guillermo, receloso por el dichoso ácido úrico y por el temor que le infunden los productos de pastelería industrial que ponen en los hoteles. La costumbre del bufé libre ya está extendida, y aunque este desayuno no puede compararse al del famoso _Baobab_ que Blanca conoce y tanto añora, sabe que, como buena viajera, hay que adaptarse a lo que toca. Guillermo ha pedido un _Volkswagen Santana_ porque quiere reencontrarse con el vehículo para resucitarlo, sentir de nuevo que, conduciéndolo, habita la atmósfera compartida con el padre perdido, nostalgia de última hora que emprende con la única rémora de no poder alquilar una silla para Blanca, ya que, en este tiempo, los coches de alquiler no disponen de ellas.

Terminan su desayuno y se dirigen al hall. El vehículo está aparcado fuera, y a Alejandro sólo le resta firmar la solicitud y comprobar el alcance de los correspondientes seguros. Para solventar los trámites de rigor vale el carné de conducir de siempre, evitando, así, entregar el moderno carné de identidad, que hubiera despertado la alarma del administrador del hotel. Abandonan la ciudad bordeando la bahía de "El Confital", dejan atrás la bella perspectiva que alberga _la playa de las Canteras._

- ¿Queda mucho? - pregunta Blanca, olvidando que las buenas viajeras nunca hacen semejante pregunta-. El padre pide paciencia y le recuerda, para que se distraiga, que viajan en un coche igual al que él tenía entonces. A Blanca le gusta más el _Passat_ moderno que disfruta en su vida normal, pero sin silla se siente mayor y eso le encanta. A Guillermo le gusta conducir el coche que tuvo, el retrovisor refleja la imagen de Blanca, perdida en sus ensoñaciones, y le recuerda el tiempo en que él sufrió la posición atrasada que ella tiene ahora. La vieja metáfora del espejo relacionada con el tiempo no le ha abandonado después de tantos años, y, al igual que le sucediera ayer a Alejandro, se retrotrae imaginando al padre perdido. Ya es padre y ha experimentado el cambio de rol que la vida le ha obligado a desarrollar, pero, aunque conserva cosas transmitidas por Emín, hay que notar que Guillermo se ha involucrado más en la infancia de sus hijas, quizá porque entonces no se estilaba tanto, quizá porque ahora sí se estila y hasta puede estigmatizar a quien no lo haga.

Guillermo disfruta viviendo la infancia de sus dos hijas, y, sin ser tan severa como la de su padre, mezcla la autoridad con la ilusión que le produce compartir experiencias y juegos con ellas. No cree, como su abuelo, que Carmen y Blanca tengan que asumir su propia experiencia, la de él, quiere decirse, pues está convencido de que cada ser humano debe vivir su propia vida y extraer las consecuencias que la inteligencia le permita. Tampoco está interesado en transmitirles ninguna ideología política o religiosa, entre otras razones esenciales porque, aunque él sea liberal, considera que la política pertenece a un campo que debe ser desarrollado desde el convencimiento que reporta la reflexión mantenida a lo largo del tiempo. Hay padres que hacen hijos católicos, o hijos de derechas, o hijos de izquierdas, pero en Guillermo tal propósito se antoja una imposición inducida en los niños por el chantaje emocional, algo así como un relevo que estos padres consideran que debe persistir. ¿Dónde está el derecho del niño a construir su personalidad, entonces?

Le interesa que sus hijas enfoquen la vida hacia la

felicidad, objetivo más trascendente del que dependerá su estabilidad, propósito nada fácil, ni siquiera para él mismo, que depende, según él, un poco de la inteligencia, mucho del amor y, también, en gran medida, de la suerte. Pretende hacerlas aventureras en lugar de turistas, sabe que el viajero asume los inconvenientes del viaje en lugar de refugiarse en el victimismo, quiere que sus hijas aprendan que la vida se vive disfrutando los placeres y aprendiendo de los errores.

Blanca cae derrotada por el sueño. Guillermo la observa por el retrovisor recreándose en su rostro inclinado, paladea, mirándola, la melena negra zahína alborotada, la belleza tranquila de los párpados caídos, los mofletes y su naricita achatada. Le enorgullece, porque él no la ha tenido nunca, la fortaleza muscular heredada de su abuelo materno, es sensible a su autenticidad y a su nobleza, carácter auténtico que, sin fingimientos, viéndosela venir, tiene para lo bueno y para lo malo, para el egoísmo inocente y también para la humanidad. En esa alma pequeña, que no sabe perder y ser revuelve contra la adversidad, cabe una enorme humanidad que emociona mucho a su padre, pues Blanca es una sentimental que llora en las películas, alguien capaz de empatizar con la tragedia que experimente cualquier personaje de ficción. Nada más hermoso.

Agaete se erige al abrigo de un litoral hermosamente escarpado que se vence verticalmente sobre la costa del oeste de Gran Canaria, cae sobre ella casi sin dejar espacios. Un conjunto urbano de casas blancas aprovecha el único hueco que la naturaleza magnánimamente deja. El conductor se deleita en la contemplación de la blancura, metáfora de la pureza, únicamente interrumpida por la bóveda roja de la iglesia. Respira la brisa canaria, alcanza un estado de abandono que sólo es interrumpido cuando Blanca despierta.

- ¿Hemos llegado?

- Sí, mi amor, ya estamos.

- Había un parking.

- Seguramente no está, cariño, pero tampoco creo que tengamos problema. El día que visitamos Agaete por primera vez era la fiesta y estaba lleno de coches. ¿Te acuerdas?

- Sí. Había un parking, y nos cobraba un señor. Nos dio una entrada amarilla.

- ¡Qué memoria tienes! -exclama Guillermo, que nunca parece dejar de sorprenderse por la memoria de elefante que tienen los niños.- Hoy no nos hará falta -prosigue-, podremos aparcar muy cerca del *Puerto de las Nieves*. Mira, vamos a meternos por esta callejuela. Creo que desemboca en el puerto...

El puerto de las nieves está casi como lo dejaron la última vez, el tiempo no querrá, ni siquiera con el transcurso de casi veinte años, distinguir el ayer del futuro y, como si de una pequeña joya se tratara, permanece igual. La grúa está ahí, más nueva, eso sí, y enfrente del muelle se alza *el dedo de Dios,* el cual acaba en una finísima punta que Guillermo no puede explicar cómo se mantiene.

- ¡Mira, papá, la grúa!. ¡Ahí está!. ¡Y los niños!

- Sí. ¡Y *el dedo de Dios*!

- ¿Dónde?

- Allí, enfrente de los niños. ¿No ves una roca que termina en una punta muy fina que parece que se va a caer?

- ¿Ése es el dedo de Dioooooooooooooos?

- Sí

- ¿El de verdad?

- No, hombre, la gente piensa que se parece mucho al dedo de Dios, se lo imagina así porque no puede verlo y le gusta pensarlo. Nada más ¿Entiendes? Es como cuando tú dices que una cosa se parece a otra, que te la recuerda.

- ¡Vamos a bañarnos!

- Venga.

Acuden presurosos sintiéndose parte de una comunidad de bañistas insulares que les acoge en silencio. Probablemente, algunos de estos niños, los mayores, serán los padres de los niños con los que estuvieron el año pasado, pero dejando a un lado que gastan bañadores antiguos, se parecen mucho a los otros. Sus voces de júbilo, concentradas en única algarabía, se mezclan con el rumor del mar, el graznido de las gaviotas y el sonido que, uno tras otro, producen los cuerpos al chapuzarse; se entremezclan también gritos de admiración cuando algún *muyayo* se encarama a la grúa, gritos que luego interrumpen cuando el bañista más avezado mantiene el interés de todos permaneciendo quieto en los más alto. A diferencia de lo que ocurrirá veinte años después, hay menos niñas, casi ninguna. Por eso Blanca llama la atención. *¿Quién será la goda que se tira desde los peldaños de la escalera?* Nadie dice nada.

Blanca va añadiendo peldaños a su mérito matutino y tiene menos miedo que la vez anterior. Guillermo se ha zambullido también. Su presencia extraña más que la de la niña, sobre todo cuando los chicos observan que lleva una cámara fotográfica que le permite obtener instantáneas desde el agua, pero nadie dice nada y tampoco se aproximan ni pretenden satisfacer la curiosidad. La cámara se convierte en un objeto separador, como si portar un objeto lucrativo supusiera un signo de mayor rango social que debe ser respetado. Algunos chicos, conscientes de que están siendo fotografiados, se zambullen desde la grúa exhibiendo un protagonismo que antes no tenían y Guillermo, que es un cazador de tiempo, aprovecha para disparar desde los peldaños negruzcos y desgastados de la escalera. La marea acaricia la escalera y poco a poco la va encaramando. Blanca se zambulle una y otra vez, y una y otra vez, hasta que el miedo la detiene, alcanza peldaños superiores . No hay quien la saque del agua, no se cansa, ha desayunado bien y además ha dormido en el coche. Diferenciados del grupo, los visitantes disfrutan un momento comunal de éxtasis, un clímax espiritual gracioso que les llena el alma. A pesar de que los chicos se mantendrán distantes, les han aceptado. Al padre, por el interés que muestra en lo que hacen, a Blanca por la valentía. Sin embargo, nadie dice nada.

La hora de comer se irá anunciando con el movimiento del sol. Cuando esto ocurre, Alejandro y su abuelo esperan turno en el restaurante al que éste habitualmente acude. Ha querido presentar al nieto para anunciar que aún le queda el orgullo de la descendencia y para que los restauradores que habitualmente le acogen no piensen que está tan solo como parece. El abuelo se ha ganado el cariño y la admiración de la gente del establecimiento. Su soledad habitual lo propicia, pero admiran en él la determinación, infrecuente a su edad, y alaban lo bien que se conserva. El joven camarero que normalmente le atiende se muestra un poco más distante porque no quiere interrumpir la conversación, pero el abuelo le presenta a Alejandro.

- Pedro, éste es mi nieto Alejandro.

- *Encantado, caballero* -responde el chico

- Igualmente -contesta Alejandro- Mi abuelo me ha dicho que estás preparando tu ingreso en la Guardia Civil.

- *Sí, a ver si sale.*

- Seguro que sí. Es un buen cuerpo, yo me relaciono mucho con él porque soy abogado y aprecio mucho lo educados y respetuosos que se muestran los guardias. (Alejandro aún no contiene la oportunidad de proclamar la profesión que ha elegido, lo hace sin afectación, pero se nota que se siente orgulloso).

- *Menuda profesión más difícil* -dice Pedro con humildad.

- Un poco -contesta Alejandro, con la tibieza propia de quien desconoce si podrá mantenerse mucho tiempo con clientes.

- Hay que luchar por la vida -intermedia el abuelo-. A todos nos toca, en una cosa u otra, y todo es complicado. ¿Comemos algo? ¡Vamos ver a mi mujer Pedro!

- *En ése caso, no les entretengo más. Tenemos paella, muy rica.*

- Yo quiero paella, pero quítame la carne, por favor. (el abuelo no ceja en el empeño de hacer gala de su vegetarianismo…)

- *Hoy le va a gustar, porque es de verduras, como a usted le va. ¿Y el caballero?*

- No me trates de usted por favor -suplica Alejandro-

- *Es la costumbre…*

- Ya. No importa. Me gustaría tomar algún pescado típico.

- *Hay cherne, sama, vieja.*

- Pues un poco de cherne con ensalada.

- Te sentará mejor que la carne -apostilla el abuelo-,

aunque no deja de ser un producto cadavérico.

- Ja, ja, ja, ja -Alejandro rompe a reír, animado por la apostilla del abuelo, que vuelve por sus fueros. (En la relación de dos seres unidos por el amor sincero la costumbre tarde o temprano hace acto de presencia, y el abuelo, es verdad, no tarda en aprovechar la mínima ocasión para adoctrinar al nieto sobre lo que le conviene comer.)

- Ríete, no lo harías si supieras cómo se produce la descomposición de la carne y del pescado en el organismo. Nuestro intestino no está hecho para digerirlo.

- Tienes suerte de que la carne de las islas no me guste mucho -bromea Alejandro-, porque si no...

- Tu padre te acostumbró a comer carne. Es mala, acidifica la sangre, si hubieras sido mi hijo no te hubiera hecho ese favor -replica sin desdén el abuelo-

- ¿Qué tal está la vieja?

- Ya sabes... no consigo que se reponga, pero no pierdo la esperanza. Está contenta porque vienes y tiene muchas ganas de verte. Ya la verás... Esta mañana he echado una ojeada al libro que me has traído, tiene buena pinta.

- El budismo te atrae desde hace algún tiempo.

- Ya sabes que son vegetarianos. Los orientales son más sabios que nosotros.

- Viven menos acelerados, desde luego.

- Aunque los budistas no creen en Dios, según tengo entendido.

- Cierto, piensan que es imaginación nuestra, pero creen en la reencarnación.

- No termina de convencerme eso del todo, pero me gusta mucho lo de la meditación.

- No te convence, pero en el escrito que me diste ayer parece que tienes esperanza en que tu espíritu se una con el infinito.

- Es una esperanza, Ale, nada más. Es tan difícil creer en algo más allá. ¿Tú que crees?

- Tiendo a creer en algo, pero coincido contigo en que no me convence mucho el Dios católico.

- ¡Baahh, eso es una patraña ¡Hay que contentar a la gente para calmar sus apetitos! Tu padre era creyente…

- Sí, mucho.

- Pero no te ha influido.

- No, aunque me quedo con su manera sincera de creer. Una vez, contemplando las maravillas del mundo, me espetó lo imposible que le parecía que Dios no existiera. Nadie puede probar la existencia, pero nadie puede probar lo contrario.

- Y si Dios existe, ¿por qué le ha dado a ella esta enfermedad dichosa? `¿por qué no partimos todos de iguales condiciones para vivir?

- No lo sé, lo desconozco por completo.

- Pilar era una mujer alegre, y ahora mira… depende del litio.

- Los budistas te hablarían del karma, te explicarían que el sufrimiento se interpone en nosotros para avanzar. A medida que tus vidas superan el sufrimiento depuras tu espiritualidad y llega un momento que ya no necesitas reencarnarte. A salvo de los bodhisattvas, que vuelven para ayudar a los demás, como el Dalai Lama, por ejemplo.

- En la vida no he dejado de sufrir, a salvo de unos años, muy pocos.

- Ya lo sé, viejo. No sé qué decirte. Hay cosas que quizá no pueden explicarse cuando estamos metidos de lleno en ellas. Si al menos pudieras cabalgar luego en el infinito...

- Cuando se sufre se recurre a la ensoñación. Por eso existe la poesía, o la música. Escribir es una vía de escape.

- Te comprendo, yo he empezado a escribir a raíz de la muerte de papá. Cuando me he visto solo.

- Y, sin embargo, mira cómo viven otros, protegidos por su ignorancia y por su soberbia...

- Viven y no viven ¿No?

- Sí, ¿de qué sirve estar en el mundo si no hay llanto y alegría a la vez? Tú, al menos, tienes la vida por delante y me alegra. Si de mí dependiera... ¿Qué tal está el cherne?

- Rico, pero me gusta más el pescado del Norte. Creo que es más sabroso.

- *Quieren postre?*

- Yo un café solo, por favor.

- Para mí cortado.

El café y el abuelo conforman una imagen recurrente en la memoria evocadora del narrador. Pretexto para la sobremesa y la charla distendida, tomar café y encender ritualmente un pitillo eran dos acciones unidas por un mismo propósito. Aparte de la literatura, el abuelo Guillermo vivía desde la administración prudente de los pequeños vicios confesables, los cuales parecían traer un paréntesis de entusiasmo cada día, pues encendiendo el pitillo tras el café, afrontando esa pequeña contravención de lo saludable, también el abuelo parecía animarse. A Guillermo Amieva Díaz le había sido dado el don de la elegancia, la cual podía apreciarse por la recta compostura y naturalidad de los gestos justos que de él emanaban, descartando en ellos lo innecesario o el dibujo de la vanidad. El café prolongaba la conversación, y Alejandro percibía en aquellas atmósferas de sobremesa la herencia juiciosa que su abuelo iba dejando. No le gustaba hablar por hablar, incluso los momentos más superficiales eran buscados para aligerar el peso de la conversación o para introducir algo de lo que quería hablar más tarde. Pero la comida ha sido provechosa y, por otra parte, el abuelo comienza a sentir impaciencia. La hora de visitar a Pilar se aproxima y no quiere perder la guagua que conduce al hospital de la Garita.

El narrador escribe en el _iPhone_ junto a su mujer. La literatura escrita, mejor aún, la novela, ha hecho aparición de nuevo en su vida. Curiosamente, escribe sin excitación y menos impregnado por el demonio del entusiasmo que Monica Palozzi (sin acento) le imagina; está calmado y algo más serio de lo que en este momento creativo debería estar. Durante los meses anteriores no ha parado de dibujar y ha tenido abandonada la creación literaria, que sólo ha retomado para escribir su articulo mensual en _El Norte de Castilla_, edición Palencia, o para componer algún poema solitario. La noticia del día es la concesión del Premio Cervantes a Ana María Matute, que acaba de pronunciarse diciendo que la literatura ha sido su vida, algo maravilloso, por creativo y profundo, a lo cual, sin embargo, sólo se accede experimentando el dolor. Guillermo de Miguel escucha a la autora mientras ve el telediario, el cual no deja de ser una repetición casi mimética de la edición de mediodía, consabida llamada a los fieles telespectadores desde el minarete más consagrado de Occidente. _Qué_ *sabias palabras acaba de pronunciar la escritora*, piensa el narrador, complacido por escuchar algo en lo que está de acuerdo y que, sin embargo, no suele escuchar a casi nadie. Una sola frase le ha devuelto fuerza para seguir creyendo que el esfuerzo y la capacidad de sacrificio pueden tener sentido; una frase corta, precisa, justa, pronunciada por una elegante escritora de pelo cano, a la que algunos califican como el Cervantes de la modernidad, le lleva de la mano a un pequeño oasis. Al narrador le gustaría saber cuántas personas han escuchado el mensaje de la escritora y, más aún, cuántas se han parado a pensar en lo trascendente de la frase para aplicarlo a sus vidas. Veinte años después del viaje que el presente libro rememora, Guillermo ha conseguido acercarse a la comprensión del sufrimiento en general, y al de su abuelo en particular. No quiere decirse que antes no sintiera el dolor de su abuelo, sino que no lo comprendía como botón de muestra del más general humano padecer, el que, debido a su juventud, pensaba que podría eludir. Tampoco lo observaba como objeto de análisis intelectual, y, en cualquier caso, nunca como algo adherido a la vida que no pudiera ser apartado. Los budistas pueden tener razón cuando indican que la vida es sufrimiento, el cual surge por el deseo, y que la única liberación posible radica en eliminar el deseo mediante el ejercicio de la meditación a través del yoga. Dejar la mente en blanco, vamos… ¿Hace lo mismo el escritor? ¿Renuncia a vencer el sufrimiento, por ser ésta una causa imposible, vaciando la mente de los neuróticos pensamientos que le persiguen? ¿Desaparecen estos cuando se vierten sobre la pantalla del ordenador? ¿Escribir es la confirmación de que el dolor no puede combatirse, que sólo podemos absorberlo para luego devolverlo por medio de la escritura?

¿Qué haces?, ha preguntado MJ hace un rato (aún no había salido Ana María Matute en el telediario). *Nada,*

escribo la novela, he contestado.*¿Escribes en el iPhone? Sí, y en el despacho. ¿Cuántas páginas has escrito? Sobre cien.¿Cuántas vas a escribir?* Ante una pregunta que, para alguien acostumbrada a delimitar el principio y el fin de las cosas pudiera parecer lógica, respondo con la ilógica del creador, quien, bien porque no puede, o porque nunca sabe si el propio libro se le irá de las manos, nunca calcula el horizonte literario; es decir: *respondo que no lo sé.* Sé, por alguna razón que se me escapa, que quiero escribir el presente libro sin que me afecte la tacha que más lo afea a los ojos del mundo, esto es, que sea en gran parte autobiográfico. La voluntad es el motor que me mueve, pero se trata de un querer curiosamente incompatible con un momento en que carezco de entusiasmo vital ni esperanza alguna en el triunfo de lo verdadero. ¿Ha sido la Historia siempre igual? -me pregunto-. Cuando me cuestiono esto siempre recuerdo el pasaje en el que Hamlet se inquiere si ser o no ser, cuando, dolido por el asesinato del padre, barrunta qué es más oportuno: seguir viviendo o quitarse la vida; y si vivir…, exclama el personaje y se inquiere luego, ¿seguir soportando las patadas que el justo mérito recibe del injusto? ¿La tiranía del cruel? ¿El despotismo del soberbio? ¿El mal de amor? ¿La dilación de la justicia? Seguir soportando esas molestas circunstancias en caso de seguir viviendo... Nos hace ver Hamlet, queriendo indicar que no será posible evitar el sufrimiento, que éste, hagamos lo que hagamos, permanecerá siempre. ¿Es el sufrimiento el destino del hombre justo? Creo que lo será mientras la mayor parte de la humanidad tenga la venda puesta y no quiera ver más allá, mientras busquemos lo fácil evitando el camino que verdaderamente hemos de tomar, mientras empeñemos nuestras vidas en el ejercicio del egoísmo, pero no sé si el futuro alumbrará un hombre nuevo que tres millones y medio de años de evolución no han traído. Sé, por ello estoy hoy más animado, que las personas que afrontan el sufrimiento encuentran alguna puerta mágica, como la literatura por ejemplo, tras cuyo umbral surge el universo espiritual que buscamos, el cielo de los cristianos, el *samsara* de los budistas, el paraíso de los mahometanos, el infinito con el que mi abuelo Guillermo soñaba. Sé esto, y sé también que todos los ignorantes y soberbios que provocan el dolor en el mundo padecen la quemazón de sus propias llamas, sé que se retuercen en ellas envidiando a los que afrontan valientemente su circunstancia.

Amanece un día más en el transcurso de la narración, me refiero al tiempo que empleo en el relato, no al tiempo de la historia que escribo. Ayer noche, con la intención de recolectar los pensamientos de mis habituales contertulios, colgué en el grupo *Artistas y bohemios* de *Facebook* el pensamiento de Ana María Matute. A pesar de que el grupo cuenta con numerosos hombres, son las mujeres quienes entran al trapo de las cuestiones que planteo, sobre todo cuando se trata de cuestiones emocionales, que ellas parecen entender mejor que nadie, tópico en el que caigo sin considerar que a lo mejor se trata, simplemente, de un prejuicio. Abandonada la Conversación con mi abuelo, interrumpida por su fallecimiento de hace años, las mujeres parecen tomar el relevo, surgen en la pantalla del ordenador cual réplicas dulces. En mi relación con el mundo, que desarrollo para socializar mis inquietudes, ellas son, ante mí, las embajadoras del alma espiritual del planeta. Anclados como estamos a la Tierra, creo que simplemente expresamos lo que la propia Tierra quiere decirnos, y ésta lo hace a través de sus espíritus más sensibles, aquellos que han abandonado lo superficial para adentrarse en los misterios de la Existencia.

Guillermo De Miguel Amieva *Ana María Matute acaba de decir que la literatura es un mundo maravilloso, profundo y creativo al que sólo se accede desde el sufrimiento. ¿Qué os parece?*

Marta Mediterránea *Muy radical. Creo que la literatura puede evitar sufrimientos, si uno sabe sumergirse en la misma. No estoy muy de acuerdo, si bien es cierto que muchos escritores han sufrido para ser reconocidos. Pero no todos los lectores son escritores y no han llegado a tal extremo.*

Guillermo De Miguel Amieva *Creo que se refiere más al escritor que al lector Marta. Creo que quiere decir que sólo el escritor que ha afrontado el sufrimiento puede entrar en el mágico universo de la literatura, algo que, por otra parte, me parece lógico porque ¿Quién, en cualquier faceta de la vida, puede experimentar sus sensaciones más sutiles sin haber puesto esfuerzo, sin la comprensión del dolor? Besos. Hace mucho que no sabía nada de ti, mi Dama Mediterránea.*

Marta Mediterránea *Buenos días, Guillermo. Desde el punto de vista que especificas, el del escritor, bien es cierto que las grandes obras han surgido tanto del sufrimiento como de las vicisitudes humanas. No obstante, el análisis y la experiencia también han proporcionado excelentes obras. Es complejo el mundo del escritor, puesto que yo, por ejemplo, me dedico a escribir artículos sobre arte, que para nada han surgido del sufrimiento. Por eso digo Escritor, que no quiere decir que surja a partir de la literatura; y supongo que cada uno expresará por escrito lo que su corazón siente en ese momento preciso, que pueden ser infinitas sensaciones. Bueno Guillermo, ya ves que ando por ahí, pero con tiempo escaso. Pero sigo y os leo. Espero que la Semana Santa haya sido tranquila. Besos mediterráneos, por supuesto.*

Elena Serrano *Parir siempre fue doloroso!!!!*

Guillermo De Miguel Amieva *Marta, no es tanto el libro en concreto, algunos libros pueden surgir ciertamente de estados de plenitud placentera como el amor, por ejemplo; me refiero a que lo que determina a una persona a acercarse como escritor al mundo literario, lo que le aproxima, lo que determina su vocación, suele ser el padecimiento de los inconvenientes vitales, el haber sufrido, lo cual no quita para que, una vez que se ha acercado al mundo de creación literaria, exprese todas sus emociones. No sé qué os parece...*

Monica Palozzi *Como bien dice Marta hay varios modos de expresarse con la escritura. Ensayos científicos, filosóficos, histórico-biográficos, critica, artículos de economía, política, crónica, prosa literaria, poesía, etc. y en cada forma el autor pone su sentir intelectivo, pero hay también una componente emotiva que se añade a ello en el caso de la prosa literaria y la poesía. Es ahí que hay el sufrimiento con todos sus matices: joya, dolor, alegría, tristeza, pasión, desesperación, odio, amor. Todos unidos en un sufrimiento interior que iguala el llanto a la risa. Creo que ese sea el sufrimiento al que alude Ana María Matute.*

Guillermo De Miguel Amieva *Me encanta tu comentario, querida Mónica, siempre tan acertada, capaz de ver claramente la síntesis que se busca. ¡Eres un amor!, cerebral, por supuesto. Me ayuda mucho lo que dices. Un beso.*

Monica Palozzi *Gracias, Guil!! (...más rapido y afectuoso) pero no sé si estoy en lo cierto, eso es lo que pienso yo. Y justo ayer pensaba que, a veces, cuando se es muy feliz por una acción de alguien o por algo conmovedor (en sentido positivo), nos salen las lágrimas... casi un dolor de felicidad que es emoción.*

Monica Palozzi

http://www.youtube.com/watch?v=bx1_PKf1N0U
En este link hay una canción cuyo texto expresa lo que quería decir yo.

<u>Monica Palozzi</u> *Y ésta la traducción:*

En el cielo pasan las nubes
que van hacia el mar
parecen pañuelos blancos
que saludan nuestro amor
Dios, cómo te amo
no es posible
tener entre los brazos
tanta felicidad
besar tus labios
que huelen a viento
nosotros dos enamorados
como nadie al mundo
Dios, cómo te amo
estoy por llorar
en toda mi vida
no probé nunca
un bien tan querido
un bien tan verdadero
quién puede parar el río
que corre hacia el mar
las golondrinas en el cielo
que van hacia el sol
quién puede cambiar el amor
el amor mío para ti
Dios, cómo te amo...

<u>Guillermo De Miguel Amieva</u> *Hermosa canción, Monica (sin acento), no sé qué haríamos sin ti. El texto de la canción, en efecto, expresa cómo la alegría comparte un espacio con el dolor, y entonces sucede que el placer y dolor cohabitan juntos en armonía. ¿Tal es el equilibrio de*

la vida?

Monica Palozzi *Sí, y bien lo sabes... cada cosa se define por el contrario de su ser y estas son las dos facetas del mismo existir de cada cosa. Filosóficamente hablando, hasta el diablo y Dios son la misma cosa, ya que la raíz de los vocablos que las designan ambas derivan de una misma palabra sánscrita que significa luz....y es posible reír por lo malo y llorar por lo bueno, a veces a mí me sucede.*

Guillermo De Miguel Amieva *Estoy de acuerdo con lo que dices, pero, aunque lo llevara en mi interior, tú eres quien logra que salga a flote. Y en la novela soy el vehículo que te transporta, el continente para tu alma.*

Monica Palozzi *Qué bonito!!! Quizá sea también verdad, ¿quién sabe? Si nos hemos conocido, por algo será!!! Y tu abuelo también está ahí... en ese mismo "palpitar".*

Guillermo De Miguel Amieva *Él hubiera disfrutado mucho contigo. Le gustaban mucho las mujeres con criterio, y creo que hubiera sido mejor contertulio que yo mismo.*

Monica Palozzi *Hablaremos juntos en tu novela. ...venciendo ese tiempo limitador del que soy enemiga.*

Guillermo De Miguel Amieva *¿Deseas que te introduzca en el viaje? Necesito saber cómo eras hace dieciocho años, fotos que me permitan hacerme una idea, cómo vestías, qué es lo que pensabas, necesito el material de ti misma para ubicarte como turista en la Gran Canaria de entonces...*

Monica Palozzi *Nunca he estado en Canarias y no tiene sentido introducirme físicamente. Yo estaré como energía latente y telepática de persona que habría de algún modo cruzado tu vida en el futuro (por fb...), el nuestro es* _un diálogo a distancia de tiempo y espacio. De todas formas, en ese tiempo yo trabajaba en una oficina y, por lo tanto, iba vestida casi siempre con tailleur o vestidos habillè, excepto en los momentos privados o de vacaciones, en los que era más deportiva (jeans, blusas, vestidos veraniegos...) el aspecto era el mismo de la foto que aquí ves, pero más joven y más delgada._

¿Lo que pensaba? ...pues estaba yo mucho más serena que ahora y seguramente más alegre y superficial, aunque ese interés introspectivo sobre todas las cosas me es innato y claro que lo tenía. Siempre he ido buscando en todo un sentido que no se parara con lo inmediatamente visible y eso, abriendo infinitas posibilidades escondidas, me permite aceptar que cada cosa pueda ocurrir, logrando acoger todo con lógica.

<u>Guillermo De Miguel Amieva</u> _Era una oportunidad única para conocer Canarias, pero quizá es mejor así, que no nos encontremos. Besos telepáticos._

Acompañado por mi abuelo y por mis amigas _facebookeras_ siento que no poseo ningún mensaje propio, me parece que simplemente ejerzo el papel vehicular de mero transmisor, algo que no hubiera concebido cuando empecé a escribir-¡dichosa la vanidad que nos hace pensar que somos exclusivos o que pertenecemos a una categoría especial!-. A lo largo de mi vida creo que siempre he estado ubicado en el terreno propicio para recibir pensamientos de uno y otro lado: antes, de parte mi padre y de mi abuelo; ahora, de parte mis amigas _Facebook_ y del propio Guillermo, viajero en el tiempo, el cual, como si no formara parte de mí, se ha escindido cobrando protagonismo propio en el relato. Ni siquiera escribiendo logro afirmarme con plenitud; no se olvide al respecto que Monica Palozzi (sin acento) dice que estoy poseído por el demonio de la creación, y, por poseído, enajenado por completo, es decir, sin yo, alterado. El escritor, verdaderamente, es un loco endemoniado que se cura escribiendo para otros, aunque ese otro no sea más que él mismo, primer lector.

Alejandro y su abuelo toman un segundo café en el *Parque de Santa Catalina,* lugar emblemático de la ciudad desde donde parten las *guaguas,* voz canaria muy dulce con la que se designan los autobuses y que, al parecer, tiene su origen en Cuba; la palabra es una adaptación cubana del vocablo *waggon,* término con el que los norteamericanos solían designar los carruajes militares y los vehículos medianos destinados al transporte público gratuito. Alejandro saborea la dulzura de la palabra, deja que invada sus valles interiores donde, como un eco, la recupera una y otra vez.

- ¡Qué bonita palabra! -exclama Alejandro.

- ¿Cuál?

- Guagua. Perdona, estaba evocándola…

- Es de origen cubano. Me lo dijo un vecino del piso de Olof Palme.

- ¡Qué dulzura tienen estas gentes al hablar! ¡Me encanta!

- No he conocido gente más amable, ni mujeres más hermosas que las cubanas. (El abuelo es un hombre de mundo, uno de aquellos españoles que se vieron forzados a emigrar para buscar fortuna. Como se sabe, al igual que su padre y sus hermanos, emigró a la perla caribeña y luego a la República Dominicana, para terminar en la Guinea española.)

- Las mujeres…

- Tú y yo somos muy enamoradizos.

- Ya, y eso imagino que me convierte en un aspirante a la soltería… -ironiza Alejandro bromeando.

- En serio, no he conocido mujeres más hermosas, ni más fogosas, ni apasionadas.

- El calor de la isla.

- Debe de ser. (El abuelo se queda callado, probablemente evoca alguna de aquellas mujeres que conoció siendo soltero.)

- ¿Conociste muchas?

- Bueno, hice lo que pude, claro, -contesta sin presunción alguna- Hace un par de años me publicaron un poema en una revista cubana.

- No lo sabía. ¿Lo tienes por ahí?

- Debe de estar, ya te lo mostraré. Eran unas mujeres preciosas, pero había que andar con ojo porque algunas, no todas, claro, tenían muchas ganas de atrapar a un español.

- ¿Te enamoraste?

- No, digamos que nadé y guardé la ropa. Cuando eres joven la sangre te hierve y no diferencias el amor de la pasión. Luego regresé a España por un tiempo y conocí a Pilar, ya había corrido suficiente. Pilar era guapísima y muy alegre, pero mira, aquella alegría tan grande escondía un problema.

- Al final dependemos de la pareja que nos toca, ¿no?

- Pues sí, Ale, puede llegar a ser una verdadera esclavitud. Desde entonces sólo me dediqué a ella y a las niñas. Al principio todo fue bien, pero desde el primer intento de suicidio, cuando tu madre sólo tenía cinco años, ya nada volvió a ser igual. Siempre fue muy espléndida con todo el mundo, y por ella puede decirse que salvamos el pellejo.

- ¿Ah, sí?

- Cuando llegó la independencia y las turbas se lanzaron a la calle, nos salvó un negrito que había crecido con nosotros y al que Pilar trató como a un hijo. Ya ves... Estaban furiosos porque algunos españoles habían sido demasiado crueles con ellos, pero cuando te portas bien todo se reconoce al final.

- Pero tú te quedaste más tiempo...

- Macías quería que me quedara a enseñar a los nativos. Al principio hablaba con todos, pero luego se convirtió en un criminal. Con la excusa de llevar a Pilar a un hospital de España, ya no volví. No me quedó más remedio que abandonar mis propiedades de Santa Isabel. Toda una vida de trabajo... menos mal que había hecho algo de fortuna, que si no...

- Era justo que se independizaran.

- ¡No sabían por donde se andaban, hombre! Sin los españoles no sabían trabajar.

- Ya.

- ¡Oye, vamos, que se nos hace tarde!

- Como tú quieras.

Alejandro desea hacer el mismo recorrido que su abuelo hace a diario, por ello ha descartado alquilar un coche. La *guagua* toma rumbo sur por la costa este retomando en sentido inverso parte del recorrido que hizo ayer Alejandro en taxi. Alejandro sigue paladeando la palabra *guagua*, que le parece romántica y muy tierna. La variante femenina de autobús se le antoja continente con otra alma, vientre de mujer, placenta que acoge al pasajero llevándole por el mundo suavemente, hasta la carretera parece acolcharse a su paso. Se evade mirando por la ventanilla, retoma nostálgicamente el tiempo que, siendo muy niño, pasaba temporadas vacacionales con los abuelos en el chalet de Viana de Cega, en la provincia de Valladolid. El abuelo Guillermo construyó una especie de paraíso propio, adaptado a su mentalidad naturista; una prisión, en cambio, para la sociable abuela Pilar, que no soportaba el aislamiento ni quizás el estricto régimen alimenticio. Innovador en el diseño de la piscina la erigió hacia arriba, como si de un depósito se tratara. Aprovechaba el vaciado para regar un amplio huerto dedicado al cultivo de verduras y hortalizas, al tiempo que, así, colmaba el deseo de la abuela de tener piscina para sus nietos. Tenía jardín con seto geométrico y sauces llorones, que protegía celosamente de las invasiones de los niños. Aprovechando sus dotes de carpintero hizo una jaula enorme para pájaros, dentro de la cual se podía andar perfectamente. Era su mundo, que disfrutaban los nietos siempre y cuando pasaran por el trago de una alimentación vegetariana que la abuela Pilar, sin embargo, aligeraba trayendo carne y embutidos a escondidas, alimentos que, entonces, dentro de aquel universo del abuelo Guillermo, proporcionaban a Alejandro y a sus primos el indudable placer de la trasgresión.

La Garita es una pequeña población costera de la isla. Abuelo y nieto recorren el trecho que media entre el emplazamiento hospitalario y la parada de la *guagua*. Caminan casi en silencio. De vez en cuando, Guillermo Amieva advierte alguno de los inconvenientes de la habitación, que es compartida con dos personas, pero enseguida añade que la tratan muy bien y que la comida es estupenda. La falta de liquidez del abuelo propicia que no pueda tener a Pilar como él cree que merece, pero nada puede hacer mientras no solucione el problema que lo impide. Alejandro siente un repentino bajón de ánimo que el abuelo no puede percibir. La atmósfera, el aire en derredor, se hace denso como el espeso polvo del desierto que a veces asola la isla, pero la visita es obligada, no puede eludirla sin culpabilidad y lo sabe; tampoco quiere hacerlo. Entran en el hospital y suben hasta la planta donde reside la abuela. La habitación es sencilla pero está limpia y bien aireada. Ve a la abuela y la abraza, la besa, ella entre sollozos, que no se puede percibir si provienen de la alegría o de la tristeza o si, como dice Monica Palozzi, ambos sentimientos se refunden en el más elevado sentido trágico que tiene la vida.

Monica, unida telepáticamente con el narrador, descartada su inclusión física en la novela, flota entre líneas ahora, cuando el escritor afronta dolorosamente el pasaje de la visita a la abuela. Vacío de entusiasmo, no le sostiene escribiendo mayor demonio que un poso de amargura de media tarde que se ha instalado en su corazón. La abuela Pilar murió algunos años después que el abuelo Guillermo, y Alejandro no volvió a verla desde entonces. Era como una marioneta de trapo sin función alguna que representar, el litio la sostenía provocándole estados de ánimo bipolares. Descompensada en su química, desarreglada como un robot sin pilas, aún conservaba la memoria de las buenas cosas vividas, pero el recuerdo, lejos de celebrarlo, parecía sentirlo trágicamente como un eco pasado que nunca más podría recuperar. *¿Qué va a ser de mí?*, se preguntaba sin cesar mientras circulaba por la habitación como queriendo desasirse de aquel nieto y aquel abuelo que la visitaban.

- Ven acá, Pilar, te vas a poner bien. Ya lo verás, y pronto estarás en casa.

Sollozo ininteligible que podría traducirse por un *nooooooooooooooo, déjame, no sé qué va a ser de mí...*

- Vieja, ¿no me conoces?

Ella solloza conociéndole, recuperándole, instalándole en la mente como el niño que fue, aquel chico guapo, rubio de ojos verdes al que ella llamaba ruso, su _tarzanín_, aquel chico que devoraba sus suculentas paellas de verdura, único producto naturista que soportaba.

- He venido a verte... ¿No estás contenta? Mamá te manda muchos recuerdos.

- Menchíííín (sollozo que contiene la pronunciación estirada del nombre de su hija) Ay, mi Menchín (y todo se torna siempre un arrebato de un ayyyyy profundo, un ayyyyyy que sale de lo más profundo de un alma atormentada.)

- Hemos comido donde siempre y he presentado a Ale. Ayer jugamos al ajedrez y charlamos, lo pasamos muy bien.

Otro sollozo que no se sabe si es para alegrarse o para todo lo contrario, que en el intraducible lenguaje interior de la abuela no se sabe si se alegra o si queja por la soledad del abuelo, la que tiene cuando su nieto no está con él.

- Viejaaaaa. - Alejandro está sin palabras, como amordazado, preso por la impotencia.

Observa más detenidamente la habitación. Hay un baño interior, pero también un plato de ducha al que la abuela tiene terror porque -luego lo sabe- en él aplican duchas frías terapéuticas, nada comparable desde luego a las corrientes eléctricas de hace muchos años, aquella bárbara costumbre médica que tanto miedo le causaba. Todo reflota ahora, con más consciencia, en la memoria de Alejandro, fluye la secuencia de los recuerdos más dramáticos de la abuela Pilar, aunque también los más divertidos, sus escapadas nocturnas al frigorífico, que asolaba en la madrugada bebiéndose de un trago un litro de

Fanta, calmante para la ansiedad, o aquellos arranques de celos que lograban exasperar al abuelo Guillermo, a quien, a veces, ridiculizaba miméticamente incorporando en ella los gestos que le caracterizaban como un *tiquismiquis*. También recuerda con nostalgia los piropos que le tributaba, y uno concreto que conmovió mucho a Alejandro, cuando, estando ambos con ella en la sala de espera del hospital, le dijo al abuelo que parecía un doctor. Alejandro recuerda aquel piropo que, porque ella sabía que la pasión de su marido era la medicina, sólo llevaba la intención, cosa que logró, de que Guillermo se sintiera importante. Pilar le había entregado la vida desde niña, sus esperanzas y sus ilusiones más acendradas. Fue una mujer muy hermosa, bellísima, y se enamoró de aquel hombre menudo, carente del aplomo del hombre guapo que todos hubieran imaginado para ella, porque, como dicen en Asturias, le parecía un chico muy curioso.

El narrador tiene su vida metida en la cabeza, surge de pronto con cada detalle de entonces, recuerda la ropa amplia de la abuela, su olor, su colorido, la redecilla para el pelo, su bata, su peluca, sus bolsos de piel de cocodrilo, su abrigo de piel, sus gafas anchas, tras las que se escondía y se transformaba, recuerda su educación...; recuerda todo eso y, sobre todo, su risa. Hay un punto y seguido tras la risa porque tras ella no vino otra cosa que la depresión, porque tras la depresión aquella sonrisa entregada y generosa perdió naturalidad. El narrador sufre cuando escribe esto, desea pasar página, dejar a la abuela en su habitación de la Garita, instalada en su estatismo y en sus sollozos, pero dejarla en el recuerdo, tras la catarsis literaria que ejercita. La ha resucitado para nuevamente enterrarla, sabe que la vida prosigue y que el pasado aquel ha debido tener alguna razón de ser, alguna causa que explique el sufrimiento constante de un matrimonio martirizado. Él por ella, porque no pudo reflotarla nunca y porque no vivió, se desvivió con ella; y ella por él, porque no pudo acompañarle los últimos momentos de la vida, esos otoñales que los ancianos que se quieren sueñan siempre compartir.

Pasan la tarde, la sacan a pasear, apuran el tiempo que tienen hasta la última _guagua,_ Guillermo consume pitillos, uno tras otro, se ablanda y otras veces parece más exigente con Pilar, quiere provocar en ella una determinación que sólo él tiene. En la lucha por la vida se ha quedado solo, añora vivir con Pilar ignorando que una persona como la abuela no pude vivir con nadie. La brisa de la tarde inunda el aire de olores primaverales cuando Guillermo y Alejandro deciden partir. La vuelta, elogio del silencio, no pide palabras. Ambos se entierran en sus pensamientos, inercialmente son devueltos al vivir mundano, al caos de una ciudad atiborrada de turistas que acuden para olvidar todos los problemas que tienen en sus puntos de partida.

Guillermo de Miguel ha llevado a Blanca hasta San Nicolás, y ahora conduce de regreso a Las Palmas. Conduce y piensa, reduce la marcha porque el recuerdo de lo que ha vivido esa tarde con su abuelo le entristece, aflora de nuevo. Podría escribirlo contando detalle por detalle, pero imagina que lo hará el narrador, ese esclavo del teclado se ha quedado enclaustrado en el despacho sin vacaciones. Blanca alivia el recuerdo del pasado.

- ¡Qué grande es Tenerife! -prorrumpe Blanca, recordando que han visto la isla desde el mirador de la carretera de San Nicolás.

- Parece una ballena gigante varada en medio del océano. ¿A que sí?

- Sí. Es enorme.

- ¿Estás cansada?

- Un poco.

- Podemos tomar una pizza en *Las Canteras* si quieres

- ¿Falta mucho?

- Un poco, mi amor, aguanta.

- Estoy cansada.

- No seas turistorra, anda, que ya falta menos.

El *Volkswagen santana* galopa por la isla, a un lado deja la sinuosa orografía y al otro el liso océano, espejo del cielo. Si el mar pudiera devolver todos los reflejos pasados, si espejara no sólo el espacio, sino también el propio tiempo, no haría falta la memoria, pues la memoria es el instrumento que utilizamos para amanecer sabiendo que el día acontece marcado por lo que hemos vivido. De lo contrario, de no poder diferenciar el ayer recurriendo a su recuerdo, habitaríamos un presente sin expectativas, olvidaríamos los deseos del día anterior, nuestros anhelos más fervientes. Vivir es recuperar lo que fuimos para proyectarlo a lo que seremos, recomponernos cada mañana sabiendo quiénes somos. Guillermo es un abogado que lucha con el lastre del escepticismo, el que no tuviera cuando, más osado, pensaba que era fácil comerse el mundo, pero el mundo, que también tiene memoria, dispone recursos contra la valentía, frena los espíritus más enérgicos, los doblega poco a poco, por eso el progreso no deja de ser una carrera de relevos que entregamos a otros cuando ya estamos cansados.

También es un escritor sin apenas esperanza de éxito, alguien que escribe por escribir, porque lo necesita y porque un abuelo desaparecido le metió en el alma una frase escueta que aún mantiene en su interior: *tú serás* _siempre un escritor_ . No dijo que siempre sería un abogado, le vaticinó que sería siempre lo más grande, aquello que puede permanecer un día. Entre las leyes cambiantes y la memoria de los libros consagrados no hay color para quien valora la memoria de la humanidad, no lo hay si hay que elegir entre ser letrado o un escritor capaz de dejar una voz, pero tampoco lo hay si se trata de optar entre ser letrado, uno más de tantos, o ser escritor anónimo únicamente reducido a las cenizas de lo doméstico o, como mucho, al reducido espacio de los pocos amigos que te leen. Guillermo escribe mientras conduce, construye metáforas, describe imágenes que no siempre se reflejarán en el papel, voz para sí mismo, eco que se repite en los valles de su silencio, lleva la literatura metida en el alma. Abogado, escritor, marido y padre. Si hubiera cedido a la tentación de la soltería, aquel gambito que el abuelo le puso en el tablero de la vida, ni MJ, ni Carmen, ni tampoco Blanca, alumbrarían su vida ahora. Tendría una vida distinta, la del estoico que define Monica Palozzi cuando se refiere a él, un estoico en medio de una pasmosa soledad.

Me contemplo frente al espejo del ordenador, lo hago como aquella mañana de _milnovecientosnoventaydos_ que partí ilusionado por un viaje. Ni tengo las energías de antes, ni el optimismo, ni la ilusión. Casi dos décadas han pasado por mí y no me reconozco en el espejo, me avergüenza enfrentarme en este viaje a mi esperanzado abuelo y al joven que fui, soy un _narciso negro_ que busca encontrar el sendero perdido, la vía por la que ellos transitaban. Refugiado en la infancia de mis hijas no sé qué es lo que ofrezco al mundo, ni lo que a mí mismo me doy. Redactar este libro me está empezando a suponer un esfuerzo, y eso que lo comencé con garra, pero se conoce que voy perdiendo energías por el camino, que me estoy despellejando vivo, sufriendo en mi propio placer, guisándome en la salsa de la literatura. Al borde del colapso, navego por *Facebook* y encuentro que Nuria, amiga llena de entusiasmo y optimismo, ha retomado el hilo sobre el comentario de Ana María Matute, el cual, si el lector retoma su memoria, más o menos decía que la literatura es una tabla de salvación a la que se llega después de haber atravesado el árido desierto del sufrimiento. Nuria, más vale tarde que nunca, me alegra el día aportando su sentir.

<u>Nuria Benayas</u> *La literatura tiene mucho de intimismo y sólo se llega allí mediante el sufrimiento o "no entendimiento" (que para mí es lo mismo) Acudes a la literatura buscando respuestas y buscándote-encontrándote a ti mismo (tanto leyendo como escribiendo). Esa búsqueda hacia las profundidades es un idilio que dura toda una vida. Es amarga y placentera al mismo tiempo. (en fin, esto es un sentimiento muy personal). Un beso, Guillermo. Espero tener un poco más de tiempo para compartir estas "dulces amarguras" con todos vosotros.*

<u>Guillermo De Miguel Amieva</u> *Qué inteligente sensibilidad demuestras Nuria, con este texto profundo que revela y te revela mostrando a su vez la enorme rebelión que anida en ti, primavera revuelta que observo asentada en tu personalidad, hecha costumbre, unida hermosamente a la literatura, con la que convives. Hoy me hacía falta tu alegría, el entusiasmo que demuestras cada día, y que yo me pregunto ¿Dónde anida? Besos.*

<u>Nuria Benayas</u> *sí, Guillermo, soy una "CHICA IN": INcomprendida, INsatisfecha, INadaptada, IN(M)paciente, INtolerante (aunque no lo parezca) INconformista. Bastante INcrèdula, INsegura... yo todos estos IN y muchos más... me dan una fuerza y vitalidad tremenda para luchar cada día... sufriendo mucho (aunque no lo parezca). La parte BUENA viene ahora: no puedo vivir sin AMOR, (no*

quiero que suene cursi, que es muy serio) y me ENAMORO de todo y eso también me revierte porque también recibo mucho. Y así paso la vida Guillermo, en busca de la belleza, el amor y la felicidad, que va todo muy unido junto a la bondad. Y mi madre me sigue repitiendo que "de la poesía no se vive".... !! Una incomprendida! Gracias Guillermo, por aguantarme este desahogo, que hoy también me ha venido bien!

Guillermo De Miguel Amieva *Tus palabras hermosas, profundamente poéticas, destiladas en el crisol de tu sensibilidad, que ahora me devuelves, te pincelan muy bella a mis ojos, enervan lo más profundo de mí, me congratulan con el género femenino que postulas, contemplo, recordándola, tu melena suelta y tu silueta alegre en la bicicleta, y compruebo que tu personalidad nace del sufrimiento, quizás, más aún, de saberlo encarar. Yo también pertenezco al club de los que sufren sin que los demás lo sepan, pues nadie se imagina que tras mi energía habitual se esconde una vida sensible a la que le afectan circunstancias duras. También pertenezco al "club de los poetas muertos", a los incomprendidos, a los marginados (se puede ser marginal vestido de Dior), desde niño he sentido que la sensibilidad me apartaba del mundo circundante, que algo en mí no se engranaba con los usos convencionales, que debía bucear aguas profundas. Me comprendió mi abuelo, que, como tú, también iba en busca del amor y de la belleza (lee por favor la carta que he dejado más abajo).*

Sigue alimentándome, por favor. Y dile a tu madre que sin la poesía no hubiera existido la civilización. Pariente pobre de la literatura, nunca prostituida, siempre será la más grande. Besos.

Nuria Benayas *ahora leo la carta, no había visto. Besos.*

Elena Serrano *¡toc toc toc...! con permiso... Para mí, la frase que comentáis de Ana María Matute quiere expresar el sufrimiento que supone para alguien enfrentarse a un papel en blanco, a un lienzo, a un bloque de piedra antes de darle forma. Para un artista, en definitiva, el momento de la creación es el momento más decisivo, vuelca en su obra vivencias, sentimientos, ilusiones miedos, imaginación, verdades mentiras... y todo tiene que ser suficiente y necesario para comunicarse con el que mira, lee, observa... tal vez sea eso a lo que se refiere, al temor de no ser capaz de conectar. También creo, por eso mi expresión anterior, que para muchos creadores, todo esto es un trabajo diario que conlleva un tremendo esfuerzo.*

Nuria Benayas *por supuesto, Elena, todo trabajo conlleva un esfuerzo y un sufrimiento. Yo me refería al primer impulso que le lleva a la persona a expresarse mediante una actividad artística ... y ese impulso primero lo provoca un estado de "sufrimiento". El problema es que "a posteriori" esa actividad se convierte en una adicción y necesidad y ese acto de "dar a luz" conlleva otro nuevo desgaste de "sufrimiento"... Ufff! cómo sufrimos! :)))*

Elena Serrano *por eso digo que parir siempre fue doloroso, pero no creo que el motivo para crear algo siempre sea un estado de sufrimiento, aunque tal vez sí un estado de frustración. Pienso que la creatividad en muchos artistas es innata, pero eso no les exime del miedo del que yo hablo, el papel en blanco. Paul Hauster, en "Memorias desde el scriptorium" crea una situación metafórica con el protagonista, muy particular, es muy interesante y además da lugar a variadas interpretaciones.*

Guillermo De Miguel Amieva *Adelante Elena. Estoy con Nuria. Una cosa es la ansiedad que provoca el blanco del papel y otra distinta el porqué un ser acaba* _desarrollando una actividad artística, por qué se acerca de ella. Nuria ha aportado el igual acercamiento que implica al lector en la vocación literaria, la búsqueda de respuestas ante el drama vital, amor por literatura que será un idilio de por vida (hermosa comparación). Borges dijo un día que el papel del lector en el acto literario, por anónimo, es más sufrido y meritorio y he de reconocer que Nuria me ha pillado en descubierto, olvidadizo como estaba del lector, del silente amante que también sufre._

Elena Serrano _creo sinceramente, que en este caso Ana María Matute, no está pensando en el lector._

Nuria Benayas _Mira ! buena idea de libro... lo buscaré. Y puedes tener razón que no hace falta ser un sufridor para ser creativo, de hecho también te lleva a escribir un estado de Exaltación...; bueno, habrá que leer más opciones... lo que está claro es que siempre es un acto muy íntimo y cuando llegas ahí... siempre, siempre hay un punto nostálgico... que te hace "sensibilizarte"._

Ahí quería yo llegar, Guillermo: Yo busco en la literatura alguien que piense y sienta como yo y me reconforta pensar: Mira, tú también !! y encuentro caminos por los que discurrir distintos que los míos. Y por el contrario también me ha tentado muchas veces escribir con el fin de "deshogarme". En ambos casos la sensación (mía) es de un "sufrimiento placentero".

Guillermo De Miguel Amieva _Esto que dices es lo que Monica Palozzi nos explicaba más arriba. El sufrimiento existencial que refunde en la misma moneda sus dos caras, la alegría y la tristeza._

Elena, es cierto que un escritor puede motivarse por un estado de exaltación, pero no es este el tema, sino qué es lo que le motiva a hacer de la literatura la causa de su vida. En general, no sólo en la literatura, considero que es *el sufrimiento el que nos espabila, el que motiva las reacciones más enérgicas y decisivas. Mira la historia de "Siddharta", el príncipe al que el padre quiere ocultar el sufrimiento rodeándole de placer. Sucede que no se entera realmente de lo que es la vida, hasta que descubre por azar la realidad de la muerte y la enfermedad, y decide ir en busca de la verdad, cosa que consigue, finalmente, tras años de vida errabunda, meditando bajo un mango. Es Buda, el iluminado. Sin sufrir hubiera sido imposible.*

<u>Guillermo De Miguel Amieva</u> *¿Sufrimiento placentero = masoquismo?*

Nadie contesta ya el interrogante que dejé anoche en forma de ecuación. Mi pregunta se ha quedado colgada en el vacío de la red, pero mis amigas han ofrecido una buena explicación al porqué el autor -¿yo mismo?- se acerca a la literatura; incluso, a través de Nuria, he percibido la igualdad del lector con el escritor, ecuación en la que podemos estar todos de acuerdo. Hay un sufrimiento placentero, del que hablaba Monica Palozzi, que impulsa la necesidad de la búsqueda, se da una conexión entre la alegría y la tristeza, como inevitables reacciones al drama vital, las cuales, unidas, son las dos caras de la única moneda que comporta el dolor existencial al que se refería Ana María Matute. A raíz del agudo comentario de Nuria, Elena ha reprochado a la autora que ha olvidado al lector, que no estaba pensando en él cuando expresó su pensamiento. Es posible que tenga razón, la premiada probablemente pensaba en el lado que ella misma representa, ese lado que, en palabras de Borges, resulta menos meritorio que el esforzado papel pasivo y anónimo del lector. Y el lector, en este caso Elena, pedía al principio de la redacción del relato que fuera al grano. Sigamos entonces…

El segundo día no da para mucho más. Guillermo y

Blanca disfrutan una pizza en la paseo marítimo de Las Palmas mientras el abuelo Guillermo y Alejandro pasean tranquilamente por el mismo lugar. Hablan ahora de política nacional, pero Alejandro, que siente recelo hacia la derecha más conservadora, rechaza que la izquierda posea mayor legitimidad democrática. No han vivido lo mismo: el abuelo se implicó en el bando republicano sufriendo una guerra civil fratricida que ha dejado la lógica huella en su memoria, y Alejandro ha sido educado en una familia moderada de derechas en cuyo seno ha vivido la participación política de su padre como miembro de la extinta "Unión de Centro Democrático". El abuelo, porque es juicioso y capaz de distanciarse, admira a Suárez, pero sigue con cierto fervor al Felipe González de la última época, al que disculpa todo. A juicio de Alejandro, la izquierda se ha desgastado tras el ejercicio del poder, aunque ya se dice que sigue sin convencerle la derecha que representa el partido popular, pero la política es un tema aparte que no suele conducir a mejor puerto que el enquistamiento, sale de refilón cuando no encuentran nada mejor para hablar.

La visita a la Garita les ha dejado mal sabor de boca, sobre todo a Alejandro, que ha recibido el impacto emocional más directo. El viejo está cansado y desea dormir. A pesar de que no es tarde, prefiere reservarse para mañana. Tiene pensando llevar a Alejandro al _Puerto de la Luz,_ frecuentado por marineros hindúes que aprovechan sus momentos de descanso para jugar partidas cronometradas de ajedrez. El ajedrez está muy extendido en este inteligente pueblo oriental, al que debemos las matemáticas y la creación del número cero, símbolo de la nada, del vacío donde, según los budistas, se encuentra la plenitud. Los marineros de los cargueros de la India tienen muchos reflejos jugando al ajedrez, resulta verdaderamente difícil ganar, pero, a cambio, el jugador aficionado encuentra un campo de aprendizaje excelente.

- He pensado que mañana podríamos ir al puerto a jugar con los marineros de la India. Juegan muy bien.

- Es una estupenda idea, viejo. Me apetece mucho.

- Te advierto que no juegan gratis.

- ¿Ah no?

- Apuestan dinero, mil pesetas mínimo.

- ¡Caramba!

- Son partidas con cronómetro, cinco minutos para cada jugador. Jugar y parar el reloj. Ya sabes... Al que se le acaba el tiempo pierde igual.

- Nunca he jugado así, pero será toda una experiencia.

- Ya verás, a mí me gusta mucho. Pero no hay manera de ganarles.

- Déjame al menos una esperanza.

- Igual tú lo consigues, pero teniendo en cuenta lo igualados que estamos...

- Bien, perderemos entonces por una buena causa - ríe Alejandro.

- Tengo que dejarte, cielo. Estoy un poco cansado.

- ¿Quieres que te acompañe?

- Está aquí al lado, no hace falta. Si no estás cansado, te recomiendo un pub musical interesante.

- ¿Qué tocan?

- Jazz.

- ¿Cómo se llama?

- "La Dueña del Tiempo"

- ¡Qué nombre tan extraño!

- Ya. Tú vete, y luego me cuentas. La chica que lo lleva es muy amiga mía. Se llama Noelia.

- ¿Dónde está?

- En una bocacalle que sale al paseo. Pregunta y te dirán.

- Comeré algo antes.

- Disculpa que no te acompañe.

- No importa, viejo.

- Ah¡¡¡No comas carne!

- Me está apeteciendo mucho una hamburguesa. Es un producto cadavérico que me gusta mucho.

- Anda, guasón. Me voy. Dame un beso. (Se besan)

Alejandro busca un lugar confortable del paseo marítimo donde comer la apetecida hamburguesa. Hay muchas terrazas y elige una junto a la barra metálica que separa el arenal del paseo. Se oye un suave mar de fondo, algo retrasado por la marea, la temperatura es agradable, justa, y la hamburguesa no tarda en llegar. El mundo parece distinto cuando nos enfrentamos a él en soledad, pero Alejandro está acostumbrado a ella desde la niñez y no le incomoda, de vez en cuando viene bien encontrar un espacio propio. Lleva consigo la visita a la abuela y no puede dejar de pensar en lo injusta que es la vida, cómo determina la existencia de las personas, cómo, en el caso de la abuela, una simple descompensación del litio pincela una vida distinta. Los hilos escondidos de la bioquímica resultan tan discriminadores que ello obliga a considerar la posibilidad de que la Creación no sea tan perfecta como se predica. Tras un mordisco a la sabrosa hamburguesa, concluye que si la obra natural fuera perfecta no existirían organismos distintos, unos compensados en sus elementos orgánicos y otros no; si fuera perfecta, está convencido, todos los seres nacerían iguales, pero tal cosa no sucede, la vida arroja un balance desequilibrado que marca el destino de los humanos: unos nacen liberados de la enfermedad y otros sufren condena de por vida. ¿Por qué? ¿Por qué puede él disfrutar esta apetitosa hamburguesa mientras la abuela vive enclaustrada?

Ha llegado la hora de la copa nocturna en "Dueña del Tiempo". No le cuesta encontrarlo ni familiarizarse enseguida con el local, lograda armonía de madera y cuero, luces insinuantes y una bella regente, Noelia, de cabello caoba y cara ovalada, continente que exhibe dos maravillosos ojos verdes anegados en su profundidad enigmática; tiene el ceño interrogador e introspectivo, la nariz recta y distinguida, proyectada con personalidad y, más abajo, unos labios frutales, anchos, poderosos y bien dibujados. La primera impresión tras la hermosura deja cierto regusto a misterio. Ni siquiera el cuerpo sensual de Noelia, regodeándose en curvas que lo cierran y al tiempo lo abren, ni siquiera los marcados pechos, ofrecidos sin bajar la mirada, dándolos sin la más mínima inseguridad al placer de ser vistos, logran desvanecer la inicial impresión de misterio que esconden esos ojos hermosos que justo ahora, sin más contemplación, le miran de frente, con seriedad pícara, con cierta provocación que dura un momento y luego se disipa dejando que la boca se abra

- ¿Qué te pongo?

- Sólo una tónica, por favor.

- Sólo una tónica... -bisbisea Noelia, dueña de la noche, dueña del tiempo.

- Sí, gracias.

- ¿Te apetece música?

- ¿Perdón?

- Que si quieres oír algo de tu gusto. Aquí nos gusta el jazz, pero si deseas otro tipo de...

- Me gusta Miles Davis.

- Ah, a mí también. Ahora lo pongo.

Noelia le da la espalda, camina por la barra como si anduviera por un paseo hermoso, ligera, perdida en sus pensamientos. Alejandro no puede dejar de mirarla, la sigue hasta el final, desea acompañarla, desearía incluso extender la longitud finita de la barra hasta la infinitud vacía del cosmos, la imagina caminando por un sendero de polvo de estrellas con él, los pies descalzos suspendidos en el vacío al acorde de la música de Miles, que ya empieza a sonar, la imagina como lo que es y él aún no sabe, la dueña del tiempo.

- No tienes acento canario.

- Soy de Palencia. ¡Qué vaso más bonito!

- Es diseño de un amigo, los hace sólo para mí.

- Pues es un artista.

- Conoce el vidrio desde niño. Ahora es hippie. Perdona, voy a atender a aquella chica.

Nuevamente pasea por la barra, se desliza por las nubes. Alejandro la sigue descaradamente con la mirada, sin fingir (nunca lo hace). Noelia sabe que mira, lo sabe desde que cruzó el umbral de la puerta, sabe que miraría con descaro, pero este pícaro palentino tiene nobleza y su mirada parece limpia, le deja. Podría volver la cara para reprobarle, pero no desea hacerlo, le complace sin que lo sepa. Noelia es generosa y carece de prejuicios, está liberada, pero liberada de verdad, no es la típica que chantajea emocionalmente a los hombres, puede enamorarse, pero también dar y recibir sexo sin más condición que la entrega mutua, por simple apetencia, por dar cariño, por salir de la soledad para luego volver a ella, o simplemente por llenar el hueco afectivo de un amigo que lo necesita. Para Noelia, el sexo no es una moneda de cambio, es lo que es, un lenguaje universal.

- ¿Quieres otra piedra de hielo?

- Bien.

- Ahí te va!!

- Gracias. Hay una cosa que me intriga.

- Tú dirás.

- El nombre del local...

- ¿"La dueña del tiempo"?

- Sí, me resulta atractivo y extraño a la vez.

- Todos podemos ser dueños o esclavos del tiempo ¿No crees?, todo depende de nuestra voluntad.

- Y tú eres dueña del tiempo entonces...

- Sí.

- Para mí es una obsesión desde que mi padre murió.

- ¡Si te obsesiona, no puedes dominarlo!!! Se instala dentro de ti, ocupa tus pensamientos...

- Creo que vivo una especie de tiempo intermedio.

- No te entiendo.

- Cuando mi padre vivía mi tiempo estaba detenido, él dominaba el ritmo de mi propia vida.

- ¿Te dio la sensación de nacer de nuevo cuando murió?

- A pesar de la pena, he de decir que sí, sentí liberación, pero es posible que me sirviera de este pensamiento para superar el dolor.

- Y entonces el tiempo comenzó a cobrar otro ritmo...

- Sí.

- ¿El tiempo intermedio? ¿Intermedio... entre qué?

- Pues creo que entre el tiempo detenido y el tiempo estancado, la vejez, preludio de la muerte.

- Muy poético. Podría explicarte muchas cosas en relación al tiempo, si quieres, claro... ¿Te viene bien mañana?

- Mañana por la mañana no puedo, la verdad es que he venido unos días a ver a mi abuelo, que está muy solo, y no me será fácil. Mañana hemos acordado ir al puerto a jugar al ajedrez con los marineros de la India.

- Pero... ¿Te apetece que te enseñe algo sobre el tiempo?

- ¡Claro!, veré qué puedo hacer...

- No te preocupes. Yo arreglo eso, no olvides que soy dueña del tiempo.

- Ah, bien. - Alejandro sonríe.

- Mañana nos vemos. No te preocupes, yo te localizo.

- Estoy en el hotel...

- Que no te preocupes, no me hace falta saber dónde estás alojado. Ahora perdona, tengo que atender a ese grupo que acaba de entrar. Estás invitado, pero vete a dormir, que mañana tendrás un día largo.

- Gracias, Noelia

- ¿Cómo sabes mi nombre?

- Me lo dijo mi abuelo. Al parecer te conoce. Me recomendó que viniera.

- hummm... ajedrez, un abuelo. Caramba, eres nieto de Don Guillermo. Tendrías que haber empezado por ahí!! Le aprecio mucho. Vete anda, mañana te veo. Dame un beso.

Alejandro acerca la cara para ser besado y Noelia le da uno de esos besos que rozan la boca de medio lado, premio dulce que él recibe con agrado. Lleva mucho tiempo en el dique seco, más de la cuenta, según su madre, algo preocupada porque no se echa novia otra vez. No se hace ilusiones con Noelia, le ha dado un beso rozando sus labios pero intuye que, en ella, carece de importancia, probablemente ha comprendido que lo estaba pidiendo, que lo necesitaba. Le ha besado en menos de un segundo rogándole que se vaya a dormir, un beso que no pretende retenerle, caricia suave de buenas noches que lleva prendida en la memoria camino del hotel.

Escribo en el iPhone junto a mi madre y las niñas, que juegan juntas una partida de *Monopoly*. Menchu ha venido a pasar el cumple de Blanca y el día de la madre. Le he dejado una primera entrega del libro que escribo y parece gustarle. Me encanta verla leer provista de sus gafas. Tras las lentes refuerza su disposición, a veces mueve su nariz respingona pareciendo afirmar algún reconocimiento, siento lo que piensa sin que hable, me gusta verla pasar los folios dina A4 y a veces los retomo yo mismo para meterme en la lectura y saber qué pasajes lee, lo hago para acompañarla y sentir más a fondo sus halagos. Le gusta y piensa que está bien escrita, pero apostilla que a lo mejor le gusta porque toca mi relación con su padre, la cual, ahora me lo confiesa, siempre le emocionó mucho. Cuando murió no paraba de decirme aquello de qué pena, cómo desaparecen las personas, qué gran personaje era su padre, ¡qué rico era el viejo!, y lo que ella presumía por su elegancia, lo bien que la cuidó y se preocupó por su educación, que deseaba que fuera independiente -por eso le recomendaba que estudiara-, pero Menchu se enamoró de Emín (otro Guillermo en discordia) y los planes del abuelo se vieron trastocados por este sentimiento universal.

El tercer día

Amanece el tercer día del viaje. Alejandro despierta antes de lo previsto, ha dejado la cortina entreabierta y la luz le ha despabilado, remolonea entre las sábanas recordando el encuentro con Noelia, pero finalmente se levanta en busca de su abuelo. Llega a la calle doctor Grau Bassas, llama al portero, espera paciente. El abuelo anuncia que enseguida baja y espera de nuevo. La calle ofrece aromas tranquilos, dulces espasmos que tejen el movimiento lento de cosas y personas. Abuelo y nieto se reencuentran, se saludan, se besan cariñosamente, y se unen en el andar tranquilo hacia el Puerto de la Luz.

- ¿Qué tal ayer?

- Bien, muy bien.

- ¿Qué te pareció Noelia?

- Muy hermosa y enigmática.

- Es una mujer moderna.

- A ti no te gustan mucho ¿no? Las mujeres modernas, digo…

- ¡Ven acá, anda! No me gustaría que te casaras, pero me gustan las mujeres independientes y modernas, me gusta ver esa energía en ellas, la que a Pilar le ha faltado.

- Noelia parece especial. No es frívola.

- Qué va!!, sabe por dónde se anda, y vuelve locos a los hombres, pero sabe dominarlos, el oficio tras la barra le ha fortalecido mucho. Yo la conocí por casualidad. Entré a tomar algo y enseguida se dirigió a mí. Cuando una mujer joven pierde el tiempo con un anciano muestra sensibilidad y generosidad, dice mucho de sí misma. Nos hicimos amigos y le conté mi vida. Sabe todo de ti.

- ¿De mí?

- Claro, tú también estás en mi vida cielo.

- ¡Qué vergüenza! Qué le habrás dicho!

- Nada que pueda avergonzarte, que estoy orgulloso de ti, que estás luchando, y que no me gustaría que te casaras.

- Duro y dale.

- Dejémoslo.

Pasean tranquilamente, inmersos en su conversación, la cual no es más que un fragmento de la larga Conversación que mantienen desde el inicio. Quizás no importa tanto alcanzar ideas parecidas como reforzar el vinculo que les une, quizás la idea que ambos albergan en torno al mundo sea menos importante que construir los afectos que les vinculan, hilos invisibles que reflejan una amistad enraizada en el tiempo. Lo importante radica en que socializan sentimientos, ideas, y creencias, y sin darse cuenta alivian sus soledades. El puerto de la luz, nido de barcos que descansan tras su travesía Atlántica, acoge a los paseantes acariciándoles con una suave brisa matutina. La inexorable *panza de burra* -así llaman los isleños a las nubes habituales del norte de la isla- cubre el puerto cual techo gigante, el paisaje contiene siluetas de barcos varados, amarras, norays, y marineros que, al andar, aún conservan el desequilibrante vaivén de la navegación. Algunos, de rostro cetrino, mirada húmeda y profunda, saben jugar muy bien al ajedrez. Alejandro siente fascinación por la India, subcontinente que yendo a la deriva por el océano chocó con Asia hace millones de años elevando el Himalaya. Al nieto se le antoja que la deriva lentísima de los continentes, movimiento imperceptible para el ojo humano, se parece mucho a la larga partida de ajedrez que ha jugado con su abuelo a lo largo del tiempo. Quizás, este enfrentamiento civilizado entre Alejandro y Guillermo, al igual que la lenta deriva del subcontinente Hindú hacia la costa de Asia, ha originado la cordillera del hondo sentimiento amoroso que les une, techo de su universo al que nadie más puedes escalar.

Alejandro se fija en el jugador hindú que su abuelo tiene de frente. Se da cuenta de que no juega por placer sino por añadir un extra al salario. Ambos jugadores han puesto mil pesetas sobre el centro lateral derecho de la mesa y disponen las fichas para jugar. El abuelo pone en marcha su reloj. *Peón cuatro dama* (era más que previsible). Detiene su reloj. El marinero rompe la virginidad callada del tiempo suyo y mueve *peón cuatro dama*. Detiene el reloj. El abuelo rápidamente ofrece el peón del alfil de la Reina. Bloquea el tiempo. Alejandro se queda pensativo mirando el tablero, tanto que no se da cuenta de lo que acaba de ocurrir, no advierte la posición hierática del abuelo y del marinero, tampoco la del resto de la gente en derredor. De pronto, la voz de Noelia le saca del ensimismamiento.

- ¡¡¡Alejandro!!!

Alejandro distingue a Noelia encaminándose hacia él. Un segundo después percibe que el resto de la gente está paralizada, congelada, como si el tiempo se hubiera detenido. Todos están quietos, mantenidos en un último gesto que, como si de una instantánea fotográfica se tratara, permanece.

- ¿Qué ha pasado? ¿Qué haces tú aquí? -pregunta Alejandro,

- Tranquilo.

- ¿No ves lo que pasa? ¡Todos están parados como estatuas!

- Ya lo veo. No te preocupes. Era la única manera que tenía para verte sin que el tiempo nos agobiara.

- No te entiendo.

- Soy la dueña del Tiempo, Alejandro. Lo manejo a mi antojo. Mira… (Noelia chasquea los dedos y la vida recobra la movilidad anterior. Cinco segundos después Noelia detiene el tiempo de nuevo) ¿Ves?

- ¿Puedes parar el tiempo de verdad?

- Sí. Soy un ser intemporal. He vivido toda la historia de la Humanidad, mi propio cuerpo evoluciona como la especie, desde los primeros primates hasta hoy. Es largo de contar y sólo puedes creerme o no. La razón no puede asistirte esta vez. Ahora puedes decidir acompañarme o quedarte a jugar la partida. Cuando volvamos, nadie notará que el tiempo no ha transcurrido. No te pasará nada. Confía en mí.

- No sé.

- No tienes nada que perder. A cambio, aprenderás más acerca de la naturaleza del tiempo y me conocerás mejor.

- Me da un poco de respeto.

- No hay nada que temer. El tiempo humano es una percepción creada por el envejecimiento progresivo de las neuronas en los seres recientes de la especie, pero no siempre ha sido así.

- ¿Ah no?

- No. Aún quedan tribus en la Amazonia que no perciben el transcurrir del tiempo. Representan el vestigio del pasado. Viven felices y sin ansiedad. Hoy te doy el privilegio de experimentar lo mismo. Ven. (Le toma de la mano) ¿Recuerdas la playa *Maspalomas*, donde te llevaron tus primos cuando tan sólo eras un adolescente?

- ¿Conoces mi pasado?

- Claro, conozco la historia de la Humanidad. Mi memoria, no puedo explicarte por qué, pues ni yo misma lo sé, acrisola los recuerdos de todos los seres vivos y muertos. He vivido el tiempo desde el inicio hasta el fin y puedo incluso viajar por él. Quiero llevarte a *Maspalomas* y pasar el día contigo. Tengo una moto fuera. ¡Vamos!

La pareja sube a la HONDA de Noelia. Ella conduce mientras Alejandro se abraza a su vientre. Los cuerpos se juntan merced a la inercia del movimiento. Alejandro siente reparo pero Noelia no, le provoca sin importarle lo más mínimo. Toma dirección sur hacia *Maspalomas*, una hermosa playa de dunas, mitad desierto, mitad océano, arenal hermoso que Alejandro conoció en su adolescencia. La carretera aparece repleta de vehículos parados, ofrece la impresión de un día de caravana, son coches detenidos que parecen contener muñecos, tal es la impresión que Alejandro experimenta. Noelia sortea coches con agilidad, aprovecha el arcén para ganar velocidad, se concentra en cada metro del pavimento para no despistarse. A la altura del aeropuerto de *Gando,* Alejandro observa aviones suspendidos en el aire, unos congelados en el momento del aterrizaje, otros iniciando el despegue. Algunos pasajeros permanecen con la cara puesta en la escotilla de su asiento, pero Alejandro, que no puede verlos, sólo les imagina. El mundo paralizado, estático como la lejana montaña que se alza a la derecha, ofrece una impresión desarraigada de la Historia, semeja un cuadro pintado, como si Dios hubiera decidido enaltecer la imagen de un instante por encima de los sucesos acaecidos.

Conducido por Noelia, Alejandro, privilegiado espectador, atraviesa ese instante sintiendo que profana la belleza del estatismo. El tiempo instantáneo aparece como un paisaje que se percibe sin fugacidad, puede aprehenderlo como cuando coge una flor del jardín, olerlo, recrearse en la dimensión de su alargamiento, elasticidad que estira descomponiéndolo, analizando a su través lo que sin duda sucederá y lo que ha sucedido, pues el instante, así percibido, permite el análisis sosegado del tiempo. En todo instante paralizado puede discriminarse lo que aconteció hace mucho tiempo de lo que acaba de suceder, o de aquello que está sucediendo. La costa oriental de Gran Canaria es más árida, monocroma, tintada en ocre, produce cierto aburrimiento, aunque trae la memoria del volcán que algún día vomitó lava, cromatismo definitivo y fértil; recuerda la crecida de las aguas acaecida durante el deshielo polar, marea histórica que anegó parte de la superficie de la isla dejando como excepción lo que ahora puede verse, cima de la montaña, punta de un cálido iceberg, refugio de atlantes, excepción afortunada puesta en el océano como una exclamación. A los ojos de cualquiera el paisaje siempre se presenta como un instante detenido, es un fondo decorativo o el escenario donde la vida se desarrolla. Hay algo en lo definitivamente creado que encuentra permanencia en la paralización, pues el instante último, el fin de un camino, alcanza notas de eternidad cuando es mantenido a lo largo del tiempo. En el conjunto montañoso alzado en lontananza, la acción de Helia no ha introducido mayor novedad que la ausencia del movimiento en derredor. Ante la igualdad de circunstancias, estando lo biológico tan paralizado como lo geológico, lo más grande resalta. La muerte, a su modo, provoca la mayor trascendencia de lo que no tiene movimiento, morimos en medio del grandioso escenario del mundo y, en cada muerte acaecida, lo estático se magnífica por encima nuestro. Tras la actuación humana, el Teatro del mundo, concernido por el silencio, es la última referencia del espectador.

Una vez que se han distanciado del puerto, Noelia permite el movimiento del abuelo, quien, liberado de la esclavitud, se encuentra ubicado ante la misma escena que Alejandro. El jugador hindú, paradójicamente concentrado en una partida que exige desarrollar movimientos rápidos para economizar tiempo, permanece quieto. Guillermo Amieva comprueba que también lo están los demás, se da cuenta de la petrificación de la vida en derredor, de la ausencia de Alejandro y que él es el único que parece liberado del estatismo. Busca al nieto, pero no lo encuentra, por eso sale al puerto. Todo está igual que en el interior. Marineros que paseaban y ya no lo hacen, grúas que elevan pesos a medio camino entre su destino inicial y final, vehículos de carga parados, conductores enfrentados al volante con el último gesto de atención que esbozaban hace unos minutos, gaviotas suspendidas en el cielo (como los aviones de Gando), turistas con el visor de la cámara ajustado al ojo derecho, todo está congelado, ofrecido como una tarjeta postal. El abuelo vive su excepción experimentado temor y privilegio. Temor por lo desconocido y por el paradero de un nieto perdido del que, imaginando que también puede moverse, no se explica por qué no se ha quedado junto a él; privilegio por estar salvado de lo que los demás sufren. Decide ponerse en su busca dirigiendo sus pasos al punto común que *la playa de Las Canteras* representa para ambos. Durante el camino comprueba que la ciudad se ha paralizado completamente, no se lo explica, pero tampoco sueña, se pellizca, comprueba que está vivo. Vivir se relaciona mucho quizás con poner las ideas al servicio de la acción que las mueve, pero, entonces, percibe que todo está muerto, impresión que no hubiera imaginado antes. Guillermo Amieva imaginaba su quietud en medio del mundo en movimiento, concebía su propia muerte, pero nunca había llegado a imaginar la muerte de todo lo que le rodea permaneciendo él vivo. Ahora, contempla la muerte con sufrimiento, sentimiento que aflora por la compasión hacia los otros, y ésta experiencia refuerza su pensamiento de que la muerte propia representa un sufrimiento para otros, no para aquel que deja la existencia. La experiencia de la muerte, vivida como algo que sucede fuera del yo, sentida como algo ajeno, ofrecida a los otros cual acto de expiación, alivia la aspereza del abandono de la existencia, resta importancia al suceso, si bien torna a la melancolía imaginando lo que los que nos quieren han de pasar cuando les dejemos. Al igual que hoy, morir dibuja una frontera entre el estatismo y el mundo dinámico, algo pasa a ser instante perpetuo -como la montaña, por ejemplo- mientras lo demás permanece inmerso en la fugacidad.

El abuelo llega el paseo marítimo de *Las Canteras*. Algunos bañistas se tuestan sin oportunidad de voltearse, parecen sardinas asándose en una plancha, otros permanecen quietos manteniéndose en el último movimiento natatorio sin hundirse, conservados en una flotación tan inexplicable como hermosa. La gente de las terrazas permanece en posición sentada, sorbe refrescos cuyo dulzor se ha fijado en las papilas gustativas para no desaparecer. Los camareros soportan estáticos el peso de las bandejas allá al fondo, dos personas caminan en dirección contraria. Guillermo Amieva entorna la mirada, fija la atención en un padre que, quizás tan sorprendido como él, camina de la mano con su hija. Se acercan más, poco a poco los distingue. Se da cuenta de que el hombre le es familiar; sí, es el hombre que se parece tanto a su nieto. Los otros, entonces, producen en el abuelo un sentimiento de afinidad, únicas excepciones, como él, que parecen haberse salvado de la quietud. Deja que se aproximen. Guillermo de Miguel Amieva tampoco se explica qué sucede y, porque ni siquiera se ha fijado que su reloj también está detenido, como todo en derredor, no relaciona la quietud que contempla con la propia detención del tiempo que Noelia ha provocado. Al fin se topa con el abuelo y lo encara. Es el momento que deseaba vivir, si bien, nunca hubiera imaginado que se desarrollara de semejante manera.

- Buenos días, viejo. -espeta el nieto sin mayor miramiento.

-¿Viejo? -pregunta extrañado el abuelo tras comprobar que el tono de la interpelación no es despectivo.

- Así te he llamado siempre.

- ¿Nos conocemos quizás?

- *Sí, eres su abuelo* -intermedia Blanca-

- No entiendo.

- Es largo de explicar viejo, pero sí, soy tu nieto, el mismo que está pasado las vacaciones contigo, soy el mismo pero después de dieciocho años. Soy otro y el mismo a la vez.

- ¡No me tome usted el pelo, por favor!

- No lo hago. Toma (Le ofrece los dos libros que ha conservado para el momento; tanto Siddartha como El Viejo y el Mar tienen una apostilla caligrafiada por el abuelo) ¿Cómo explicas que ambos estén en mi poder?

- Usted mismo podría haberlos sustraído.

- Podría estar "Siddartha", porque tú me lo regalaste, pero nunca "El viejo y el mar", te lo regalé yo. ¿No te acuerdas? Dentro escribiste, "regalo de mi nieto."¿Lo recuerdas? Yo mismo lo recuperé después de tu muerte.

¡Ábrelo, por favor! (Lo abre)

- Es muy extraño, muy raro. Todo podría tener explicación.

- ¿La tiene lo que está sucediendo hoy? Si la tiene lo desconozco, pero créeme que vengo del año *dosmilonce* con la intención expresa de reencontrarme contigo y que todo lo que hoy pasa nada tiene que ver con esto, al menos no lo creo.

- Soy muy escéptico para creer en estas cosas.

- Puedo contarte los pasajes más íntimos de tu vida, aquellos que sólo podría conocer un nieto tuyo. ¿Quieres que describa el chalet de Viana de Cega donde me enseñaste a jugar al ajedrez; que fuiste a la mili dos veces para acompañar a tu hermano Marcos; que tu madre se llamaba Mariquina y que aprendió a leer sola por amor; que eres vegetariano; que no quieres que me case, aunque ya me he casado; que deseas que incorpore tu experiencia a mi juventud, aunque nunca lo he hecho; que opinas que mi padre era demasiado bueno y que eso no es justo; que el gambito de dama fue la primera jugada que me enseñaste; que cuando pasaba las vacaciones contigo me sometías a un estricto régimen naturista; que mi madre se llama Menchu; que tus dos hijas se casaron el mismo día; que tuviste un amigo íntimo, Gerardo, en Cangas del Narcea; que en esta etapa de tu vida fui la compañía intelectual y amorosa más cercana que tuviste; que ayer viajamos a la Garita a ver a la abuela; que anteayer jugamos al ajedrez y me enseñaste, para que lo leyera, un escrito tuyo titulado "Pasado y fantasías de un mundo desconocido"…

- Basta, todo eso es verdad y no me explico cómo lo sabe usted.

- ¡Porque soy tu nieto, viejo! Un viajero del tiempo

que ha venido a verte. Hoy deberíamos estar jugado una partida de ajedrez en el puerto de la Luz con un marinero hindú, pero extrañamente ha variado el curso del viaje que hice hace dieciocho años. Entonces también vine a verte.

- Te pareces mucho, eres igual. Si te quito la barba y unos cuantos kilos...

- Ésta es Blanca, tu bisnieta. Tienes otra preciosa, se llama Carmen, que es más parecida a mí.

- Déjame que te haga una pregunta.

- Adelante.

- ¿Qué tenía puesto al fondo del pasillo del chalet de Viana de Cega?

- Dos colmillos de elefante de Guinea tallados y una virgen negra de ébano.

- ¿Cómo era la piscina donde te bañabas?

- Alzada, no estaba excavada en el suelo.

- ¿Qué plato te gustaba más cuando venías a verme?

- La vieja me hacía paella de verduras, era exquisita.

- ¿Cómo se llamaba mi padre?

- Eleuterio.

- ¿A qué sociedad pertenecieron mi padre y mis hermanos mayores cuando vivieron en Cuba?

- A la masonería. Tú nunca te iniciaste, pero me hablaste muy bien de ella. ¿Lo recuerdas? Además, ¿qué propósito podría tener para averiguar tu pasado hasta el último detalle, qué beneficio podría obtener de ti?

- Una última pregunta. ¿Qué te dije cuando subimos juntos a la ermita del Cristo en Llanes?

- Los árboles estaban enramados, lo recuerdo perfectamente, me dijiste que ojala los hombres pudieran entrelazar sus manos como los árboles se unen por las ramas.

- ¡Eres tú!, ¡sí!, ¡lo eres!. ¡Dios mío!, cielo... ven acá. (Ambos se funden en un abrazo profundo y largo ante la mirada emocionada de Blanca)

La visita de este hombre, aunque sea su propio nieto, trastoca la relación que el abuelo Guillermo tenía con él porque los roles aparecen cambiados; es decir, el conocimiento que Guillermo de Miguel Amieva tiene con respecto a lo que sucederá en el mundo los próximos diecinueve años le hace poseer una información que el viejo no tiene. Cuando invita a Guillermo a sentarse, el ebanista intuye que las cosas han cambiado mucho. De la noche a la mañana se topa con un hombre hecho y derecho, alguien a quien su propia experiencia mundana le ha permitido asentar un juicio más construido sobre el mundo y su circunstancia. El aspecto del nieto resulta inmejorable, la barba le reporta respetabilidad, parece más seguro de sí, se muestra menos impulsivo, más juicioso, el abuelo intuye en él otra profundidad que antes no parecía tener, pero, a la vez, la mirada, más densa, anegada en la hondura del pensamiento, destila un poso entre melancólico y escéptico que ni el abuelo ni el joven Alejandro han tenido nunca, quizás sucede que este nieto de cuarenta y nueve años está desesperanzado y no espera nada del futuro, ni del mundo ni de sí mismo. Ambos se sientan en una terraza.

- ¿Quieres algo, viejo?

- ¿Para tomar ?

- Sí, claro. Puedo acercarme a la barra, hoy nos sale gratis.

- Seamos buenos, yo invito. Toma cien pesetas y devuélveme el cambio anda. Yo quiero uno solo.

- Deja que te invite entonces. ¡Blanca, ¿un *Cacaolat*?! (se marcha)

- Y tú, señorita, ¿De dónde has salido.? No te pareces nada a tu padre

- *Me parezco más a mamá, pero hago todo lo que hace papi. Es más divertido. No sé qué sería de nosotras sin él.* (suspira)

- Ja ja ja. (el abuelo ríe a carcajadas)

- *Ahora está escribiendo un libro...* -dice con orgullo.

- ¿Ah sí?

- *Escribe mucho. Libros, artículos en los periódicos, poesías y también dibuja.*

- Nos gusta mucho a los dos. ¿Qué está escribiendo ahora?

- *Pues algo muy raro.*

- Tu café, viejo.

- Gracias.

- Tu *Cacaolat*, gordi...

- *¿Qué estás escribiendo ahora, papá? El abuelo quiere saberlo...*

- Es un poco complejo. Empecé a escribir el viaje que hice hace diecinueve años, cuando vine a verte esta semana santa, pero luego me apeteció meterme en el relato y decidí viajar en el tiempo para reencontrarte. A medida que empecé a escribir, el personaje que soy en la novela -éste con el que estás- se comenzó a separar del escritor, que, digámoslo así, se ha quedado en su propio tiempo. Soy un personaje y al mismo tiempo el escritor de la novela.

- ¿Quieres decir que estamos en la novela?

- Creo que lo que vivimos se proyecta en el libro. Sí, creo que vivimos dentro de la novela.

- ¿Cómo se titula?

- "La conversación". Interpreto que todas nuestras charlas después de cada partida de ajedrez componen una larga Conversación sostenida a lo largo del tiempo.

- Entonces... ¿Esto es real o soy un personaje más de tu novela?

- No lo sé. La verdad, todo lo que vemos ahora, me refiero a la ciudad paralizada, parece una creación que el escritor de la novela ha realizado con el propósito de facilitar nuestro encuentro.

- ¿Una creación tuya, entonces?

- No exactamente. Desde que soy un personaje de la novela es como si me hubiera escindido y no pudiera controlar lo que hago en el futuro escribiéndola. Volviendo a lo de antes, no imaginaba que nuestro encuentro fuera a producirse así.

- *Me aburro un poco* -interrumpe Blanca.

- Vete a la playa a darte un baño, cariño, pero no te metas muy adentro.

- No hay peligro en esta zona, Blanca, pero haz caso a tu padre. Yo te vigilo desde aquí.

-...Te decía que intentaba encontrar un momento en que no estuvieras con Alejandro. O sea, no quería un encuentro a tres bandas porque no deseo que Alejandro me reconozca o pueda sospechar de mi existencia. Eso podría trastocar el futuro que he vivido ya, quería ser cuidadoso.

- Entonces, este mundo parado es muy propicio para la ocasión. Pero ¿dónde está mi nieto Alejandro?

- Ni idea, pero no creo que nos moleste. Viviremos el momento y luego volverás a tu partida en el puerto. Seguro que le encuentras allí.

- Es hermoso tenerte de nuevo. Nunca imaginé que podría tener frente a mí a todo un mensajero del futuro.

- Necesitaba verte. Eres el mejor amigo que he tenido y no creo que nadie te mejore. Te echo mucho de menos, incluso tengo tu última carta debajo del cartapacio de mi despacho.

- ¿Mi última carta?

- Aún no la has escrito, es mejor que no te diga nada. Es preciosa, profunda, cercana, sentimental y al mismo tiempo universal. Ya la escribirás, pero no la escribas pensando en mí, sino en el que yo fui hace diecinueve años.

- Me obligas a esmerarme. Imagino que en el *dosmilonce* ya no estoy vivo.

- No, pero vives en mí.

- ¿Y Pilar?

- Lo quieres saber?

- Sí.

- Murió hace seis años. No te preocupes, no sufrió.

- ¿Cuándo moriré yo ?Me gustaría saber cuándo voy a morir.

- A nadie le gusta.

- ¿Qué más da, cielo? Ya no pinto nada en el mundo. Tampoco tú tienes pinta de estar muy convencido de tu existencia aquí. Te lo noto en los ojos. Antes no tenias esa mirada tan metida hacia adentro. ¿Me queda mucho? ¡¡¡Necesito saberlo para disponer mis cosas y hacer el equipaje!!!

- Te quedan tres meses, viejo.

- ¡Caray! es un poco menos de lo que imaginaba. No importa.

- Un día notarás un fuerte dolor en el pecho. Me llamarás a Osorno, y mamá se dará cuenta de que te ha dado un infarto. Llamará al hospital para que vayan a buscarte e irá al día siguiente.

- ¿Tú no?

- No podré por cuestiones de trabajo. Me perderé tu entierro, y mamá me llamará comunicándome la noticia. Lloraré tu muerte en la soledad del despacho.

- Vaya. Me hubiera gustado que estuvieras conmigo. ¿Por qué has venido?

- Ya te digo, porque te echo de menos y porque en el futuro poca gente escucha.

- Aquí pasa algo parecido.

- Ahora podemos conversar mirando desde el mismo lado. Pasar todos estos años me ha ubicado en el lado donde tú estás. Empiezo a mirar la vida para atrás.

- Te noto a falta de algo, cielo… ¿No eres feliz?

- ¿Feliz? Disfruto mucho todo, más que antes. Antes quería ser sabio y ahora no. Antes buscaba el reconocimiento y ahora no. Antes no tenía hijas y ahora sí, soy muy feliz con ellas. Si te hubiera hecho caso cuando me dijiste que no me casara me hubiera equivocado, viejo.

- Aún son muy niñas, debes esperar para saber si te ha merecido la pena.

¿Y tu mujer?

- Es muy guapa, elegante y buena. Y es asturiana.

- Anda. Con lo que corriste… (los asturianos no usan otra forma verbal para el pasado.)

- Entonces ¿Eres feliz?

- En líneas generales, lo soy, pero recuerda que estamos inmersos en una novela y no puedo descender a los detalles. Nos está leyendo todo el mundo.

- Ya te dije ayer que siempre serás un escritor...

- ¿Por qué me dijiste eso? Llevo años dándole vueltas a esta frase.

- Me salió del alma, quizás es tan sólo un deseo, pero por otra parte lo presiento. Hay cosas que se saben.

- Esto me intriga mucho porque, poniéndonos en el caso de que llegue a ser un escritor reconocido, ¿Qué mensaje he de dejar al mundo? ¿Qué te gustaría que dejara para la posteridad?

- Yo creo que deberías hablar más de la humanidad que de ti mismo, intentar hacer ver a la gente que debemos amarnos, entrelazarnos, como los árboles de la ermita del Cristo, transmitir lo que ahora veo que no tienes…

- ¿Qué?

- Esperanza. No tienes esperanza, cielo. Te lo veo en los ojos. Debes esperanzarte en ti y en los que te sucedan.

- La humanidad no tiene solución, viejo. Hay un

egoísmo desmedido, no existe siquiera ideología, nadie trabaja para un propósito común.

- ¿No hay ideología?

- El mundo ya no se rige por eso, viejo. La caída del muro de Berlín provocó el derrumbamiento de las ideologías, la vieja tensión entre marxismo y capitalismo no existe, los países del bloque comunista aspiran a enriquecerse, están liberados del yugo soviético. Eso en parte es bueno, pero ni el liberalismo ni la izquierda progresan en el pensamiento.

- ¿Por qué quieren enriquecerse los países del este?

- Porque tienen libertad y apetecen nuestro nivel de vida, pero el capitalismo dulce de las sociedades europeas sólo les ofrece pan y circo y una vida muy dura.

- Entonces, si no hay ideologías ¿qué hay?

- Hay presente, cada uno pide lo suyo sin importarle el futuro. Eso en nuestro mundo. Fuera hay un hervor de las religiones, un regreso del Islam. En el 2001 se cargarán las Torres gemelas de Nueva York, el World Trade Center, matarán a más de cuatro mil personas y el mundo iniciará una nueva era. La caída de la ideología política traerá el resurgir de la religión porque la gente necesita algo a lo que aferrarse. Sin ideologías la religión cubrirá el vacío. Los musulmanes han empezado, y es posible que les siga el resto.

- La religión no me atrae. A salvo del budismo. Ayer comencé a leer el libro que me has regalado.

- Lo tengo en mi casa de Palencia. Ya sabes que a los muertos se les quita todo -bromea Guillermo de Miguel.

- ¡Cómo eres!, aunque esta vez me gusta que seas un poco guasón, te reconozco más, te pareces al de siempre, aunque también me gusta verte hecho un señor... ¿Qué tal mamá?

- Bien, alegre y generosa, como siempre. Ha resuelto su vida en la calle, con muchos amigos.

- Dale muchos recuerdos.

- Se los daré, descuida.

- Seguro que tiene más esperanza que tú.

- Me hubiera gustado que el mundo fuera de otra manera, viejo, pero me he encontrado con la decepcionante realidad y esto no es fácil. Vosotros teníais un futuro que rellenar, trabajabais por proporcionar algo mejor a vuestros hijos, darles el bienestar que la España de entonces no tenía, y, por otro lado, teníais el empeño de construir una democracia.

- ¿Tanto puede con un nieto mío la dificultad de la vida? Siempre han existido personas egoístas y generosas Guille... pero la fuerza de la juventud, su empuje, la sangre nueva doblega a los débiles de espíritu.

- La confianza desmedida en la juventud puede ser un error, no siempre los jóvenes están imbuidos de un espíritu combativo.

- No me gusta que lo pierdas tú.

- Es fácil reprochármelo, pero llega un momento que te cansas de luchar. La vida sigue siendo más fácil para los que están instalados en lo políticamente correcto.

- ¿Lo políticamente correcto?

- Es una manera de hablar que se estila mucho en mi tiempo. Se refiere a lo que no se puede tocar ni decir ni airear, aunque todo el mundo sepa que es injusto. La gente de las sociedades modernas está instalada en la comodidad, y, cuando esto pasa, poca gente arriesga su estatus. Me pasó a mí cuando vivía protegido por mi padre, de modo que es natural. Los gobiernos hacen igual, facilitan la comodidad de la gente con la intención de evitar la crítica.

- Siempre habrá gente que se oponga.

- Pero los medios de información están controlados por los partidos políticos, hay un compadreo insultante. En España no hay democracia.

- Bueno, pero Felipe y Suárez lo han hecho bien.

- La democracia no depende de los políticos, creo yo. Depende del pueblo, y el español tiene una personalidad muy arrogante y poco dada a ceder. Tenías que ver la evolución que hemos seguido en España para darte cuenta de lo que pasa, pero es largo de contar. La sociedad está envenenada, sólo hay un apetito desmedido por los propios derechos y cuando eso pasa se pierde el objetivo común. Yo creo que Occidente ha iniciado la decadencia y que el mundo estará en manos de Oriente algún día. Tus amigos los chinos han despertado y no paran, son la segunda economía del mundo y pronto alcanzarán a los americanos, ya les ayudan a pagar un tercio de su deuda.

- Esos son cojonudos, mejores que los rusos -apostilla Guillermo Amieva- ¿Cómo lo han hecho?

- Mantienen el comunismo, pero se han abierto a la iniciativa privada. Cogen del liberalismo lo que les interesa. Saben que sólo tienen que esperar.

- Y son muy pacientes, además… ¡menudos! Tengo alguna obra por ahí, pensamientos cortos de un tal…, bueno, no me acuerdo del nombre.

- ¿Lao-Tsé?

- Sí, ése.

- He leído algo...

- Es muy bueno. Lo breve si bueno...

- Europa tuvo un sueño, pero no se ha cumplido. Ésta es la realidad. Aunque no soy de izquierdas como tú, he de reconocer que cuando se pierde la referencia de lo común todo se va al traste.

- ¿Eres de derechas?

- Tampoco. La verdad es que ya no tengo ideología, me pasa como a todo el mundo., aunque me queda algo de liberal.

- Hay que creer en algo.

- De nada vale la creencia sin fe. Además, la política no debería sostenerse por la fe, sino por la razón.

- Ambas estás mezcladas. Puedes razonar una idea, pero.. ¿De qué te servirá si no tienes fe en ella?

- Ya, pero eso es muy peligroso porque entonces tu razón, amparada por la fe, puede llevar al fanatismo. No quiero ser dogmático.

- Me dejas solo entonces, yo aún conservo la esperanza de un mundo mejor ¿Para qué he luchado si no?

- Eso es lo que me pregunto yo. ¿Para qué lucho?

- Para ti mismo, como todos. Para dejar un ejemplo a los que te sigan. Si tú paras, me paras a mí. ¿No lo ves?

- Hace diecinueve años pensaba que podría con todo, pero es inútil. A un farsante le suple otro, da igual derribar a un tirano, otro ocupa su lugar, da igual quitar de en medio a un enchufado, otro le sigue, los de arriba se alimentan de aduladores. Lo que tiene que cambiar es la sociedad.

- Lucha por eso, por cambiarla desde tu ejemplo.

-¿Cómo hacerlo si el que expone la verdad encuentra la marginación? Nuestra democracia es una farsa, viejo. Es una democracia que construye lo que la gente tiene que pensar.

- ¿Cómo puede hacerse eso?

- Controlando la opinión; promocionando películas de cine que, incentivando los sentimiento más nobles del humano a través de artistas determinados, colocan mensajes subliminales; premiando la incompetencia, justificándola, no exigiendo la rectificación del error. El principal problema, creo yo, radica en que los humanos no pueden reconocer su error porque el tiempo apremia, no estamos dispuestos a retroceder en el juego de la oca. Se premia la adulación, nos movemos en un mundo ficticio que no premia que un hombre reconozca sus errores, y si la sociedad huye de la verdad, si la esconde, si no comprende el error como medio para llegar a algo bueno para todos ¿es posible encontrar el sentido correcto del camino?

- Veo que analizas todo, ya no eres el mismo, antes eras más impulsivo, confiabas en ti, entonces tenías todo para conseguir tus objetivos. Ahora estás más hecho, es verdad, pero ¿de qué te sirven los conocimientos si con ellos has perdido la fuerza, la fe? ¿Qué es lo que haces en la vida? ¿A qué te dedicas, dime? ¿Sigues siendo abogado?

- Aún sigo, sí. No sé por cuánto tiempo, pero sigo...

- Entonces debes perseverar, hacerlo bien.

- Todo el mundo necesita un premio, llega un punto en que no podemos gastar energías sin compensación, y la abogacía llega un momento que no compensa.

- Ya.

- Pero no sólo se trata de esto, se trata de que es muy

duro desenvolverse en un medio que está viciado, no digo corrompido, ojo, digo viciado.

- Viciado... ¿Por qué?

- Viciado por falta de interés. En la justicia ocurre lo que en la sociedad. Los que trabajan en ella, muchos de ellos, están interesados en sí mismos, no persiguen el fin que nos une a todos.

- Es humano.

- Pero cansa.

- Siempre pasa, Guille, siempre pasa.

- Estoy harto, viejo. Estoy harto. Eso es exactamente lo que pasa.

- Ya lo veo, y mira que lo siento. Yo siempre he tenido amarguras en mi vida, ya lo sabes, pero nunca he perdido la esperanza. A veces soy un poco maniático y raro, es verdad, pero siempre lucho.

Guille no puede cerrar la conversación con el abuelo porque no tiene nada que contestar. Está en medio de su hija y de su abuelo, presionado por las obligaciones diarias y los compromisos, que ellos no tienen, es un actor en escena que sufre la enorme contradicción de haber sido educado para obrar de una determinada manera y comprobar que la manera correcta de actuar encuentra más obstáculos que la perversa. Esto le resulta insoportable, su despacho se ha convertido en una prisión, cada día le cuesta más ofrecer la sonrisa, quizás por esto ha sintetizado la vida al punto de considerar que sólo lo doméstico merece la pena. Ser abogado ¿Para qué? Ser escritor ¿para qué? Antes disfrutaba el placer de construirse sin pensar en el fin, sabe que ahí radica la felicidad, pero de un tiempo a esta parte le cuesta mucho más mantenerse firme en el propósito, no lo ha abandonado, simplemente le cuesta. Quizás sea ésa la exacta diferencia entre ser joven o ser ya un hombre maduro.

El personaje de mi libro está lo suficientemente desesperanzado como para que pare un poco el ritmo de la escritura. El encuentro con mi abuelo en el pasado, que he ideado como una catarsis curativa, me genera también, por otro lado, un punto de tensión que necesito socializar con mis amigas _Facebook_ recuperando su juicio sereno. A lo mejor resulta que la respuesta más sabia la atesoran ellas. Dispongo por tanto mi navegación hacia _Facebook_ y lanzo un _s.o.s_ en la esperanza, -ésta la tengo-, de que acudan en mi ayuda, náufrago en el océano. Este es el mensaje de socorro:

Guillermo De Miguel Amieva _A ver chicas. Sigo escribiendo y os necesito. En la novela ya me he reencontrado con mi abuelo, es decir, viajando en el tiempo, el que yo soy ahora se ha reencontrado con él. En mi conversación me ve desesperanzado. De alguna manera le muestro mi decepción ante el mundo, y él observa la diferencia entre el más enérgico joven Guillermo de entonces y el que ahora le habla. Me ve más formado y entero, pero menos impulsivo y con menos fuerza. Yo le digo que el mundo moderno ha evolucionado hacia el apetito de los derechos individuales y que por tanto la sociedad ha perdido un proyecto de futuro, algo que construir para el más allá, para otras generaciones, y que, en medio de eso, la lucha honesta encuentra trabas constantes que se hacen insoportables, por eso estoy harto. Él me dice que la lucha debe mantenerse por uno mismo, por la dignidad, que nunca se puede perder la esperanza, y que él mismo, inmerso en su amargura, como yo sé,, nunca la ha perdido. Ahí me bloqueo, porque estoy sin palabras de respuesta, pero en la novela vosotras desarrolláis un_

papel concreto, la sabiduría que atesora la mujer moderna.
Ya he anunciado al lector que recurro a vosotras, no me
decepcionéis. Besos y gracias.

Les dejo la patata caliente, estoy cansado de pensar en
esto, me hastía batirme a diario con esta contradicción ante
la que la vida nos coloca. "¡Que piensen ellas!"-como diría
Unamuno-, que piensen ellas, digo, pero no dejo de
reprocharme el abandono al que me lleva la desesperanza
que observa mi abuelo en mí. He buscado en *Google* alguna
frase de Lao-Tsé, algún pensamiento corto que pueda
servirme de punto de partida para llegar a buen puerto.
¡Que repiense él lo que ya pensó en su momento! traigamos
algún fruto del sufrimiento de otro ser del pasado. Dice el
sabio "No vayas contra lo que es justo para conseguir el
elogio de los demás". Sí, claro, ¿quién no está de acuerdo
con esto? El reconocimiento no puede sostenerse desde lo
injusto, porque el elogio de un individuo, su propia
vanidad, no puede ir contra el interés de la sociedad, de
modo que, cuando no denunciamos lo injusto permitiendo
la gloria del que no lo merece, actuamos en contra de la
sabiduría. Nada más acertado. Lao nos sugiere que no
vayamos contra lo justo, y de ello se deduce que nuestro
actuar debería fomentar lo justo, porque, aunque no lo diga,
las consecuencias serán nefastas. Antes he renunciado a
pensar, me he abandonado en otros, pero ¿hacemos lo que
dice Lao? Me gustaría tenerle aquí para preguntarle qué
debemos hacer cuando estamos solos en el empeño. El
caballero medieval de la tabla redonda se glorificó
buscando el Santo Grial dentro de sí, en el interior, en la
esperanza, no le importaba la muerte, combatía por un ideal
en cada paso de su vida con independencia de lo que
hicieran los demás. Si se topaba con la injusticia en el
medio del bosque la combatía, no huía. En los caminos
medievales dos eran multitud cuando tenían visiones

opuestas, es la modernidad la que ha pervertido al hombre permitiendo que el justo y el injusto puedan caminar en paralelo, que los medios justifiquen los fines. Mis amigas comienzan a responder:

Elena Serrano _Creo, Guillermo, que la respuesta debería darla Blanca... no viajabas con ella?? ella es todo lo que tu fuiste..._

Repartirás ganancias no??? Que yo no me estrujo por nada!!! Ja ja ja

Guillermo De Miguel Amieva _Blanca es muy niña aún para contestar Elena, pero me encantaría que lo hicieras tú, sé que puedes y lo espero. Escribir el libro, aunque tiene un efecto de catarsis, me está generando también, en algunos pasajes, cierta tensión. La introducción del elemento femenino en La Conversación creo que enriquece el texto. ¿Ella es todo lo que yo fui?_

Elena Serrano _No necesitas responder, Blanca puede hacerlo con su actitud, una anécdota, una situación..._

Guillermo De Miguel Amieva _Podría integrar un gesto, una actitud de Blanca, pero no tengo mente femenina para encontrar la respuesta. Por eso os necesito. Veo que te resistes. ¿Te estás vengando por no haberte reenviado el poemario? En ese caso te lo reenvío..._

Elena Serrano _Pero qué retorcido eres... y luego dices que no tienes mente femenina???? He respondido a tu petición, ¿y aun así te quejas???_

Eeeeeso era a lo que se refería Ana Maria Matute!!!! Ves... y no hubo manera de que me entendieras!!! Sufre, sufre!!! Tendrás tu recompensa...

Monica Palozzi _El proceso de avance y crecimiento positivo de la civilización humana es una realidad a la que_ *llamamos progreso y a mano de ello también la humanidad procede en su escalada a la afinación, mejorándose y mejorando sus oportunidades de vida (salud y sociedad) y, al mismo tiempo, los individuos desplazan hacia adelante sus aspiraciones de continua mejoría, sufriendo por su estado presente aún lejano de su pensamiento y deseos. Creo que la solución del protagonista se halle volcando el horizonte de sus consideraciones. O sea, mirando hacia atrás, cuando los hombres del pasado (¡otro viaje en el curso histórico!!!), con expectativa de vida bajísima, debían luchar para sobrevivir o hasta cuando ya en tiempos históricos muy recientes (esclavismo, racismo, genocidios, etc.) la dignidad humana no se consideraba siquiera. En cada momento de la historia, pasada o futura, el hombre siempre pensará que su momento podría ser mejor y esta consideración, en su insatisfacción latente, es lo que nos asegura que no nos hemos perdido y que la escalada sigue!! Ay de cuando nos consideraremos satisfechos: habrá un colpaso de la civilización!!*

Monica Palozzi *Ah ah ah!!! no "colpaso" sino "colapso"!!! :))*

Monica Palozzi *Lo que quería decir es que tu protagonista debe animarse, viendo que, si bien lentamente, el progreso existe y él "debe" ser uno de sus artífices.*

Guillermo De Miguel Amieva *Elena me atormenta, le gusta que sufra y se regodea en ello, saca a colación de nuevo el sufrimiento del autor cuando se enfrenta al folio en blanco, retoma el anterior debate, pero éste no es el caso. La novela discurre por su cauce, y sucede, además, que hay un proceso alquímico que os transforma a vosotras en personajes y, por lo que veo, también escritoras de la propia novela.*

Elena propone que el escritor se sirva de Blanca para integrar la respuesta femenina, de algún modo se introduce interesantemente en el proceso creativo, aunque me sigo preguntando si una niña puede atesorar la respuesta.

Mónica, por su parte, con la brillantez que le caracteriza, -me dirijo a las dos en tercera persona-, responde a la pregunta entendiendo que el hombre debe mirar atrás para comprender su sufrimiento mientras lucha, debe entender que el dolor del justo, su expiación, tiene el sentido de contribuir al progreso general de la humanidad, -que Mónica, igual que mi abuelo, considera es constante y en línea ascendente.-

Un momento entonces. ¿Es verdad que la humanidad tiende al progreso o sólo se encamina a su destrucción o incluso a la destrucción del planeta? El progreso material o científico no tiene que significar el espiritual, ni siquiera el material tiene que ser necesariamente mejor y, de hecho, los hombres de las cavernas vivían dentro de una atmósfera muy confortable, físicamente, al tiempo que sus vínculos tribales eran armoniosos y solidarios.

Por otro lado. La vida de un humano, hombre o mujer, no sólo debe tener proyección hacia el futuro. ¿Por qué consentir que el justo no reciba el merecimiento justo? ¿Por qué dárselo al injusto? Lao-Tsé, lo acabo de buscar en Google, dice, "no luches contra lo justo para buscar el elogio", entonces, lo contrario, luchar a favor de lo justo debe tener justo merecimiento en el presente ¿No?

Monica, al mismo tiempo, también se introduce en el proceso creativo de la novela. Propone que el protagonista, que soy yo, se anime incorporando su pensamiento. Habla de mí como un tercero, alguien ajeno a mí, alterado, convertido en otro, pero la desesperanza anida en mí. Gracias, me gustaría seguir profundizando.

<u>Monica Palozzi</u> *mmmhh... mirémoslo por otro lado... se lo decía yo hoy mismo a alguien por otra parte de Facebook... A veces, para aclararnos las ideas, hay que salir de lo contingente, hay que mirar desde lejos, despersonalizándonos cuales individuos palpitantes, considerándonos espectadores ajenos. Imagínate pues, Guillermo, de salir de la atmósfera terrestre y mirar desde el satélite hacia abajo: no hay traza de hombres, de animales, de artefactos humanos, de polución, ni de nada de nada que no sea más que un bonito planeta azul y verde. Un único conjunto e individuo. No somos nada y nuestras pasiones se anulan en ese nada y nuestro tiempo vital se anula en ese nada. Y esto es por decir que nuestras (de la humanidad) acciones, por sublimes o pésimas que sean, nada inciden en el perfecto motor del cosmos. No hay por qué desesperanzarse si comparado con lo total. Aunque acepto y justifico la "tragedia" interior de cada hombre en su vivir temporal.*

<u>Guillermo De Miguel Amieva</u> *Entonces, lo que haces, Monica, es descontextualizar nuestras acciones del Tiempo, con lo que anulas la Historia de la Humanidad, porque si en nada afecta al Cosmos la acción de un individuo concreto observada desde el espacio, a distancia, tampoco afectaría la propia evolución de la Humanidad, pues nuestra evolución no concierne al Cosmos, que puede prescindir de nosotros, es decir, nuestra evolución espiritual hacia el progreso, hacia la obtención de la justicia, ¿en qué benefician o perjudican al propio Universo? El esfuerzo humano es ajeno a él, quizás únicamente podríamos considerar que, si algún día completamos el proceso espiritual llegando a la perfección, el Cosmos se beneficiaría por alcanzar la perfección de uno de sus muchos engranajes, quizás el más descompensado. Al propio tiempo, la circunstancia de*

nuestra palmaria imperfección refleja que el Cosmos carece de la armonía que se le exigiría, haya o no haya un creador, cierto, pero nuestra vida, como humanos, se desarrolla dentro del espacio-tiempo que nos ha sido dado, en éste en el que tú y yo "afortundamante" (juego de palabras) hemos convergido. Si el justo está destinado a sufrir, como expresaba Hamlet en su soliloquio, qué necesidad hay de esto. ¿Quizás la mejora del hombre injusto, que, viendo en nuestro dolor el reflejo de sus acciones, siendo nosotros su espejo, puede algún día recapacitar?

<u>Marta Mediterránea</u> *Buenas tardes a tod@s. Confieso que no he leído el resto de comentarios, por lo que si me repito, disculpas. Pero pienso que más que una respuesta, debería ser la reflexión del hombre padre de familia, y que contempla la realidad de la segunda década del siglo XXI. No es malo el individualismo, puesto que somos nosotros, LAS PERSONAS, las que realmente aportamos y creamos dentro de la sociedad. Personalmente no creo en los colectivos, puesto que unos trabajan y los otros se aprovechan de los que trabajan. Creo sinceramente que la lucha debe seguir i debe volver a los orígenes... del Grial. Es decir, luchar por lo que se cree, por algo más que uno mismo, por el esfuerzo, la cultura, la educación, por aportar y sobre todo por pensar en los demás, a pesar de vivir en una sociedad materializada, y que apenas se despega de la misma. Una sociedad adicta al dinero, a la diversión... a huir de la realidad, a estar poco preparada para asumir el papel de padre o madre. Pero todo esto es el caos. Volverá el orden... a través de las futuras generaciones.*

Este es mi punto de vista. Claro que yo soy más religiosa que tú y no se aviene mi pensamiento al tuyo, pero la esperanza debe permanecer. Un besote mediterráneo.

Guillermo De Miguel Amieva *Marta, Tu comentario es muy interesante, aunque la parte del mismo que se refiere al padre de familia no creo que encaje mucho en el lenguaje más homogéneo que integra tanto a hombres como a mujeres, pero en lo que de parte Artúrica tiene parece que me has leído el pensamiento, querida Dama del Mediterráneo, porque en la novela lo estaba mencionando precisamente. El hombre medieval, distinguido del hombre de la modernidad precisamente por su sentido trascendente, elevado más allá de sí mismo, apartado del entonces inexistente Estado, que ahora tanto aliena al hombre, pleno en la realidad religiosa en la que creía y que impulsó la bella creación de las catedrales, esfuerzo común mantenido por generaciones, es un poco lo que quiero decir. El hombre tiene ilusión cuando existe un proyecto colectivo y si éste proyecto va más allá de su generación, mejor aún. La modernidad lo intentó con el proyecto ilustrado de engendrar una sociedad más feliz, pero el proyecto de la Ilustración fracasó en el siglo XX y el hombre (entiendo hombre en su doble encuentro masculino y femenino) se ha quedado huérfano. Es precisamente la desaparición de un horizonte de referencia lo que más embarga y siembra la desesperanza. Cuando Arturo perdió el Grial, los caballeros partieron en su búsqueda hasta descubrir que estaba dentro de su corazón. Lo sé, pero soy humano y sufro la sociedad que me ha tocado vivir. No puedo evitarlo.*

Marta Mediterránea *Querido Guillermo, No sólo lo sufres tu, lo sufrimos todas las personas que buscamos en la vida el sentido de lo bello, la profundidad espiritual, la intensidad de lo místico. Pero es tan difícil de encontrar!!! Y es más, desde que estoy metida en el mundo del arte, no sabes las decepciones que me llevo con según qué artistas, que deberían idolatrar la BELLEZA, transmitir lo mejor o* _lo más trascendental del ser humano... y casi podría decirse que encuentro "intrusos"en el arte. Conozco pocos que lo sientan, que se dejen llevar, que transmitan. Uno de esos pocos es Ercilio_ (Marta se refiere a Ercilio, miembro del grupo Facebook). _Hay unos cuantos más, pero son locales o de Barcelona, bastante desconocidos. No importa si es figuración o abstracción. Simplemente es expresar el mundo interior. Creo que con esto puedo responder en parte a esa continuación de novela, aunque en una parte más crítica, por supuesto. Pero, querido caballero artúrico, el Grial está en muchos corazones, sólo que lo ocultan, porque sencillamente, el ser humano ha olvidado luchar por causas justas. Un besazo!!!_

Guillermo De Miguel Amieva _Marta, Monica Palozzi puede ilustrarnos en relación a lo que en su día expuso Platón con respecto a la belleza. Creo que quería decir que desde la contemplación de la belleza física se podía alcanzar la categoría abstracta, conceptual, de la belleza para, desde ella, valorar la belleza de los actos justos y por consiguiente la categoría más alta de la bondad como algo bello. ¿O lo decía Sócrates?_

Ercilio es un hombre muy profundo, Marta. Su desarrollo interior es inmenso y no debe extrañarte que su pintura exprese la belleza. En este caso el proceso es inverso, Ercilio logra la belleza desde la bondad espiritual, pero también sufre lo suyo.

¿Por qué el hombre injusto se abraza a la maldad? ¿Porque no aprecia la belleza, por no haber tenido una actitud contemplativa que luego le transporte a la valoración de la bondad? A lo mejor, entonces, debemos centrarnos más en la educación de los niños.

Monica Palozzi _Guillermo, por lo que logro recordar, en su República, Platón hace hablar a Sócrates de estética._

Los artistas, llamados imitadores, son figuras útiles al interno de su estado ideal para la función educadora y pedagógica que sus productos (arte) pueden ejercitar sobre la formación de los ciudadanos. Pero su acción debe ponerse bajo un severo y atento control de tipo censorio, para que los contenidos de sus imitaciones no estorben el proceso de educación ideal con falsos valores o ejemplos errados. Y me parece que hable de belleza con respeto a las ideas expresadas por la poesía, mas la poesía, en Platón, solo es concebible si se está dominados por la furia dionisiaca, por lo tanto ya no es imitación sino creación ideal inspirada por lo divino.

Justo en estos días estoy leyendo (antes de dormir) un texto de Bertrand Russel, "La sabiduría del occidente", que es un compendio filosófico, pero estoy al principio, todavía con los presocráticos. En cuanto llegue a Platón ya te diré con exactitud lo que dice sobre el tema del arte...

Guillermo De Miguel Amieva *Mañana te respondo, mi amor cerebral, estoy cansado ahora, pero que sepas que ese libro que estás leyendo lo tengo en la mesa del cuarto de estar, a mi izquierda, entre otros muchos. He pasado ese pasaje que mencionas, pero como es un libro tan extenso, lo cojo y lo dejo, leo otros entre medias o dibujo o escribo, y hace tiempo que no lo retomo. Es una de las grandes obras de pensamiento del siglo XX. Al final nos va a pasar como a los lamas budistas, que de tener el alma tan afín nos rodeamos de los mismos objetos. Tenemos que conocernos. O voy yo a Roma con MJ o vienes tú con tu pareja (no sé cómo se llama pero tiene pinta de ser muy buena gente). Besos.*

Teresa Rc Galdiz *Creo q en este punto el viajero no tiene respuesta posible. Es ahora su abuelo quien desea proseguir el camino al pasado, juntos los dos, y le toma firme la mano al punto inmediatamente anterior a aquel en* *que perdió la esperanza. Le muestra cómo entonces el mundo sufre también y en él anida el individualismo, el egoísmo, la ambición... de igual forma, pues es producto de un erróneo ejercicio del derecho a la libertad del ser humano que no es propio solo del momento que le ha tocado vivir. Pero esto no ha podido con quien ha ejercido esa libertad en pro de la solidaridad, igualdad, justicia... el buen hombre existió, existe y existirá y esto equilibra la balanza, infunde confianza y deja a un lado la desesperanza y el pesimismo. El abuelo ha mantenido intacta su fuerza. La fuerza que contrarresta tanta debilidad. Blanca entretanto espera el regreso. Y a su vuelta el padre cargara su mochila con la fuerza de ambos.*

<u>Monica Palozzi</u> *Perfecto, Teresa!!! Creo que tu solución del nudo sea ideal.*

<u>Monica Palozzi</u> *Y... con Guillermo... nos parecemos también en lo de leer más libros al mismo tiempo!! ...tengo yo sobre mi mesita de noche al menos una docena de libros empezados y dejados abiertos en donde progresivamente llego (hay bastante desorden y polvo sobre todo eso!!). Sí, debemos encontrarnos un día. Anoche, para profundizar y apurar el tema sobre Platón, fui a fisgonear en el pasaje donde se habla de ello, pero dice cosas diferentes de las que yo te he mencionado. Tenía un gran sueño y entendí poco de lo que leía. Lo dejé y ya volveré a leerlo. Lo que pienso es que yo tengo recuerdos escolares sobre la estética en la República de Platón y Russel habla de estética en otro texto de Platón, me parece el Teeto... ????? no recuerdo bien.*

<u>Guillermo De Miguel Amieva</u> *¡Qué inteligentes sois todas Dios mío! ¡Es impresionante! Luego desarrollo más las cosas Teresa, lectora de mi pensamiento, ahora no puedo. Me gusta muchísimo tu forma de ver las cosas. Eres tan sensata...*

Guillermo De Miguel Amieva *Teresa, tu comentario alcanza precisión y sabiduría. La existencia del hombre bueno equilibra la balanza e infunde confianza, es decir, el hombre bueno puede albergar esperanza, puede estar confiado por la existencia de otros hombres buenos como él. Es decir, para resolver su estado de desesperanza, tiene que salir al mundo exterior, encontrar la otredad que le es afín, debe saber que adeuda a los demás hombres buenos el desarrollo de los actos justos, porque, si no, les traiciona de algún modo, traiciona la secuencia histórica de todos los actos buenos que se han desarrollado a lo largo del tiempo, no es leal con sus semejantes. Quizás también cumple al hombre bueno la labor de que el hombre injusto, -no le llamemos malo-, vea reflejado en el bondadoso el ejemplo que ha de seguir si quiere reconvertir su acción. Si el justo abandona su lucha, todo ésta perdido, no sólo él. ¿Es así?*

Guillermo De Miguel Amieva *Monica, has puesto el acento en la labor pedagógica de los artistas, responsables de la transmisión del ideal de belleza que fomenta el estado contemplativo para, desde él, alcanzar el concepto de bondad como fin primordial de la educación de la ciudadanía. No obstante, refieres también que la labor creativa del artista debe ser sometida a censura en orden a evitar la creación de moldes que no proyecten la belleza. El tema es interesante porque me pregunto ¿No sirve la contemplación de lo antiestético al mismo fin pedagógico si pensamos que el rechazo de la fealdad alcanza, por contraste, el deseo de la belleza y, del mismo modo que ésta, pero en sentido inverso, ayuda a entender el concepto de maldad para rechazarlo?*

Por otra parte, Monica, es curioso. Ayer me equivoqué. El libro que tengo en mis manos no es "La Sabiduría de Occidente", de Bertrand Russel, sino

"Historia de la Filosofía", del mismo autor, es decir de él. Lo curioso es que he descubierto que el que leía "La Sabiduría de Occidente" no era yo, como pensaba, sino mi abuelo. Tengo el ejemplar suyo en mi Biblioteca, pues debió de dármelo antes de morir, pero nunca lo he leído. Este ejemplar se convierte, pues, en un vínculo de unión tuyo con él. He de leerlo para vincularme con vosotros dos.

Monica Palozzi *Bueno... busco interpretar el concepto de Platón. La belleza reproducida en la imitación artística (la obra) más es bella cuanto más semejable a su modelo y hasta puede llegar a sobrepasarla en la interpretación "ideal" de su imitador y, si por ejemplo en los poemas épicos o hasta en los mitos de los dioses el artista imitara tan bien llegando a aparentar bonita alguna mala acción de un soldado traidor o una diosa pecadora? De ahí la necesidad de un control. (pero esto es de la República... que está considerado un fracaso utópico de la idea de Estado en Platón...)*

...ya sé que un día me irás a llamar "abuelo"... :)

Guillermo De Miguel Amieva *¡Abuelita!, ¡abuelita!, sé que analizas desde fuera de tu pensamiento el sentido filosófico que dio Platón a la belleza como propulsora de la bondad y de los estados de gracia en el ser humano, sé que no viertes en este caso tu opinión, y es cierto que la República, por otra parte, representa un modelo utópico fracasado en la Historia, sobre todo porque constriñe mucho el derecho de los individuos, a los que Teresa deja jugar libremente su suerte, de modo acertado, porque debe ser cierto que la libertad, como derecho esencial, aunque tiene el peligro de que algunos humanos no desarrollen la bondad, permite que otros lo hagan. ¿Cuál es el papel del Estado, entonces, ante el ejercicio autónomo de la libertad? Yo creo que marcar un propósito común social de aspiración ética y dejar que los individuos lo desarrollen.*

Besos de tu nieto.

Monica Palozzi *Querido nieto mío, yo te respondería que la solución no está aquí ni ahora, sino en el futuro, cuando ya todos seremos lo suficiente civilizados individualmente y socialmente para una conducción anárquica de la cosa común.*

Teresa Rc Galdiz *Eso es exactamente Guillermo. Creo que de esta forma no quedaría sin respuesta. Donna, eres fantástica. Un beso grande a los dos. Me espera "El alma de la Defensa".*(Teresa se refiere a un ensayo que escribí hace tiempo que le he regalado por amiga y compañera en lides judiciales.)

Guillermo De Miguel Amieva *Gracias por leerlo Teresa, espero que el ensayo no te desanime a leer luego "La Conversación", que se está poniendo muy interesante y romántica. He introducido un personaje, Noelia, capaz de detener el tiempo, y me ha llevado a la playa de Maspalomas. El personaje no es reciente. Hace muchos años escribí una novela titulada "La Escalera de Tiempo", que contaba, ficticiamente claro, una historia de amor que mi abuelo y yo compartíamos con Noelia, una mujer negra que era la Eva humana, intemporal, eterna, alguien que no había muerto. Cuando amaba a mi abuelo él recuperaba su aspecto juvenil y la fuerza y ella se convertía en anciana, era la manera que tenía de experimentar lo que nunca podía vivir por sí misma. Recordando aquel personaje de ficción, respetando el mismo nombre, la he recuperado para la novela, pero con otro tinte distinto y otra fisonomía. Creo que me lleva a Maspalomas para amarme, ¿qué te parece?*

Teresa Rc Galdiz *Me gusta. Lo veo, más que como un amor puramente físico, como una transmisión de afectos y ternura, como un engrandecimiento del alma, un* _reforzamiento del espíritu y una enseñanza del dar a cambio de nada. Otra transmisión de valores que van conformando la personalidad posterior adquirida de un conjunto de experiencias. Entre ellas, ¡cómo no!, el amor, pero ¡cuidado! si ella es capaz de detener el tiempo..._

Si Mónica Palozzi descendiera con la mirada desde el espacio hasta la playa de _Maspalomas,_ sirviéndose por ejemplo de _Google Earth,_ encontraría el paisaje hermoso de una laguna donde anidan aves migratorias y el impresionante contraste de las dunas y el océano en buena compañía, el rumor azul del mar levemente rizado por el blanco de las olas que rompen y el aroma ocre diamantino del desierto, brillo dorado de suave arena formando parábolas dichosas, un lugar, _Maspalomas_, donde es fácil olvidar el rigor de la existencia. Noelia y Alejandro, sentados junto a la orilla, fijan la mirada en un punto infinito del horizonte y aunque parecen estáticos, como las personas que les rodean, simplemente ocurre que no desean moverse. Hay un momento de sincronía entre el cuerpo y el alma que invita al mutismo del espíritu y a la parálisis, instante que rompe la inercia continua del tiempo para detenerlo. Las personas en derredor muestran sus cuerpos desnudos, pero Noelia y Alejandro aún no lo han hecho, lo dejan para más tarde; luego se desnudarán, quizás cuando esta experiencia mística de contemplar juntos un punto perdido del espacio toque a su fin. Noelia tiene los ojos tan profundos como el océano, pero han perdido verdor porque el azul del horizonte se le refleja en el iris. A través de esos ojos hermosos ha devorado todo lo que el humano ha vivido desde el principio de la Historia, está cansada de amar y desamar, de nacer y morir, de renacer adelante y atrás, de ver que la vida humana no ha cambiado casi nada, está cansada de esperar, pero siempre ha confiado que esta existencia suya sólo dispone de una tabla de flotación: el amor.

Alejandro ha surgido del pasado para unirse brevemente al destino de Noelia, se parece mucho a una de esas gaviotas que ve de frente desarrollando trayectorias efímeras, flechas que se cruzan por instantes. Los ojos de Alejandro permanecen extrañamente risueños para su edad, pero Noelia prefiere unirse a los hombres que mantienen corazón de niño, lo sabe por experiencia (si en algo acrisola más sabiduría que nadie es en el amor) y, desde ella, ha ido decantando el perfil del hombre o de la mujer que más le atraen. Por eso, porque conoce que las grandes cosas de la vida se logran tras sedimentarse con el transcurso de los años, es *dueña del tiempo*. No siempre lo ha dominado como ahora, hay que notar que milenio tras milenio ha experimentado el aprendizaje tras una lucha encarnizada, quizás ésa y no otra ha sido la relación que más le ha vinculado a alguien; aunque el Tiempo parece invisible a ojos de los mortales, Noelia está convencida de que tiene forma humana y gran habilidad para esconderse de ella, quizás éste es el único aspecto que no domina, lo único que le falta para sentir completa satisfacción. No tiene prisa, siente que Cronos, al que imagina viril, fornido, moreno, con cabello fuerte y rizado, y profundamente filosófico, es un ser de carne y hueso que fue privilegiado con la eternidad en el momento de la Creación. Por eso, porque él es su gran amor, le gusta seducir hombres de rasgos suaves. Lo suave, en este caso, provoca en Noelia impresión de fugacidad, amor efímero que suele disfrutar con intensidad mientras, como una novia virgen, espera que Cronos la posea un día para siempre. Degusta los amores efímeros porque disfruta con su desaparición, con su inevitable brevedad, los saborea porque no puede retenerlos, sabe que se le escaparán de las manos, sabrosos bocados que da mientras Cronos hace acto de presencia. ¿Cuándo? Al final de los tiempos.

- ¿Siempre has vivido Noelia?…quiero decir, ¿experimentas la muerte?

- Sí, claro, nazco y renazco, siempre con el mismo cuerpo, aunque éste vaya evolucionando desde el principio, pero tengo memoria de mis vidas anteriores y posteriores, cosa que no os sucede a los humanos.

- ¿Qué siglo te ha gustado más?

- De un tiempo a esta parte me quedaría con la Edad Media, cuando surgió el amor cortés. Yo era una dama noble de la corte occitana, seduje a un trovador muy hermoso, un poeta. Entonces nació el amor tal y como lo entendemos hoy, el amor romántico de Occidente. ¡Fue rompedor, muy guayyyyy¡¡ja, ja, ja!

- Ahí empezó todo, ¿no?

- El amor romántico sí, pero el amor va más allá. Siempre ha existido. Los lazos de solidaridad de las tribus primitivas, por ejemplo, son un sentimiento amoroso. Mira, creo que el amor nos saca de nosotros, de lo que nos duele dentro, todo es cuestión de entregarse. Claro que el hombre, al principio de su recorrido, tenía bastante con adaptarse al medio. Fueron momentos muy duros.

- ¿Cómo es la muerte, Noelia?

- Venimos y nos vamos, eso es todo. Como el viento, pero la muerte tiene un sabor melancólico, dulce y agrio a la vez. Aun en mi caso, que sé que renaceré de nuevo, siempre comporta una despedida de lo que he vivido.

- ¿Qué finalidad tiene morir entonces?

- La misma que vivir. Es la otra cara, no le des vueltas. Los hijos únicos sois muy neuróticos.

- ¿Sabes lo que pasa en otros planetas?

- No mucho más que tú, Ale. Estás lleno de preguntas, ¡ja ja ja! Tienes un poco de inseguridad

- ¿Por?

- Porque sabes lo que va a suceder entre nosotros, por eso. A veces te tiemblan un poco los labios. Me gustas Alejandro. Por eso te besé ayer. (Noelia es directa, no detiene el impulso cuando sabe que ha llegado el momento)

- Tú a mí también. Eres como una *princesa del pasado,* la novia de adolescencia que me hubiera gustado tener. Bohemia, decidida, sin prejuicios, alegre, cómplice, generosa, profunda y hermosa.

- Entonces, no hay nada más que hablar. Las preguntas se olvidan cuando estamos felices, y ahora debes estarlo.

Noelia toma la mano de Alejandro y le invita a caminar. El viento mueve su melena caoba y ella respira profundamente, sabe que la vida se siente respirándola, que el aire que entra y sale de los pulmones nos une con el universo. El sol no se ha levantado del todo porque el tiempo no transcurre y, por tanto, no calienta. Noelia pregunta a Alejandro cuándo le gusta hacer el amor, a qué hora, y él responde que durante la tarde algo avanzada. Noelia señala el astro Rey con el dedo índice e inicia un movimiento semicircular con el dedo ordenando su marcha inercial por el firmamento. El Sol obedece el movimiento y, como si de la manecilla del reloj se tratara, se posiciona a la altura vespertina elegida por Alejandro. Los demás bañistas, antes hieráticos, sin movimiento, estatuas a merced de la *dueña del tiempo,* evolucionan desarrollando velocísimamente lo que vivirán durante el día. Las horas, vistas y no vistas, pasan por delante de los ojos de la pareja, pero cuando Noelia retira su índice para volver a coger la mano de Alejandro, todas esas personas vuelven al estatismo. Noelia y Alejandro se encaminan al interior de las dunas buscando el refugio de la intimidad, pequeño desierto al alcance de la mano, impresión blanda y elevada, mar de arena detenido, varado como los barcos. Se alzan sólidas crestas que luego descienden formando hondonadas. Hace muchos años, Alejandro estuvo en una de esas hondonadas. Sus primos le dejaron en compañía de una bella muchacha canaria, a quien no supo decir nada en la soledad compartida de aquel refugio escondido del pequeño desierto de _Maspalomas_. Después de los años, traído el recuerdo de aquel momento, Alejandro se ríe de su ingenuidad de entonces, de su timidez e inseguridad, recuerda la vuelta en _guagua_ a la capital sintiendo la cabeza de aquella chica pegada a su hombro y, también, el poderoso sentimiento de vergüenza y frustración que experimentó. Se lo cuenta a Noelia y ella contesta que por eso le gusta. La ropa se va quedando esparcida por la arena. Son los restos de su fuselaje prescindible, lo que justamente les sobra, caen desprendiéndose sin vergüenza, dejan el rastro del recorrido de sus dueños, se mezclan como luego se mezclarán los cuerpos que los contenían. ¡Qué poco nos importa nuestra apariencia cuando nos entregamos del todo!

Adán y Eva se refugian al pie de las dunas y se entrelazan abrazándose, se besan dulcemente y sin prisa. Los cabellos de Noelia caen sobre el rostro de Alejandro, forman una jaima cuyo único horizonte es la mirada de Eva, primera mujer aparecida sobre la faz de la Tierra, que ahora besa sus labios con delectación. Han pasado tres millones y medio de años y la Eva que acaricia su cuerpo ha aprendido mucho durante el trayecto, ama no sólo con el instinto, sino con el corazón y la imaginación, desde el sentimiento y desde el erotismo creativo. Para ella el amor es un ritual hermoso que se construye deteniéndose en el instante, alargándolo y avivándolo al mismo tiempo. Alejandro contempla a su amante desde el silencio de la mirada, ojos que devoran lo que ven, que retienen para la memoria cada segundo que transcurre. No se conforma con vivir esta pasión surgida de improviso en el viaje, no quiere que se le escape, y el recuerdo, instante ubicado en uno de los anaqueles de la memoria, es lo que único que puede hacer para mantenerla viva. Eva juega con Adán, hunde el vientre en él acariciando el pene de Alejandro, le excita manteniendo el roce más sensible que más a fondo puede enervarle y él se deja llevar por ese juego contenido y al tiempo progresivo que parece dilatar intencionadamente la fusión de los cuerpos. Alejandro sólo puede tocar la espalda de Eva, la recorre con las manos extendidas, alguna vez la yema de un dedo se detiene en un punto concreto, las manos prosiguen luego su recorrido hasta la nalga, que redondea abarcando su ovalada superficie. Alejandro está sumido en un mundo anatómico fragmentado, la unidad de Noelia se ha diluido en los múltiples fragmentos del cuerpo, lo cuales no pueden ser abarcados en su conjunto por la mirada de Adán. El amor físico nos descompone y nos diluye en el otro, donde desaparecemos perdiendo el yo, vaciado sin el cual la fusión de dos almas resulta de todo punto imposible. Todo está distante y cercano hasta que ella, que lleva las riendas, toma el sexo de Alejandro y se penetra. Noelia nunca es poseída por los hombres -podrá serlo algún día por Cronos, pues para él se reserva, pero no por otros-, es ella la que invade, nutre, alimenta u ocupa otro cuerpo, ella cabalga, como lo hace ahora, marcando el ritmo, acelerando o decelerando el compás del juego amatorio.

Adán y Eva, unidos en un solo ser al socaire de las dunas, detenido el tiempo, detenidos los demás seres, abierto este paréntesis estático, fundidos para derretirse, galopan juntos al punto exacto del orgasmo, cima de la pasión, estallido último que subraya la fusión para hacerla intimidad indeleble. Los rostros se desencajan porque hay algo en el amor que desborda el cuerpo, distorsionándolo como si dejara de existir y fuera posible desprenderse de sus lastres, segundos de gloria bendecida por los cielos que provocan el olvido del pasado y la despreocupación por el futuro. Ella cae sobre su rostro para insistentemente besarlo y abrazarlo, recuperar la posición tumbada y jugar juntos, reír bajo el cielo puro de *Maspalomas,* síntesis de desierto y océano que hoy, además, también lo es de ellos dos. Él la mira porque no puede ni quiere salir del refugio de su mirada, mar de múltiples espejos donde se anega. Juegan con las manos y los pies, se rozan la piel, se abandonan al rescoldo de las últimas brasas, duermen el uno en el otro, se acompañan en la dulzura de la duermevela, se distraen tanto de todo que Noelia no percibe que, entre las dunas, más arriba, Cronos, el Dios al que ella busca, huye después de haber presenciado todo. Huye como lo hizo Alejandro en su juventud, huye por timidez e inseguridad, se aferra a la escapada porque teme enfrentarse a Noelia. Tiene todo el tiempo del mundo para amarla, pero ¿de qué le vale el poder cuando media la cobardía?

Eva se levanta y Alejandro recupera la perspectiva de su desnudo completo, se recrea en la belleza, la contempla porque, aunque él aún no lo sabe, es un trampolín para alcanzar la comprensión de la bondad; no puede tocar las partes que antes le estuvieran ofrecidas y comprueba que la mirada de Noelia ha perdido misterio. Se ha vaciado en él, que es uno más de los poco privilegiados que tienen la suerte de desvelar el misterio profundo de su existencia, último pero no definitivo amante. Se ha vaciado, sí, vertiéndose en cuerpo y alma y ahora le da la espalda, asciende lentamente la duna, se contornea, busca el mar para zambullirse, no dice nada porque sabe que la seguirá. Al fin, corren juntos al regazo de las aguas de media tarde.

\- Te he amado yo a ti -exclama ya en el agua, abrazada a él.

\- Alguien tiene que amar para que alguien sea amado, ¿no crees?

\- Yo te amo, pero dejaré de hacerlo cuando te devuelva al puerto de *La Luz*

\- ¿Tan pronto?

\- Sí, nuestro tiempo como amantes sólo puede desarrollarse aquí, en este tiempo estancado.

\- Y eso... ¿por qué?

\- Porque este paréntesis no pertenece a tu vida, nunca podrás recordarlo.

\- Podríamos amarnos en el tiempo normal.

\- Ya, pero no lo deseo.

\- ¡Qué tontería!

\- Te marcharás en uno o dos días y no quiero enamorarme.

\- Entonces, ¿por qué me has amado hoy?

\- Porque tú lo deseabas y porque yo lo necesitaba. Ahora conoces mi secreto, no todos mis amantes llegan a conocerlo. En esto eres privilegiado, pero el precio es que este día será efímero y no lo recordarás.

\- Tampoco recordaré tu secreto. Me lo has revelado cuando paraste el tiempo.

\- Ya, pero mis amantes escogidos no vuelven a

experimentar el amor conmigo. ¡Es lo que hay, Rey! - exclama cariñosamente.

- He procurado retener cada instante que he pasado contigo, te llevo en la memoria desnuda, conservo la expresión de tu rostro acogiéndome y ahora... dices que lo olvidaré.

- Hazte a la idea de que hemos hecho un *mandala*, los budistas son sabios y no se sujetan a la permanencia. Está en el libro que has regalado a Don Guillermo. El apego es malo para todos. No debes aferrarte a las cosas o a las personas, sólo así podrás sobrevivir espiritualmente.

- ¿Cómo voy a desapegarme de un amor que ni siquiera sabré que he vivido? Eres la novia que me hubiera gustado tener en mi juventud. Eres mi princesa del pasado, y has aparecido para desaparecer.

-Lo sé, conozco tu pensamiento y es muy hermoso y me halaga. Mira, el desapego lo estás haciendo ahora. Esta renuncia, si la aceptas de buen grado, sin protestar, inundará tu subconsciente y desplegará su fuerza para el resto de tu vida. Yo viviré en ti como un aire fresco, algo que simplemente sentirás sin razonar, sin relacionarlo con un cuerpo de mujer, con un nombre, con nada que haya ocurrido.

- Es injusto, tú no te ves obligada a hacer lo mismo.

- No me es posible. Recuerdo todo, es mi naturaleza. Cariño., sé tan precioso como te veo, no te aferres a mí. En algún momento del tiempo te espera tu mujer y no debes mantener un amor ideal en mí. Debes enamorarte de ella.

- ¿Sabes quién es?

- Sí, lo sé. Conozco el tiempo, sé viajar a su través, no sólo puedo detenerlo, ya te lo dije.

- Puedes decírmelo, no lo recordaré.

- Se llama María José, ahora oposita para fiscal. Su vida ha sido más dura que la tuya, no ha tenido tiempo para idealismos y lucha por su futuro. Te advierto que es muy guapa y elegante. Te va a gustar, además es morena y a ti te chiflan las mujeres morenas. Ah, y es muy buena.

- ¿Tendremos niños?

- Todo lo quieres saber. Ésta es la ultima pregunta.

- La penúltima.

- Vale. Tendrás dos niñas preciosas. Carmen, que se parecerá mucho a ti, sensible y generosa, y Blanca, una morenaza preciosa muy noble y divertida. Cierra los ojos y piensa en ellas. Engéndralas en el interior de tu mente como si fueras una mujer, convierte tu cerebro en una placenta, dales forma, imagínalas ahora. Todo se desvanecerá de la memoria cuando te devuelva al puerto con tu abuelo, pero arraigará abajo, en el subconsciente, permanecerá y te dará fuerza. ¿La última pregunta?

- ¿Cómo sé que no he disfrutado otros paréntesis detenidos de tiempo contigo si no puedo recordarlos?

- Es una buena pregunta que te obliga a confiar en mí. Es tan buena que te voy a dar un premio

- ¿Cuál?

- Vas a conocer a Blanca.

- ¿Qué?

- Aún nos queda algo por hacer. Ha ocurrido algo. Tú, aunque no exactamente tú, sino el que serás dentro de diecinueve años, ha viajado al pasado para reencontrarse con tu abuelo y ha traído a Blanca, vuestra hija. No quiere encontrarse contigo para no entorpecer el curso de tu vida.

He propiciado que tu abuelo y él se encuentren durante el paréntesis del tiempo, pero, del encuentro, sólo Blanca y su padre conservarán memoria . Tu abuelo y tú os olvidaréis. Te voy a llevar con ellos para que podáis charlar, creo que debes animar un poco al hombre que serás dentro de diecinueve años. Te va a parecer un poco más interesante, te lo advierto, pero se te ve un poco desesperanzado.

- ¿También olvidaré el encuentro entonces?

- Claro, ¿Quieres vivir conociendo parte de tu futuro? Venga mi amor, que eres un corazón bueno, te lo digo yo... Además, no haces mal el amor.

- Pero si lo has hecho tú todo, bruja del demonio!!

- Ja ja ja!!!! Vamos, que tenemos que pillar la moto. Tengo ganas de correr. Voy a poner el sol en mediodía, necesito calor. El agua está fría. Mua, precioso. Te quiero.

Alejandro hunde el pecho en la espalda de Noelia, conductora intrépida, alegre y llena de energía, apoya el pecho y la cabeza, ladeándola, va contemplando el paisaje de la hermosa costa occidental de Gran Canaria, la cual, sin embargo, olvidará hasta que de nuevo, en _dosmildiez,_ se reencuentre con ella. Cronos, el Dios del Tiempo, yace tumbado en la playa de _Maspalomas_ sin poder hacer nada más que holgar, y aunque de vez en cuando pasea o se baña en las aguas, simplemente espera a que Noelia cierre el paréntesis de tiempo. Siempre que ama apasionadamente a alguien, Cronos lo sabe porque él mismo se detiene. Acostumbrado a correr por las llanuras inmensas del infinito nota de pronto un frenazo brusco que no parte de él. Aunque sea el Dios del tiempo no le ha sido dada la potestad de pararse, la cual sólo parece reservada para Noelia, un amor que no se atreve a encarar, quizás porque, si lo hiciera, si algún día la amara en lugar de huir, la vida se detendría. Cronos, aún virgen, yace en la arena viviendo el amor en solitario, se recrea en el deseo desde el principio de la Historia Humana pero no lo consuma con nadie excepto consigo mismo, onanismo al que se ve condenado por pura cobardía. Era más feliz antes de que la vida humana surgiera en el planeta, antes de que Noelia apareciera. Hasta entonces no deseaba, simplemente vivía contemplando la lenta evolución de la Creación.

Nació, como todo el mundo sabe, con el Big-Bang, parto del espacio pero también de sí mismo, del tiempo, cabalgó al lado de la materia disfrutando la configuración armoniosa de átomos, moléculas, estrellas, galaxias, planetas, obra arquitectónica precisa y ordenada que no sabría explicar de donde proviene, sólo intuye una causa que nunca desvela su forma, algo o alguien más allá de aquel momento inicial. Teme amar a Noelia porque sabe que será un combate a muerte. El deseo colmado de Noelia conllevaría la paralización de todo, tanto es su poder, la vida se paralizaría porque, Cronos lo sabe, Noelia ya no le dejaría nunca cabalgar por las llanuras del espacio, se aferraría a su amor, incluso él duda si sería capaz de recobrar su independencia después de amarla. Quizás preferiría habitar un nuevo paraíso junto a ella, edén sin manzana prohibida, jardín con el que, a lo mejor, el propio Creador, arrepintiéndose de aquel injusto castigo del pasado, también sueña. Cronos se levanta, acude al encuentro de las aguas y se zambulle, atrás queda la huella de sus pisadas inmensas y una duna destruida donde ha apoyado la espalda para consumar su amor en solitario, atrás queda el deseo diluido en una masturbación, placer efímero que consuela la soledad de un Dios cobarde. Nada tranquilo, bracea buscando la costa de Tenerife, isla atlántica decorada hoy por miles de estatuas humanas contenidas en su último gesto.

Noelia y Alejandro llegan a San Nicolás, bella aldea

marina desde la que puede verse una de las puestas más hermosas de España. Noelia para en el puerto pesquero para enseñársela, sincroniza con el dedo la hora del ocaso, se abraza a Alejandro para contemplar esa puesta estática, postal inmensa paralizada, detenida en su hermosura, cautiva ante la mirada de dos seres unidos místicamente en la adoración del horizonte. Ascienden luego el puerto de montaña hasta el mirador desde donde puede contemplarse Tenerife, isla varada en el océano como un cetáceo inmenso, pero ninguno repara en la figura de un atlante, Cronos, que nada hacia la isla. Pasan después por Agaete camino de Las Palmas. Alejandro reposa la cabeza en Noelia, se deja llevar, se deleita en el olor de la mujer que le lleva, apura las sensaciones de un viaje cuyo destino es la desmemoria, el enterramiento de los sucesos hermosos que acaba de vivir, un _mandala_ para aprender el principio de la impermanencia que los budistas acarrean en su ligerísima mochila vital, equipaje que, por contener, nada contiene. Noelia rueda presurosa, conduce a Alejandro al destino del desapego, remedio que todo lo cura, incluso la desesperanza.

Los dos Guillermos, el nieto y el abuelo, vigilan a Blanca desde el paseo marítimo. Ha encontrado un balón y juega al fútbol sorteando bañistas que imagina cual muñecos de futbolín, rivales de un partido imaginario que cuenta con ella como jugador sublime. No se cansa, parece de goma, lo dice Arturo, el vigilante de la piscina del _Jotaeme_ de Palencia. Guillermo Amieva y su nieto están extrañados por los cambios que el movimiento del sol ha ido experimentado a lo largo del día, no se explican lo que sucede, si bien, como único recurso, atribuyen el fenómeno a la magia creativa del escritor, instinto maravilloso que no pone puertas al campo de la literatura.

Mientras los personajes del libro disfrutan las

vacaciones de la Semana Santa de aquél año, yo me devano los sesos sacando, del pozo ya casi seco de la imaginación, los personajes y escenarios que permiten el curso de la historia. No sé qué hubiera hecho sin Noelia, cuyos recursos parecen inagotables. Afortunadamente, Noelia habita en mi interior y aunque sea un personaje ficticio, no sabría discernir si los sueños forman parte de la realidad, si la condicionan determinando su rumbo. Noelia existe dentro de mí desde hace décadas. Como saben mis amigas facebookeras nació del impulso literario de "La Escalera de Tiempo", novela incipiente en la que desarrollábamos una historia de amor. Ella, entonces, era la Eva negra, primera mujer de la historia que, en aquella trama, resultaba intemporal. Ahora, proveniente de algún lugar del subsconsciente donde ha permanecido quieta y callada, resurge introduciéndose en ésta historia cual condimento de despensa, recurso del escritor con memoria. Oficia aquí, ayuda a desarrollar la novela, y, en este momento concreto, aparca junto al *paseo marítimo de Las Canteras*. Alejandro se acerca presuroso a la playa y camina por la orilla. De pronto, Blanca le descubre.

- ¡¡¡¡¡¡Papaaaaaaaaaaaaá, Papaaaaaaaaá!!!!!!

Nadie se ha dirigido nunca a Alejandro de esa manera efusiva, cariñosa y paternal, observa que la niña corre a su encuentro con los brazos abiertos, que le reconoce y le acepta como padre, transcurren segundos emocionantes y su rostro muestra satisfacción. Al final, Blanca salta a su regazo y se funden en un abrazo mantenido. Dos hombres, atónitos, contemplan la escena.

- ¡Hemos venido a verte! -exclama-

- Vaya, ¿quiénes?

- Papá y yo.

- Un poco raro entonces -bromea Alejandro. ¿Tienes dos padres?

- Pues sí, ya ves. Pero los dos sois el mismo. Es lo que tiene viajar en el tiempo.

- Ya lo sé tonta, estaba tomándote el pelo. Me lo ha dicho Noelia. Ahora viene, está aparcando.

- ¿Es tu novia?

- No exactamente, estoy esperando a conocer a mamá, pero mientras tanto tengo ligues. ¿Tú no cambias de novio en el cole?

- Bueno… un poco sí.¿Cuándo conocerás a mamá?

- No debe de faltar mucho, Noelia me lo ha dicho.

- ¿Noelia lo sabeeeeee?

- Sí, me ha contado que has a venido a verme.

- ¿Cómo lo sabe?

- Bueno, Noelia es un poco mágica, ya la conocerás luego. También me ha dicho que tendré otra niña rubia muy guapa.

- Va un poco de mayor. Yo soy más divertida.

- Pero yo os querré siempre a las dos igual. Los papis no pueden querer a un hijo más que a otro.

- Eso es verdad, pero yo soy más divertida. El otro día fuimos juntos al Bernabéu y vimos al Madrid.

- No me digas… seguro que Carmen también lo es, además me ha dicho un pajarito que es muy buena. ¿Me gusta tanto el fútbol en el futuro? Ahora paso un poco, la verdad.

- Pues te encanta, vemos juntos todos los partidos del

Madrid que salen en la tele y a veces sueltas tacos, que está muy mal.

- Sí, eso está mal, no se deben decir a menudo, pero también son palabras, han sido inventadas para algo, ¿no?

- Puede. ¡Qué guapo estás!

- Ja ja ja. Gracias señorita. Eres una morenaza preciosa.

- Siempre me lo dices. ¿A ti te gustan más las morenas?

- Me encantan, mamá tengo entendido que es morena como tú...

- Sí-

- ¿Ves? Al final me caso con una morena. ¡Cómo mola verte y tocarte!, aunque me ha dicho Noelia que no recordaré nada después. Ni el abuelo. Sólo lo recordaréis papá y tú.

- ¡Pues vaya!. ¿Por qué no podrás recordarnos?

- Porque Noelia no quiere y puede ser que tenga razón, ¿sabes?, es mejor que viva lo que tengo que vivir hasta que te encuentre en el futuro.

- ¿Y Noelia puede hacer que no lo recuerdes?

- Sí. Mira, ¿ves todos estos señores parados que parecen estatuas?

- Llevamos todo el día con ellos.

- Noelia ha parado el tiempo, pero nos ha salvado para que pudiéramos encontrarnos sabiendo quiénes somos. Es como un recreo sólo para nosotros. Cuando Noelia diga que se acaba el recreo todo volverá a la normalidad.

- Pues sí que es mágica Noelia, como Harry Potter.

- ¿Quién?

- Ah. Es un niño mago, de las películas... igual no le conoces.

- Pues eso. Dame un beso preciosa, te quiero.

- Y yo a ti. ¡Mira!, papá y el bisabuelo. (Les saluda) Vamos a verles.

- Tengo muchas ganas.

- Eyyyyyyy ¡que tengo dos padres!

Ayer por la noche descubrí que Blanca, quizás porque sabe que es uno de los personajes de la novela, está leyendo "La Conversación". Me dijo, orgullosa, que va por la página diecisiete; me preguntó por qué me llamaba Alejandro en la novela; qué significa la palabra "sesgada"; me hizo saber que se había dado cuenta de que he introducido los hilos de conversación que desarrollamos en _Facebook,_ y yo, tonto de mí, babeando, le saqué una foto que inmediatamente colgué en el grupo.

Guillermo De Miguel Amieva _Noticia del día. Blanca ha comenzado a leer "La Conversación". La circunstancia de ser un personaje del libro ha parecido animarla y esto me parece absolutamente encantador._

Teresa Rc Galdiz _Seguro q te aporta ideas frescas y encantadoras!!!!!!_

Guillermo De Miguel Amieva _Es un solazo esta Blanca. Nuestras Blancas, Teresa, son muy animadas, sin duda alguna!!!!!_

Guillermo De Miguel Amieva _Te has fijado en las dos fotos del fondo?_

Guillermo De Miguel Amieva *¿No es un privilegio tener como lectora a tu propia hija?*

Alejandro y Guillermo se encuentran. En principio rechazan abrazarse, son polos de carga positiva que quizás se repelen, pero ninguno se da cuenta de que Guillermo ha ido perdiendo parte de su energía con los años y que la fusión será beneficiosa para los dos. Se abrazan por compromiso, porque darse la mano después del arranque emotivo de Blanca no sería comprensible, pero les resulta incómodo, no aciertan a acoplar sus cuerpos. ¿A quien no le extrañaría abrazarse a sí mismo? Qué fácil parece reencontrarse con el propio pasado hecho carne y hueso, pero no lo es. Guillermo tiene motivos para enojarse con este idealista más joven cuyo ardor le ha embarcado en el propósito de ser más que en el del tener, abanderado de causas justas que la sociedad sigue sólo de boquilla, poeta con aspiraciones, letrado capaz de asumir el coste de sus primeros errores profesionales -no olvida que llegó a promover dos expedientes de responsabilidad civil en su contra sin que nadie se lo pidiera-, quizás hubiera debido no ser más papista que el Papa y hacer lo que todos hacen. No se da cuenta, sin embargo, de que es el mismo; el desdoblamiento, la esquizofrenia permitida por este inusual viaje, favorece que Guillermo juzgue a este joven. ¿Se juzga a sí mismo?

Alejandro observa atentamente la mirada que tendrá en el futuro y no se reconoce del todo. No le disgusta su aspecto. Aún conserva pelo; la barba, que alguna vez ha llevado, no le queda mal. Está fuerte, pero la mirada refleja el poso de un sufrimiento contenido que se ha ido sedimentado. Ve una mirada entre nostálgica, decepcionada y juiciosa, se percibe más seguro de sí y es probable que ya no acuda a cada juicio como si de un examen se tratara, quizás escribe mejor, si lo sigue haciendo -*¿Será verdad* _que siempre será un escritor?_-, pero el espejo del futuro no le ofrece la misma imagen que vio reflejada la madrugada que partió de viaje. Encontrarse de pronto con una imagen menos apetecida, sin saber nada del proceso de acontecimientos que la han construido, es como amanecer y descubrir que nos hemos quedado calvos. ¿Qué ha llevado a Guillermo a mostrar tal melancolía? ¿Qué ha hecho Alejandro? Se siente culpable, quizás todo se debe a él mismo, pero desconoce su futuro y no puede juzgar. Guillermo sabe todo de Alejandro, pero Alejandro no sabe nada de Guillermo, ésta es la circunstancia.

- !Hola a todos¡-saluda Noelia con energía.

- ¡Hola, Blanca! Ven, dame un beso. ¡Qué mona! (Enseguida se hacen amigas-)

- Es Noelia -matiza Alejandro-, amiga mía y del viejo.

- También tuya, Guillermo. -matiza _la dueña del tiempo_.

- Gracias -responde caballerosamente Guillermo-

- Escuchad, me llevo a Blanca, vosotros tenéis que hablar.

- ¡Ah, muy bien! -responde el abuelo-. ¿Sabes lo que ha pasado hoy aquí?

- Sí, es cosa mía. He detenido el tiempo.

- ¿Cómo?

- Es verdad, hacedla caso -intermedia Alejandro-, lo he visto con mis ojos.

- Mirad, chasqueo los dedos y la gente se mueve, muevo el índice y varío la posición del sol. Voy a poner el sol de las horas tempranas de la tarde para el baño y me voy con Blanca.

- ¡Ahí va! -exclama Blanca.

- Sé quién eres, Guillermo, sé que vienes del futuro a reencontrarte con tu abuelo y contigo mismo. Se me ha ocurrido que ésta sería la manera más indicada para hacerlo. Ellos -refiriéndose al abuelo y a Alejandro- no recordarán nunca este encuentro. Tú y Blanca lo recordaréis toda la vida.

- Toma, saca una foto para recordar el momento -ruega Blanca-

- Trae, preciosa.

- Es imposible lo que cuentas, Noelia -espeta Guillermo.

- Confía en mí, debes confiar más en la gente. Conozco tu vida, tu sufrimiento interior. ¿Te lo digo al oído? (Guillermo asiente, acerca la oreja y escucha, bla, bla, bla, bla, bla.)

- Cierto, eres quien dices ser. Pero yo escribí una novela después de este viaje que incluía un personaje parecido a ti. Puedes ser un personaje de ficción.

- Aunque lo fuera no lo percibiría. Los seres de ficción no saben que lo son. ¿No te das cuenta? Anda, deja que os tome la foto, te va a hacer falta para convencer a tu mujer.

Si una foto es un instante detenido, la que Noelia obtiene es un instante detenido dentro de otro instante detenido, simple clic que riza el rizo. El abuelo se coloca en medio de sus dos nietos, que le abrazan por encima del hombro, y Blanca, que no sabe a quién elegir, decide quedarse en cuclillas junto a su bisabuelo.

-¿Te apetece un baño Blanca? -pregunta Noelia.

- ¡Vale!

Los tres hombres se sientan. Uno representa el pasado, otro el presente, y otro el futuro. El abuelo mantiene la esperanza. Alejandro no la necesita porque confía demasiado en sí mismo, piensa que no cometerá los errores de los otros. Guillermo puede ser que ya no tenga ni esperanza. La gran conversación interrumpida tras la muerte del viejo se reanuda, quizás es lo más grande que ha podido pasar.

- ¿Sigo escribiendo aún en tu tiempo? -pregunta Alejandro.

- Claro, escribo de una manera incesante. Poemas, artículos literarios, ensayo, novela, nada se me resiste -responde Guillermo.

- Ya te dije que siempre serías escritor, Alejandro.

- Eso me consuela, debo perseverar -afirma Alejandro.

- Pero debes ser menos autobiográfico -apostilla Guillermo-, aunque, la verdad, lo último que estoy escribiendo no me salva tampoco. Hace tiempo que no escribía tan directamente sobre mí.

- ¿Qué escribes?

- Relato este viaje que tú estás haciendo, lo traigo de nuevo al presente, pero al mismo tiempo me involucro en él y viajo en el tiempo con Blanca para veros. A partir de un momento concreto de la novela ya no tengo consciencia de lo que estoy escribiendo, es como si me hubiera escindido del escritor.

- Entonces... lo que vivimos ahora forma parte de la novela, ¿es esto la novela?

- Puede ser. No puedo distinguirlo, aunque todo hace sospechar que sí... Esta situación de detención del tiempo generada por Noelia, tan surrealista...; la propia Noelia, que tiene las trazas del personaje de una novela que tú escribirás dentro de unos meses…

- Después de que yo muera, Alejandro -matiza el abuelo.

- ¿Vas a morir pronto?

- Me temo que sí. Lo he sabido hoy mismo, dentro de tres meses exactamente. Me lo ha dicho Guillermo.

- ¡No tenemos el mismo nombre! -enfatiza Alejandro- ¿Cómo es posible si somos el mismo?

- Porque tú eres un personaje de la novela, ésta es la clave. ¿No lo ves? - responde ágil Guillermo.

- ¡Qué más da que pertenezcamos a un relato! -protesta el abuelo-, el caso es que sentimos que vivimos. ¿No es así? !Pues entonces…! De un modo u otro estamos vivos.

- Cierto -matiza Guillermo-; al cabo, llega un momento en que los personajes trascienden la novela y viven fuera de ella. Como Don Quijote o Hamlet, por ejemplo. Se han salido del libro, viven con independencia y se han instalado en el subconsciente colectivo. Los mitos forman parte de la realidad…

- Es interesante eso que dice Guillermo -prosigue el abuelo-, lo de que los mitos forman parte de la realidad.

- Claro, -indica nuevamente Guillermo-; tú, por ejemplo, al que siempre he idealizado. ¿Qué parte de ti es real y cuál es mito dentro de mi interior? Yo creo que están mezcladas y el mito ha impregnado la realidad transformándola en otra cosa. La exacerbación de tus cualidades, la manera que vivo mi relación contigo, puede ser que estén idealizadas, pero ni yo mismo sabría distinguirlo ya. Por eso te has convertido en un personaje de la novela, pero la novela describe al abuelo Guillermo que yo siento, al que vive después de tu muerte.

- ¿Es cierto entonces que vas a morir pronto?

- Dentro de tres meses, Alejandro. No llores mi muerte, Ale…, cuando Noelia nos saque de aquí no lo recordarás.

- Lo sé. Dímelo a mí, que ya tengo que renunciar a suficientes recuerdos. –interrumpe Alejandro, recordando que ya no recordará lo vivido con Noelia–.

- No te entiendo, cielo…

- Nada, estaría mal que lo contara.

- Tengo que morir algún día. No puedo vivir eternamente. Ya hemos hablado de esto.

- Estoy muy orgulloso de tu manera de encarar la vida viejo, la constante lucha que eres capaz de mantener contra todo - indica Guillermo.-

- Es lo que tengo que hacer, ¿Qué otra salida queda?

- Hay algo en ti que no reconozco en mí, Guillermo, - interrumpe Alejandro-

- ¿El qué?

- Me da la sensación de que has perdido fuerza.

- ¡No sabes aún lo que te queda por lidiar, querido Alejandro! Tu vida va a ser mucho menos fácil de lo que te imaginas. Ahora piensas que puedes dominarlo todo con tu energía, estás seguro de que tu bondad y sentido de la justicia bastan a tus propósitos, pero eso no es verdad. Es bueno que lo pienses, incluso que procures ser coherente, lo que es un suicidio es que no te des respiros. Yo ya me los he dado. No me ha quedado más remedio.

- ¿De qué me sirve un consejo que olvidaré mañana?

- Probablemente de nada, pero tengo que dártelo. Piensas demasiado en los demás y poco en ti mismo. Al mismo tiempo eres exigente con los otros, quieres que todos hagan lo mismo, pero eso no puede ser, querido Alejandro. Si eliges ser como eres no puedes exigir que otros te acompañen, y que conste que no te he abandonado, aún sigo siendo un idealista, pero escéptico, con un poso de amargura mezclado con algo de ilusión.

- La clave de todo está en Noelia -corta expeditivamente Alejandro.

- ¿Por qué?

- Pues porque todo se centra en el desapego. Yo no podré recordar la lección que me ella me ha dado hoy, pero tú sí. ¿No hemos sentido los tres admiración por los budistas?

- Sí, yo sí -contesta el abuelo.

- Me siguen gustando todavía -dice Guillermo.

- Bien, ¿Qué enseñanzas nos han transmitido?

- Que la vida es sufrimiento, que el sufrimiento se produce por el deseo, que la cuestión es liberarse del deseo y que esto se logra por la meditación, -responde Guillermo.

- Muy bien, pero falta algo…

- ¿Qué? -pregunta el abuelo.

- El desapego. Esta es la clave. No podemos tener apego por nada ni por nadie, así nada ni nadie permanecen, ni siquiera el sufrimiento. Si pierdo un amor y no me desapego sufro. Si siento apego a un propósito y este no se consuma… sufro, llega un momento en que me desespero.

- ¿Y cómo puedes continuar en el empeño de algo si no tienes apego a tu propósito?

- Hummmmmmmmm, déjame pensar Guille... -el abuelo solicita un tiempo muerto.

-Es una buena pregunta, Guillermo, lo reconozco -agrega Alejandro-. Si pudiéramos seguir en el proyecto sin involucrarnos emocionalmente...

-Algo así Ale, pero no es suficiente. Estamos cerca -responde el abuelo- ¿Qué piensas tú cielo?

- ¿Yo? -repregunta Guillermo, confundido por el cariñoso apelativo con que el abuelo se dirige a él, el cual ya había olvidado.

- Sí, claro. Tú. ¿Quién va a ser?

- No sé. Le he dado muchas vueltas a esto. Estoy un poco cansado de hacerlo.

- Tenemos que encontrar una solución. Es tú problema, pero es nuestro problema.

- Gracias, viejo.

- En principio, no podemos desapegarnos del actuar, del obrar, del querer hacer las cosas bien, en eso estamos de acuerdo ¿no?, -afirma el abuelo.

- Cierto -responden los dos.

- Bien, creo que es como cuando jugamos al ajedrez.

- Explícate.

- A veces nos empleamos a fondo jugando con buena intención, pero las cosas no salen porque el contrario juega mejor. Si sentimos la muerte del rey como si fuera nuestra propia muerte, sufrimos y perdemos esperanzas, nos minusvaloramos. ¿No es así?

- Ya veo por donde vas -interrumpe Alejandro.

- Sigue tú. Te toca mover.

- Bien, la cosa es separar el sufrimiento del Rey, la acción en el tablero, de nuestro propio sufrimiento -expone Alejandro.

- Creo que sí -el abuelo manifiesta su acuerdo-

- Yo soy capaz de sufrir -exclama Alejandro.

- No seas terco cielo. ¿No te das cuenta de que tú eres Guillermo y que ése es tu destino? Llegará un momento de tu vida que no sabrás qué hacer, tu Rey estará amenazado por todos los lados y debes salvarte aunque pierdas la partida. De eso se trata. Guillermo está ahora en esa situación. Él y todos. Si lo está él lo estarás tú. Si lo estáis los dos, mi lucha no tiene sentido si no sabéis continuar mi camino. Alejandro, me he pasado media vida intentando inculcarte que deberías tomar mi experiencia para no equivocarte, sé menos orgulloso.

- Perdona, viejo.- La cosa es separar la acción del sufrimiento. ¿Por qué sufrimos entonces? -pregunta Guillermo-

- ¿Porque buscamos algún tipo de recompensa como premio a lo que hacemos? ¿porque somos posesivos?

- Exacto, Alejandro. Es nuestra vanidad la que nos corrompe. En estos momentos de tu vida juegas la partida sin separarte del tablero. La vives como si fueras el Rey. Has de procurar que cuando te den mate, si te lo dan, tu lucha tenga sentido. Ahí está la clave. En mi partida no hay posibilidad alguna, dentro de tres meses acabará la partida y en ese tiempo… ni Pilar se recuperará, ni resolveré mis problemas. Pero he jugado la partida. Con negras, pero la he jugado.

- ¿Qué sentido tiene la esperanza entonces?

- Que las blancas pueden aún equivocarse, ésa es la clave, cariño.

- Pero aún no has dejado de sufrir.

- No, pero debería intentarlo. No sé cómo podré recordar ésta conversación después de que Noelia nos devuelva a la vida.

- No te preocupes, yo lo soluciono -responde Guillermo. Antes de marchar escribiré un cuento que te ayude a encontrar la solución, lo meteré en el buzón de casa. Lo leerás y lo conservarás contigo. Al final, la literatura será tu salvación. Es la jugada que necesitamos.

- ¡Ah, estupendo! Dependo de interpretar un texto anónimo que no recordaré por qué me lo mandas, pero no podemos hacer otra cosa. El alfil dama de las blancas me está dando jaque.

- Y yo he de recuperar mis energías, seguir luchando. Os llevo ventaja porque yo sí recordaré éste día.

- Oye, Guillermo, y ¿cómo es la vida en tu tiempo?

- Es dura, cada día más insoportable.

- Siempre ha sido igual, cariño.

- Ya.

- No lo olvides. Hay hombres buenos y malos. Sólo debe satisfacerte jugar con el ejército indicado. A fin de cuentas, la vida es una partida de ajedrez, blancas y negras, los contrarios enfrentados, pero ya dicen los chinos que el blanco tiene parte de negro y viceversa. Quizás todo tenga sentido. ¿No creéis?

He colgado en el muro *Facebook* la solución que los personajes del libro apuntan para resolver la circunstancia que vive Guillermo. Junto a las conocidas féminas irrumpe

Juan Manuel Buergo, amigo entrañable que hasta hoy no había añadido al grupo de artistas y bohemios, asturiano afincado en Madrid, lector voraz, creyente católico, flexible en el diálogo, y, sobre todo, buen amigo.

<u>Guillermo De Miguel Amieva</u> *Ya está, chicas. La clave de la situación que vive el protagonista de la novela, la desesperanza, está en el desapego, concepto budista. Me gustaría que opinarais. (Para Juan Manuel, que acaba de llegar, hemos de precisar que el protagonista del libro viaja en el tiempo para reencontrar a su abuelo, está desesperanzado tras los avatares de la vida, cosa que no le pasaba cuando era joven, entonces era más osado). La desesperanza parte de que la lucha que sostiene no da los frutos que espera, lucha contra muchos frentes, y está cansado. Creo, repito, que el desapego es la solución. Vamos, que la novela, ejerciendo su fuerza gravitacional, os espera.*

<u>Elena Serrano</u> *Exacto, desembarázate de limitaciones.*

<u>Guillermo De Miguel Amieva</u> *Siempre tan precisa. Eres lacónica, querida Elena, me dejas siempre con ganas de más, pero me traes el recuerdo de los textos breves chinos. Lao-Tsé o los Haikus. Gracias.*

<u>Juan Manuel Buergo</u> *Entrando al asalto, es difícil conciliar la desesperanza con el desapego, porque ese concepto budista que desde luego es ético, porque hace culpable al egoísmo de todos los males, busca el equilibrio, el recto "modo de vivir". Creo que es más una búsqueda - como forma de vida- que un abatimiento.*

<u>Guillermo De Miguel Amieva</u> *Es que precisamente es de lo que se trata Juan Manuel, de saber enfocar la vida. No es tanto un problema de egoísmo que el desapego solventa, porque el sufrimiento se puede experimentar por quien no es egoísta, sino una manera de enfocar la vida*

desprendiéndonos de lo que nos causa apego, de aquello a lo que nos aferramos. El protagonista tiene un problema existencial no relacionado con el mundo espiritual o religioso, por eso el budismo aporta una solución correcta. Abrazos

Teresa Rc Galdiz *Liberarse de prisiones emocionales, de la esclavitud q deriva del aferramiento a distintas necesidades, vivir y amar sin necesidad de poseer, bien, pero ¿cómo ayuda o alivia esto al protagonista? Entendí q la desesperanza no provenía de su propio encarcelamiento emocional sino de su condición de testigo de un mundo presidido por la ambición, el egoísmo... no sería entonces más adecuado pensar en el desapego no como solución a su personal desesperanza, sino como remedio encontrado para solventar, en parte, la visión q tiene sobre la decadencia del ser humano en general??*

Teresa Rc Galdiz *La filosofía del desapego, aun cuando no suponga insensibilidad emocional desde luego, ni la conversión al ascetismo, a mí me parece complicada de llevar a la práctica....*

Guillermo De Miguel Amieva *Teresa, el protagonista es efectivamente espectador de un mundo decadente cuya inercia afecta a su vida, pero su lucha diaria también le cansa, le desespera, y quizás sufra algún otro padecimiento que el narrador no revela, no ha de olvidarse que La Conversación es casi un libro a tumba abierta en el que no todo puede decirse.*

Luego, opinas que el desapego es difícil de llevar a la práctica. ¿Desapego igual a distanciamiento? Separarse de lo que haces o de los sentimientos que tienes. Un monje de La Trapa me explicó un día que ellos procuran hacer esto. Buscan el silencio interior observándose desde fuera, como espectadores de sí mismos. Aquel monje me decía: Cuando hay mucho ruido dentro de ti, pensamientos que te duelen, eres como un mar en galerna, ¿Qué haces entonces? Debes salir del mar y observarlo desde fuera hasta que se calme. Esto hacemos nosotros, los trapenses. El trapense parece contradecirse. Por una parte dice que un ser entristecido o dolorido es un mar en galerna, y luego añade que hay que salir del mar, nadie se baña en un mar revuelto. Esto parece una contradicción porque si somos el propio mar ¿cómo salirnos de él? En realidad tenemos un yo interior muy profundo y otro social.

Tenemos un ser interior, el centro del espíritu, ahí está Dios, el Atmán, Alá, la causa primigenia de todo, la potencia espiritual del mundo. Ese yo muy interno es igual en todos y no nos hace daño porque nos hermana, permite que veamos en los otros el reflejo de lo que somos. Pero también tenemos un yo social que se proyecta vanidoso para diferenciarse del otro y ése es el yo que debemos abandonar, un yo que también opera cuando nuestros propósitos son buenos.

El yo interior se desapega de todo. Esta es la clave.

<u>Teresa Rc Galdiz</u> *Ah ah!!!!! si su desesperanza proviene tb de su propia circunstancia personal entonces, claro, es diferente!! No reparé en ese dato. De cualquier forma no pienso q no sea posible llevar a la práctica esta filosofía, sin duda habrá quien pueda hacerlo y ejemplos claro q tenemos, digo q es complicado. El ser humano, en general, vive aferrado a muy distintas cosas, ama queriendo poseer y procura la satisfacción de sus necesidades emergentes, no es fácil, aunque si posible claro, prescindir de ellas, no solo en el plano material, sino tb y aun más en el afectivo o emocional entiendo...*

<u>Teresa Rc Galdiz</u> *Saludos Juan Manuel y encantada x la nueva amistad!!*

<u>Juan Manuel Buergo</u> _Para mi es un honor, Teresa. Me encanta tu nombre, mi hija se llama igual._

<u>Teresa Rc Galdiz</u> _Gracias, Juan Manuel!!! Seguro q es estupenda!!! Jajjjj, la mía tb se llama Teresa. Bssss_

<u>Guillermo De Miguel Amieva</u> _Voy camino de Llanes a dejar a mi madre. Estamos haciendo un viaje en el tiempo. Hemos visitado la tumba de mi padre, paramos en sitios donde él paraba; ahora, por ejemplo, en Reinosa, y vemos como los buenos amigos se hacen amigas en face. Abrazos y besos._

<u>Teresa Rc Galdiz</u> _He visto la foto. Disfruta mucho del entrañable día .un beso_

<u>Guillermo De Miguel Amieva</u> _Otro._

<u>Monica Palozzi</u> _Habláis de desesperanza y desapego para liberarse de ella... Yo pienso que el desapego se puede obtener únicamente con la mente, no con las emociones. Mas la mente observadora puede igualmente desesperarse por algo fuera de su lógico entender. La solución pues no está en el desapego sino en su contrario: la participación total del individuo (en este caso Guillermo, protagonista) en todas las cosas, buenas o malas que sean, y aceptando-amando a ese mundo en su totalidad. Y esta participación deberá ser tanto con la mente que con lo espiritual. "...si buscas caminos en flor en la tierra... que el mismo albo lino que te vista sea tu traje de duelo, tu traje de fiesta..."(A. Machado) Estos versos te los indiqué ya hace tiempo... los encuentro perfectos!!_

<u>Guillermo De Miguel Amieva</u> _Monica, estoy de acuerdo en parte. Debemos amar, pero sin apego a este sentimiento. El amor debe ser canalizador de nuestro espíritu, mera barca que construimos precisamente desde el desapego. Si lo material y lo emocional no son poseídos la_

barca es más ligera. Tú crees, Monica, que el amor o las emociones no son susceptibles de desapego, pero creo que esto no es así. El amor que se materializa mediante algún tipo de posesión revela nuestra dependencia hacia él, luego las emociones son susceptibles de apegarse o desapegarse, pueden ser lastre o gas que nos eleve. Hay ejemplos bien cerca...

Teresa Rc Galdiz *si... pero somos como somos, fácil la teoría... pero complicado en la práctica, insisto...*

Guillermo De Miguel Amieva *Claro, Teresa, lo sé. ¿En qué se distingue o en qué se asemeja el desapego budista a la renuncia cristiana? A lo mejor todo se refunde, quiero decir, lo que dice Monica y lo que decimos otros. Si el amor, que es lo que propone Monica, exige renuncia, y si la renuncia es equivalente al desapego, todo está solucionado. La práctica es difícil. Pero cada día amanece dando una nueva oportunidad. Besos.*

Monica Palozzi *Claro, la solución de ese amor se encuentra en participar de ello sin brama alguna, respetando cada elemento por su individualidad misma, sin que forzosamente debamos poseerla ni desearla, porque el amor egoísta y codicioso no es participativo ni universal y sólo nos deja una sensación de imperfección e inalcanzabilidad (no sé si existe este vocablo...).*

Hace días que no escribo, he perdido el demonio que inspira a los artistas, el que Monica refiere cuando me evoca escribiendo enfebrecido delante de la pantalla. Mis amigas, sin quererlo, me han colocado en un callejón sin aparente salida. De nuestra conversación parece concluirse que la solución más correcta al problema que enfrentan mis personajes es el amor con desapego, y puede ser que tengan razón. Los personajes del libro se han centrado únicamente en el desapego como recurso para liberarse de la angustia vital que provoca la desesperanza, pero Monica ha puesto el dedo en la llaga al introducir el amor como fuerza motriz con la que encarar cualquier circunstancia vital. Al final, es el amor, pero el amor desapegado, no posesivo, la solución al conflicto. Los personajes, a los que yo de algún modo inspiraba, no lo han visto tan claro, parecen conformarse con su juicio. No sé cómo remediar esta situación, que no se hubiera producido de haber consultado antes a mis amigas. Sólo sé que debo seguir escribiendo, caminar hacia el fin.

Cronos bucea muy cerca de la playa de *Las Canteras*. Aunque no quiere reconocerlo desea salir al paso de Noelia, pero ella está nadando con Blanca. La niña ha visto una sombra gigante en la lejanía y se ha asustado, pero la sombra se ha desvanecido luego tras una roca muy grande y ha desaparecido. Noelia calma a Blanca, le dice que no ha sido nada, que a veces vemos espejismos. Aun con todo, *la dueña del tiempo* permanece ojo avizor, ella misma cree haber advertido sombras parecidas alguna vez, también ha intuido la presencia de alguien que siempre parece desvanecerse. Cronos acecha y está nervioso, el deseo le consume, no soporta tener que esperar; su amor, más pasión que otra cosa, pide ser consumado; es la lujuria y no el amor lo que le mueve. Noelia le ha visto de reojo sacando la cabeza, y aunque no sabe quién es exactamente, intuye que no puede ser otro que aquel que le ha sido destinada. Se ha cansado de viajar en el tiempo para encontrarle, pero nunca había tenido éxito hasta ahora. Siente el cosquilleo del vientre, hormigueo que presagia el pronto encuentro, pero de pronto se da cuenta de que no puede amarle sin quebrantar la vida de los seres que le acompañan, los cuales no podrían reemprender la vida ordinaria.

- Blanca, ¿me haces un favor?

- Si me lo pides…

- Mira preciosa, vete con papá un momento, luego te busco.

- Pero es que se está tan bien...

- Sé buena, anda, tengo que hacer una cosa.

Blanca obedece y va al encuentro de sus padres. Noelia se adentra en el mar en busca de Cronos, que no huye cuando la ve venir, permite el encuentro en las aguas más profundas.

- ¿Eres tú, verdad?

- Sí, Noelia.

- Eres mi amor. Estás lleno de deseo, lo veo en tus ojos.

- Ardo de pasión, no puedo esperar más.

- Tienes que hacerlo, te lo ruego. Hoy no puedo.

- Si no es hoy no será nunca.

- ¿No ves que no puedo perjudicar a las personas con las que estoy?

- ¿No ves que yo no puedo esperar?

- Si me amas sabrás esperar.

- Claro que te amo, ¿no lo ves?, ¿sabes lo que me ha costado enfrentarme a esta situación?

- Sólo el que ama de verdad espera.

- Te amo tanto que no puedo esperar.

- Quizás sólo quieres poseerme, satisfacer tus apetitos.

- No puedo separar el amor de los apetitos.

- Pero yo sí. Te pido que esperes.

- No puedo.

- Si nos amamos todo se detendrá y la vida humana no tendrá sentido. Tú dejarás de correr, dejarás de marcar el tiempo. ¿No lo ves? Tu corres por las estepas del universo mientras yo detengo el tiempo. Si nos amamos, los sucesos dejarán de producirse y el destino de los hombres no existirá. Estas personas pretenden resolver sus problemas vitales, dependen de mí para hacerlo, no puedo dejarles en la estacada.

- ¿Qué nos importan los demás? ¿Por qué hemos de supeditarnos a ellos?

- A lo mejor nuestro momento amoroso debe producirse cuando la vida humana se extinga. Me acabo de dar cuenta.

- Yo no puedo esperar, necesito saber qué se siente cuando se ama a alguien. Tú lo haces a menudo, vives historias de amor cuando lo deseas, pero yo siempre estoy solo, supeditado a ti.

- No seas egoísta, Cronos.

- Es fácil decirlo cuando se tiene todo.

- Yo no lo tengo, me faltas tú.

- Palabras.

- Te portas como un hombre común, no como el Dios que eres. Sólo piensas en ti y no comprendes a las mujeres.

- Me voy.

- ¡No lo hagas, por favor!

- Sí, me voy. Nunca volverás a verme.

- Espera. Te prometo que si esperas a que llegue nuestro momento nunca amaré a nadie más. Así viviré lo que tú vivas. ¿Te basta?

- No, pero no tengo otra. Adiós. Te veré al final de los tiempos.

- Espera, dame un beso.

- Ahora espera tú. (está enfadado)

Noelia regresa al paseo marítimo triste y desconsolada. Cronos también lo está, se revuelve furioso en las aguas, nada buscando rendirse de cansancio, desea el postrero descanso en cualquier paraje perdido de Lanzarote, donde podrá olvidar lo sucedido. Tantos milenios esperando este momento para descubrir que sólo el final de la especie humana le permitirá desahogar su apetito... esto le hunde en la desesperanza. Noelia sabe por Don Guillermo que el amor no puede rendirse a la desesperanza. Desde que conoció de viva voz su historia de espera constante, sin detenimiento, cree que el destino de los verdaderos enamorados no es fácil y que lo obstáculos se presentan como pruebas que lo reafirman. Algo le ha dicho que no podía ser egoísta abandonándose a Cronos sin perjudicar su propia historia de amor, enfrentada por vez primera al amor de su vida ha intuido que no podemos sacrificar los intereses de los que dependen de nosotros sin que nuestra acción no tenga efecto sobre el curso de nuestra propia vida. Noelia ha comprendido el amor con desapego, no así Cronos, para quien el amor suyo puede sacrificar el amor de los otros. No le importan ni Don Guillermo ni Doña Pilar, amantes que, por vivir una circunstancia más dramática y perentoria, tienen preferencia a ojos de Noelia, ni le importa Guillermo, el viajero del tiempo, que ha acudido para reencontrarse con su abuelo y resolver su desesperanza vital, ni mucho menos le importa el idealista Alejandro, el cual busca el amor definitivo. Cronos se importa a sí mismo, infantil conducta, caprichosa actitud que le devuelve a la soledad. No valora que Noelia ha renunciado a seguir amando a otros por él, Cronos lo ha aceptado porque no le quedaba más remedio, pero no lo valora. Su amor es posesivo e inmaduro, apegado.

- Noelia, pareces triste -espeta el abuelo.-

- Lo estoy, ha pasado algo.

- ¿Podemos ayudarte?

- Cronos, el Dios de Tiempo, el amor que he venido buscando desde el principio de los tiempos, estaba escondido tras las rocas y le he descubierto. Quería amarme hoy, pero le he rechazado.

- ¿Por qué?

- Porque he comprendido algo más profundo. Sólo podemos amar a otro si no viciamos antes nuestros actos. Nuestra disposición depende de la pureza del alma.

- ¿Por qué habrías de perjudicar a otros, Noelia? -intermedia Alejandro-

- Pues porque no podía dejaros en la estacada. Si hubiera amado a Cronos vuestras vidas no tendrían sentido. El tiempo nunca se reanudaría, la especie humana no cumpliría su papel en el universo.

- Nuestras vidas puede ser que no tengan mucho sentido ya, -matiza Guillermo de Miguel-. Tampoco la humanidad puede que lo tenga.

- No es cierto -repone Noelia-, todas las vidas lo tienen, Guillermo, has de amar, pero amar en sentido general, amar lo que haces y lo que te circunda, a ti y a los demás, sin apegarte a tus sentimientos. Sólo cuando llegues a esa comprensión recobrarás la esperanza.

- ¿El amor?

- Sí, el amor.

- No habíamos reparado en él cuando hablábamos hace un momento...

- Sois hombres, necesitabais conocer el pensamiento de una mujer. El abuelo Guillermo tiene esperanza porque es sabio por edad, de él he aprendido que nuestra esperanza no puede depender del cumplimiento de lo que queremos, no podemos apegarnos al deseo, debemos amar por encima de toda circunstancia. Alejandro está esperanzado en el logro completo de sus propósitos, confía demasiado, lo cual no es bueno, y tú, Guillermo, estás al borde de una rendición que no merecen ninguno de tus antecesores.

- Viejo -añade Guillermo-. Escribiré lo que te he prometido. Relataré un cuento corto para que comprendas lo que hoy hemos hablado. Necesito papel y boli para hacerlo. Te lo meteré en el bolso cuando lo acabe y, cuando el paréntesis de tiempo se cierre, podrás recuperarlo. Algo quedará, aunque no recuerdes de dónde ha salido.

- Es una buena idea. ¡Vamos a mi local! Allí podrás escribir sin que nadie te moleste. Tengo papel y boli, tomaremos unas copas y luego nos despediremos. ¿Qué os parece?

- A mí genial, me encanta tu pub Noelia. Allí te conocí.

- Bien, Alejandro, pues no perdamos tiempo. Pondré a Miles Davis con tónica.

- Hoy puedes añadir un poco de ginebra. La ocasión lo merece.

- ¡Yo también quiero! -exclama participativa Blanca-

- Tú no, cariño, tú *Cacaolat*.

- Vaya.

Parece que el demonio creativo no me abandona, tiene un impulso que no controlo, se empeña en conducirme al punto y final porque, por lo visto, el fin del relato da sentido a la existencia del demonio que me embarga. A propósito del amor, ayer colgué una encuesta para que fuera respondida por todos los facebookeros que me acompañan en esta travesía. Me preguntaba si podemos amar a más de una persona y quería saber qué opinaban mis contertulios sobre esto, tema que nos concierne si observamos la historia de alguno de nuestros personajes. El abuelo Guillermo ama a una sola mujer. Noelia ama a un hombre, un Dios, pero a lo largo de su vida no ha renunciado al amor de otros. Alejandro renuncia a la soltería que le propone el abuelo, desecha varias historias de amor y busca el amor ideal. Guillermo está casado y, según le cuenta al abuelo, ha acertado casándose. Creo que será bueno reproducir aquí el diálogo:

Guillermo De Miguel Amieva *ha preguntado "¿Es posible amar a varias personas a la vez?"*

Cuestionario:

1ª Amarse sólo dos es una imposición cultural. (Votan a favor, Carlos P., Monica Palozzi y Guillermo de Miguel)

2ªNo, sólo podemos amar a una persona. (Votan a favor Teresa RC)(

3ª Sí, pero es muy difícil.

4ª Podemos amar a dos o más personas pero sólo podemos tener sexo con una de ellas.

5ª Podemos amar a varias personas, pero no en igual grado.

Monica Palozzi *Claro!! cada fruto se saborea por sus distintas características.*

<u>Nuria Benayas</u> *Interesante... !!... ??? voy a pensar a cuántas amo y luego voto... :))) !!*

<u>Guillermo De Miguel Amieva</u> *jajajaj*

<u>Ercilio</u> *Guillermo, lo dijo Machín en una canción :¿Cómo es posible amar a dos mujeres a la vez y no estar loco? Y al mismo tiempo tocaba las Maracas . Abrazossssss*

<u>Guillermo De Miguel Amieva</u> *Hay que votar las opciones chicos¡¡¡¡mojarse*

<u>Teresa Rc Galdiz</u> *opción 2 creo que no!!!!! creo...*

<u>Guillermo De Miguel Amieva</u> *Hay empate técnico por lo que veo.*

<u>Elena Serrano</u> *y yo qué se??? yo de momento con una tengo suficiente... puede ser que se pueda amar a más de una pero... qué trabajera, no????*

<u>Nuria Benayas</u> *Creo que no he alcanzado la madurez (amatoria) suficiente como para marcar ninguna respuesta. Pero corroboro la cita que colgué el otro día en el muro : "...sólo merece la pena de verdad decir TE QUIERO con la alta consciencia de la muerte. Después no queda más que arrojar al río todo lo que a uno le sobra. LO DEMÀS NO PUEDE SER AMOR SINO OTRA COSA"...*

<u>Elena Serrano</u> *me lo explique oiga!!!*

<u>Nuria Benayas</u> *Te mando un link por privado. Así puedes hacer el comentario de texto completo. Yo sólo he copiado el final, y cuesta entenderlo, perdona, Elena !*

<u>Elena Serrano</u> *tramposa!!!! anda... ve a tu muro... te he hecho un regalo!! Besote!!*

En el *Dueña del Tiempo* Guillermo escribe el cuento para su abuelo, nada tiene que imaginar, el demonio de la creación huelga cuando otros nos han transferido la historia que recreamos. Los personajes aparecen acompañados por algún ciudadano que se ha quedado detenido en el último movimiento y en el último compás que escuchó. El local semejaría un museo de cera si no fuera porque el abuelo, Alejandro, Guillermo, Blanca y Noelia pasan sus últimos momentos juntos. Están esperando a que Guillermo acabe de escribir. El gin tonic ha sido servido y nuevamente Miles Davis flota en el aire como un fantasma pasado. El fantasma de la despedida planea también por su mente, se instala en el abdomen provocando hormigueo.

- ¡Ya está! Toma, viejo.

- Gracias, Guille.

- Espero que te guste, aunque no contiene nada que no sepas.

- Me tienes que prometer que seguirás luchando, que pondrás todo tu amor en lo que hagas.

- Te lo prometo, viejo.

- No me olvides y cuídate. No comas carne.

- No lo haré, no me sienta bien.

- ¿Por?

- Tengo ácido úrico subido de tono.

- Vaya. ¿Ves? Ya te lo decía yo. Tanta carne…, no es buena.

- Algún día nos reuniremos en el infinito, imagino…

- Eso desde luego, y yo te apoyaré desde él mientras llegas.

- Cuida de Alejandro.

- Aún está un poco terco, pero tú vas entrando. ¿Te das

cuenta de lo que importa valorar la experiencia de los mayores?

- Sí, pero sigo pensando que cada uno tiene su camino. Hay cosas válidas y otras que no lo son tanto. Nunca hemos estado de acuerdo en política, por ejemplo, pero eso es banal; sin embargo, en lo que al rumbo de la vida se refiere, a cómo sostenerse en ella, creo que me has dado un ejemplo grande. Aún estoy a tiempo de corregirme.

- Sigue escribiendo, serás un escritor siempre.

- Ya lo hago ahora desde la distancia, estoy escribiendo nuestro diálogo, imagino.

- Deja que aproveche para decir a los que nos leen que la vanidad y el orgullo no sirven para nada, tarde o temprano la vida te coloca en tu lugar, es un jugador de ajedrez imbatible. Tarde o temprano hemos de enfrentarnos a lo que somos, como tú ahora, que has llegado medio derrumbado por la vida. En ese momento concreto que se nos cruza, debemos luchar por vivir o morir. La muerte tiene muchas caras y la peor es la que nos impide vivir siendo nosotros mismos. No lo olvides: si dejamos de ser nosotros no nos gobernamos, somos otro, estamos fuera de sí, como los locos, pobres enajenados.

- Me gustaría quedarme contigo hasta que mueras.

- No te preocupes, cielo, sabré morir dignamente. He vivido dignamente y ya tengo oficio. Morir es la manera última de vivir.

- Igual permaneces en el libro, si tenemos suerte.

- Si no, ¡qué más da!. Estoy en ti, y veo que también en tus hijas. Lucha Guille.

- Deseo hacerlo.

- Deséalo y hazlo, no lo desees sólo. Cuando pienso en la maldad siempre me viene un pasaje de Gabriela Mistral.

- ¿Qué dice?

- Más o menos que, cuando te enfrentas a la maldad, debes imaginarla como un río de agua turbia, y, siguiendo su curso hasta el nacimiento, te das cuenta de que brota siempre de un acto inocente.

- Es muy profundo. Es verdad que el egoísmo se explica por la inseguridad o el miedo que tenemos hacia algo.

- Sí, no lo había pensando así, pero también. El avaricioso tiene miedo a no saber reaccionar frente a la pobreza, el soberbio se refugia de su complejo de inferioridad.

- Y etcétera, etcétera... pero nosotros no somos soberbios.

- No, ciertamente. Blanca, bonita, dame un beso. Cuida de papá y no dejes que se ponga triste.

- Si nunca lo está...se levanta cantando.

- Bueno, pero si alguna vez le ves triste, ya sabes. Me alegra haberte conocido, y estudia mucho, tu bisabuelo no pudo estar tanto tiempo en el colegio como tú. Recuérdalo siempre.

- Vale, pero es un rollo.

- Alejandro, ¿no te despides de Guillermo?

- Claro. Adiós, gemelo.

- Adiós, Alejandro. Aprovecha el tiempo, dentro de cinco años te casas.

- jajajaa. Ésa sí que es buena.

- Y disculpa que te haya convertido en un personaje de ficción.

- En cierto modo soy real.

- Sí, lo eres, con virtudes y defectos. Nos queda un camino juntos por recorrer, paso a paso. La abogacía es una profesión difícil, dura, y solitaria, pero gracias a ella conocerás a tu mujer.

- ¿Ah sí? Algo me ha contado Noelia.

- Sí, en un juicio. Ella pedirá ochos años de prisión para tu cliente, la irás a ver a Santander para pactar una conformidad, y luego os haréis novios. No olvides regalarle el libro de poemas que te va a editar una amiga del futuro. No le gusta la poesía, pero servirá de enlace.

- Lo olvidaré de inmediato.

- Ya, pero tenía que decírtelo.

- Dame un abrazo.

- Venga.

- Blanca, un beso, mi amor. Haré lo posible por conocer a mamá cuanto antes, así podré estar contigo más pronto.

- No te juntes con otra ¿eh?

- Descuida. Te quiero mucho y eres una preciosidad, no me gustaría perderte.

Noelia cierra el paréntesis de tiempo y todo vuelve a la normalidad. Cronos campa por las llanuras infinitas esperando el fin de la especie humana, Guillermo y Blanca pasean por las Canteras, y Alejandro observa a su abuelo jugando la partida en el puerto de la Luz. Noelia, nostálgica, aunque orgullosa por su comportamiento, se sirve otro gin tonic. *"Hoy -piensa- es un buen día para cerrar"*. El jugador hindú apura cada segundo de su cronómetro y aventaja al abuelo en posición y en economía. El viejo no tiene la rapidez de reflejos para jugar velozmente y tarda más en responder. Alejandro observa que el hindú juega con desgana, mecánicamente, pero ciertamente es un fenómeno. No hay mate posible porque al abuelo se le ha acabado el tiempo y la partida se castra, resulta frustrante, una muerte anticipada, sin belleza alguna

- Juega tú, anda.

- No sé…

- ¿No te apetece?

- Es una experiencia, pero resulta fría. No hay emoción.

- Venga, prueba.

Alejandro dispone las fichas. Comienza la partida con negras. El hindú puede elegir ésta vez. Mueve el peón del rey y Alejandro responde. Los movimientos se desarrollan rápidamente, Alejandro sólo se protege, economiza tiempo para después, pero el jugador contrario es muy hábil y no tarda en abrir huecos que obligan a Alejandro a pensar más despacio. *¡Es una máquina éste tipo -dice- ve las jugadas con una antelación prodigiosa!* El abuelo pide que no se rinda. Hay poco que hacer, el hindú domina cerebralmente el juego, casi matemáticamente, desprecia la belleza, y sólo le interesa ganar. Llega el mate, pero al menos Alejandro puede presumir de haberse mantenido con tiempo hasta el final de la partida. Se despiden con una sonrisa fría, ni siquiera se dan la mano, ocupado el hindú, como está, en apostar la siguiente partida.

- ¿Nos vamos?

- Sí, le has aguantado hasta el final. Algo es algo.

- ¿Sabes lo que me apetece?

- No.

- Darme un baño y comer.

- Venga, disfruta de la playa. Te acompaño, pero no me baño.

Resulta hermoso recordar que mi abuelo andaba a mi paso, que no se cansaba y que su jovialidad me transmitía optimismo. Pensaba entonces que su energía me sería dada por herencia genética. Aquella mañana del tercer día paseamos tranquilamente desde el puerto hasta la playa, pasamos por el hotel para coger el bañador y nos separamos mientras me bañaba. El Atlántico te acaricia como si fuera un Dios magnánimo, despierta en ti la percepción de lo inabarcable, viajas desde él a lo universal. Siempre he sido más atlántico que mediterráneo, y siempre me ha gustado bucear observando mi sombra por la arena del fondo. Me siento tan libre como cuando el viento de *tierra de campos* estalla partiéndose en mi pecho. Hombre de llanuras inabarcables, bien el océano, o la tierra que no se presta a tener fin, creo que he vivido abierto al mundo, a sus alegrías y a sus inclemencias, pero al menos he vivido, confieso que he vivido, confieso que estoy viviendo. Escribir esta novela me está reconfortando porque, como diría Elena, vomito todo lo que llevo dentro. Lo que empezó siendo la simple narración de un viaje pasado ha encontrado en la improvisación una manera de relacionarme con el mundo a través de mi abuelo y del que yo era antes, a través de mí mismo, el que soy ahora, y a través de mis amigos virtuales unidos en la aventura literaria, concurso de tiempos y personajes que me devuelven la esperanza porque observo que, tanto aquellos que me rodearon como los que ahora lo hacen, se mantienen vivos gracias al amor y a la esperanza. Gracias a ellos, a los personajes reales, pero también a los ficticios, el libro me cura, es un viaje a través del tiempo y la memoria, residencia definitiva de lo que se dice, texto que nace para estar en el mundo, parto nacido, como diría Ana María Matute, del dolor.

Aquel Alejandro que se zambullía en las aguas atlánticas ya se ha dicho que era más orgulloso y creía bastarse, el abuelo le observaba venir y procuraba hacérselo ver, por eso nunca dejó de ponerle frente al verdadero espejo que el propio abuelo representaba, le quería demasiado para ocultarle su imagen, y aunque valoraba sus virtudes sólo pretendía limar un poco las asperezas. Alejandro era, a juicio del abuelo, menos reflexivo de lo que debería, impulsivo y además excesivamente bueno. No seas tan bueno, sé justo -me dijo- pero nadie puede evitar ser como es, ¿no sería acaso un suicidio?

Salí del agua renovado, bautismo purificador tras el duro invierno de la meseta. El arenal, lleno de turistas, aliviaba la soledad que sufría en Osorno, pueblo al que debo las enseñanzas austeras transmitidas por sus habitantes, héroes expuestos a la intemperie vital, dependientes del rigor del clima que luego redunda, para bien o para mal, en las cosechas, un pueblo, el osornense al que debo, igualmente, la transmisión de un espíritu noble desprendido de las apariencias de otros lugares. Gran Canaria era otro mundo, lo era mi abuelo también, universal, independiente, fuerte, capaz de adaptarse a la modernidad, presto siempre a comprender, dispuesto a no estancarse, a salvo, quizás, de sus rigurosos dogmas vegetarianos, que fueron los únicos que no cambió y los únicos, probablemente, que permiten alargar la vida.

De pronto, una mujer madura me miró descaradamente. Se trataba de una señora elegante, de unos cincuenta y tantos años, atractiva extranjera, probablemente nórdica, bien conservada, que buscaba una aventura. Me siguió mirando, buscó la orilla de la playa manteniendo la mirada, me estaba sencillamente invitando al paseo, preludio de una posterior invitación al hotel, pero en el Guillermo de entonces (Alejandro) se concitaba una espera paciente y ordenada en torno a la búsqueda del amor, y aunque quizás hubiera sido una experiencia fascinante caer en los brazos de una mujer deseosa de entregarse, decliné con una mirada reprobadora impropia de alguien que, hoy por hoy, no vería con ojos tan duros la humildad de pedir descaradamente lo que se desea, porque, lo que deseamos, con el paso del tiempo, lo pedimos prescindiendo de miramientos, sintetizamos y abiertamente, solícitos, lo hacemos ver sin miedo a ser rechazados. Alejandro declinó, pero, a pesar de que lo deseaba, tampoco supo pedirlo a ninguna mujer de su edad aquellas vacaciones. Quizás aquella madura nórdica también tuvo una época para el rechazo de los pretendientes, un tiempo en el que fue dueña de sus elecciones, no en vano se le adivinaba un pasado hermoso; quizás todos somos orgullosos cuando sabemos que podemos elegir, y quizás somos humildes cuando ya sabemos que nos eligen.

Veamos… Alejandro sale de la playa en busca de su abuelo. Guillermo Amieva espera sentado en la terraza, ojea la carta con aire juicioso. Sabe de sobra que, a salvo de una ensalada, una paella o una sopa, no encontrará nada que se adapte a su menú. Lo sabe, pero como tiene tiempo, lee para juzgar y para recrearse descartando cualquiera de esos productos cadavéricos que Alejandro, después del baño, seguramente elegirá.

- ¿Qué tal el baño?

- Muy bien. Fabuloso.

- La playa está llena.

- Me encanta verla así.

- A la gente no suele gustarle.

- No tengo remilgos para eso. Me gusta la gente.

- Tendrás hambre, claro.

- Imagina, he nadado hasta la barra del fondo.

- El mar abre el apetito. Come lo que quieras, yo pido una ensalada.

- Pues, déjame ver…., a lo mejor tomo un sama.

- Es una carne más sabrosa que el cherne. ¿Qué tal tu madre? ¿Se adapta a vivir en Osorno?

- La gente la quiere mucho, sale con alguna amiga, pero sin papá es un pueblo muy duro para ella. Es muy joven. La llevo por ahí, y es curioso, porque está tan guapa que hay gente que piensa que soy un gigoló. Lo paso fatal.

- ja ja ja. Lo que te faltaba, tú que nunca se la has jugado a tus novias.

- ¿Por qué lo dices?

- Por aquella amiga mía que te tiró los tejos aquí hace años ¿no lo recuerdas?

- Sí, era una mujer guapa.

- Quería llevarte al Sur de corrida y le dijiste que no. Menudo esfuerzo hiciste entonces…

- Tenía novia.

- Ya, pero. ¡Tendrías que haber aprovechado la ocasión, hombre!. Estabas muy verde, pero te hubiera venido muy bien. Eres demasiado bueno, Ale, demasiado.

- ¿Por qué me dices esto? Hummm, la sama está rica.

- Ya te dije el otro día que era más rica que el cherne. Te has manchado.

- Vaya por Dios, no falla.

- No importa, lo que importa es que estés aquí. Nunca se sabe cuando dejaremos de vernos.

- ¿Qué dices?

- Nada, déjalo. Eres demasiado bueno, eso es lo que te decía antes, y no hay que ser bueno, Alejandro, hay que ser justo.

- Ya me lo habías dicho alguna vez.

- Es un tema que no debes dejar de lado. Debes elegir entre la bondad o la justicia.

- ¿El bondadoso no es justo?

- A veces, no siempre.

- Antes de que me dijeras esto siempre pensaba que a uno le cabía ser bueno o malo, pero veo que hay un intermedio.

- Sí, el justo da a cada uno lo suyo, incluso a sí mismo. El bondadoso tiende a perder parte de su derecho, no calcula.

Alejandro saborea la sama, masticando al mismo tiempo el dilema moral ante el que su abuelo, que es un experto en estas lides, le ha enfrentado. La bondad, sin duda, representa el amor, el darse por entero sin cálculo, mientras la justicia supone un acto de entrega medido, constreñido únicamente a lo que debe darse, no más, no hay amor en el acto justo, sino un juicio que, además, puede ser equivocado. El abuelo, que conoce la vida que llevó su yerno, un hombre a su juicio demasiado bueno, coloca a Alejandro además en la elección de un destino vital. ¿Debe seguir el ejemplo de su padre, ser excesivamente bueno, o debe procurar pensar también en sí mismo? No se trata de un dilema intelectual solamente; se trata, y Alejandro no puede desconocerlo, de elegir entre el destino paterno o el que el abuelo le propone. Nuevamente, con inteligencia, sensibilidad y cariño, el abuelo aprovecha la circunstancia porque no desea que su nieto sufra más de lo que debe sufrir, ocupa el hueco dejado por el padre muerto, y sin serle desleal, procura cambiar el curso del cauce.

Si hubiera estado con mi abuelo hoy, le hubiera respondido que nadie puede dejar de ser quien es, y que el amor, el desprendimiento, dignifica a los hombres, pero, respondiéndole así -ya no puedo-, también reconozco que el desprendimiento debe tener una medida razonable. Es una pena que esta conversación se haya quedado colgada en el pasado sin que pudiera ofrecer entonces la respuesta que la experiencia me ha dado con los años. ¿Por qué decía esto mi abuelo, si él mismo tampoco lo llevó a la práctica del todo? El final de su vida, no voy a decir por qué, sólo se puede explicar desde el desprendimiento demasiado generoso y sin cálculo. ¿Lo dijo porque, de haber podido rectificar, hubiera sido justo en lugar de bueno?

- Mañana me voy.

- Ya, es lo justo, pero te agradezco mucho que hayas venido a verme, cielo.

- Me gustaría quedarme más tiempo pero no puedo.

- No seas tan bueno, tienes que vivir tú también.

- Ya.

- Pero no nos pongamos tristes, ¿un café?

- Hecho.

Como quiera que el debate se quedó en el pasado sin que pudiera dar entonces una respuesta adecuada, y dejando constar que el dilema me ha acompañado, no obstante, durante todos estos años, aprovecho para colgarlo en el muro de *Facebook* solicitando de nuevo la opinión de mis contertulios habituales, amigos entrañables que me acompañan en la aventura de escribir una novela.

<u>Guillermo De Miguel Amieva</u> *ha preguntado* "¿Hay que ser justo o hay que ser bueno?"

1° Justo.

2° Bueno (Votan a favor Monica Palozzi, Juan Manuel Buergo y Guillermo de Miguel)

3° Hay que ir a lo nuestro

4° Malo.

<u>Guillermo De Miguel Amieva</u> *Mi abuelo opinaba que yo era demasiado bueno y que tenía que ser justo. La bondad ¿no representa acaso el amor, el darse entero? ¿la justicia no representa sino una acción que responde a lo que se debe dar, ni más ni menos? Es un dilema, presente en la novela...*

<u>Monica Palozzi</u> *Yo elijo siempre la bondad y la comprensión, esto deriva del juicio y consideración de las circunstancias según las situaciones. La justicia, siendo imparcial, no me es propia ya que mi pensamiento y mi sentir están en la base de mis acciones y consideraciones.*

Tampoco elijo "malo", porque el comportamiento malo sólo es derivación de ánimo violado y herido y con deseos de venganza, favoreciendo sólo el aspecto del sentir y no de la racionalidad.

Monica Palozzi *Bonito este juego de las preguntas!!! me gusta... :)*

Guillermo De Miguel Amieva *Pues aficiónate? Pon una sobre el amor cerebral¡¡*

Monica Palozzi *No sé cómo se hace... intentaré hacer algo en mi muro por prueba.*

Teresa Rc Galdiz *¡¡¡la justicia es dar a cada uno lo suyo... la bondad dar a cada uno lo mejor de nosotros mismos, la justicia se administra... la bondad no!!!*

Juan Manuel Buergo *Pues puede que sea ésa la línea fina, Teresa. Sobre todo pienso, si eso, "lo mejor de nosotros mismos", si ésa bondad, significa amor. En la parábola del Hijo pródigo, la justicia humana es la del hijo mayor que quiere que al hermano despilfarrador, aunque arrepentido, se le trate como a un criado más, pero el amor del Padre triunfa sobre la justicia, le perdona y además le organiza una fiesta. Y aunque es una injusticia, lo más sorprendente, es que lo vemos como bueno, como moralmente correcto.*

Alicia Carmen *Desde mi punto de vista creo que la bondad y la justicia no están reñidas... y que ambas pueden ser compatibles ... ¿o no ?*

Carlos *Creo que es mejor ser justo, pero más fácil ser bueno.*

Monica Palozzi *Yo, a diferencia de Juan Manuel, no estoy iluminada por la fe (quizá un día lo logre...???), pero estoy de acuerdo con él sobre el significado de la parábola citada. Y traigo otro ejemplo: cuando un chico en la escuela es valiente[1], encuentro inútil que le hagan mil*

---

[1] Monica entiende por valiente lo que nosotros entendemos por valeroso.

alabanzas ya que él ya sabe quien es y lo que vale,
encuentro más inteligente y útil darle ánimo al que no llega
a su nivel, para que alcance ese valor en sí y fortalezca... y
este ejemplo es uno, tanto por decir, pero en esa dirección
ha de ir la justicia, nivelando con bondad e indulgencia
máximas.

Qué pena no haber podido compartir con el abuelo las
sensatas opiniones de mis amigos, ¿verdad, lector? El caso
es que aquella tarde seguimos tomando algún café de más,
fumamos algún pitillo, paseamos por la ciudad, disfrutamos
nuestra amistad apurando los momentos, pero ignorando
que serían los últimos de nuestra larga relación, aquella que
se inició una tarde de vacaciones en el chalet de Viana de
Cega, cuando mi abuelo me enfrentó al tablero de ajedrez y
ante la no menos comprometida circunstancia de empezar a
escuchar y a opinar. Nunca valoraré suficientemente el
tesoro que comporta su legado, porque, quizás, yo no
hubiera sido el mismo de no haber aceptado el reto de
enfrentarme a las piezas contrarias, o nunca me hubiera
atrevido a manifestar mis opiniones si él no me hubiera
dado la oportunidad de hacerlo sin miedo alguno a la
reprobación, y, desde luego, de no haberme sido
transmitido el gusto por la lectura o la inclinación a la
literatura escrita, tampoco este libro hubiera tenido ocasión
de nacer.

El día de la despedida

Alejandro se despierta algo incómodo, el último día suele dejar sensaciones que entremezclan la tristeza con el deseo de encarar ilusionadamente el futuro, al fin y al cabo, le queda toda la vida por delante y el impulso egoísta de seguir la realización de los deseos tiene fuerza para que la nostalgia no se instale mucho tiempo. Somos egoístas durante un buen tiempo de nuestra vida, lo somos en mayor medida cuando aún sentimos inseguridad y dejamos de serlo cuando, en apreciación de los budistas, nos liberamos del yo. Alejandro aún no se ha liberado del yo, está dominado por el instinto de realización, tiende al logro de los objetivos de manera coherente siguiendo el camino más difícil, pero en la búsqueda del logro de los mismos persigue el reconocimiento. A lo largo de los años sucesivos perseguirá el amor romántico, la constitución de una familia, formarse como buen letrado en ejercicio y también escribir, pero el dinero nunca le llamará poderosamente la atención, no tanto como para enfocarlo como su objetivo principal.

MJ no aparecerá hasta _milnovecientosnoventayseis._ Antes de ella fracasará otra relación, pero vivirá una poética amistad con _la dama verde,_ ser que se cruzará en su camino dejando un sabor de boca espléndido. En diciembre de _milnovecientosnoventaycinco,_ concretamente el veintisiete de diciembre, conoce a María José, que curiosamente lleva el mismo nombre que la María José que luego será su mujer (¿simple coincidencia o causalidad, presagio del futuro que se avecina?). A pesar de que el personaje es real, su perfil se dibuja casi como si de un personaje literario se tratara.

Aquella tarde noche Alejandro celebraba el día de hermanad del colegio de abogados de Palencia, compartía unas cervezas y una hamburguesa con dos letradas y otro letrado, que se quedaron como restos del día. Vicente, un amigo de siempre, entró en aquella cervecería alemana acompañado por dos mujeres, una de ellas la Dama Verde, que aún no tenía tal apelativo poético. Vicente le manifestó su alegría por la coincidencia, producida después de tanto tiempo, y le espetó que aquel encuentro no podía ser casual. No lo fue, pero al principio no le presentó a sus bellas acompañantes. Alejandro se sintió atraído por la que luego sería la *Dama Verde,* pero, toda vez que su amigo tampoco parecía querer detenerse mucho tiempo, no hizo el más mínimo gesto de aproximación. Abandonó el local en compañía de una de las dos letradas que le acompañaban, pero, como quiera que empezaba a llover, Mar le hizo ver que se había dejado el paraguas. Volvieron de nuevo, y Alejandro aprovechó para indicar a Vicente que aquel era su segundo encuentro no casual del día. Vicente aceptó de buen grado la cariñosa ironía, pero tampoco le presentó a las dos damas que le acompañaban. Mar y Alejandro salieron a la calle en dirección al aparcamiento más extremo de la ciudad. Cuando llegaron, Alejandro se dio cuenta de que se había dejado las llaves en la cervecería y Mar tuvo la gentileza de acompañarle. Al tercer encuentro no casual -Vicente sostenía las llaves en su mano-, Alejandro tuvo la oportunidad de conocer a la *Dama Verde.* Se citaron otro día en un pub de Palencia en el que sirven té verde, y ella acudió vestida de verde, luego todo se cernía hacia un amanecer verde de la relación, por lo que Alejandro comprendió que su amiga tenía un nombre poético propio*: La Dama Verde.* Vivieron una relación a caballo entre la amistad y el amor admirativo, sin ser ni una cosa ni otra, y, por supuesto, sin mediar relación sexual. La relación desprendía tintes poéticos y Alejandro, dado a servirse del lenguaje, la bautizó con el nombre de *enamoramistad*. Poco más hay que decir, a salvo de que Alejandro escribió un libro de poemas que reflejaba la historia, y que ella editó la primera y única edición distribuyéndola por las librerías. Una historia preciosa, antesala o cortina separadora del mundo anterior de Alejandro, el de sus relaciones de noviazgo fracasadas, y el matrimonio que un par de años después encontraría.

El propósito romántico de Alejandro será su más anhelado deseo durante el tiempo posterior al último viaje que realiza a Canarias para ver a su abuelo, y porque ha rechazado el consejo del abuelo y porque la voluntad mueve el mundo y determina nuestro destino, lo conseguirá una vez que el velo separador del platonismo intermedie entre el tiempo de relaciones fracasadas y la que está destinada a permanecer. Curiosamente, Monica Palozzi, a quien sabemos que han gustado mucho las encuestas que he colgado en el muro, acaba de colgar una suya que inquiere en torno a la relación de hombre y mujer. No deja de ser paradójicamente sorprendente la telepática relación entre los dos, que ella misma vaticinó cuando descartó convertirse en un personaje de la novela afirmando, al mismo tiempo -no sé si lo recuerda el lector- que permanecería aquí desde su conexión telepática conmigo. Fiel a tal conexión, mi amiga Monica, muy vinculada en el sentimiento, ha aparecido en la novela con algún propósito que el destino reserva.

Antes de abordar la encuesta que Monica ha sugerido contaré algo que se me ha quedado en el tintero. Si se recuerda, el otro día descubrí que Monica está leyendo un libro que mi abuelo tenía también en su mesita de lectura, me refiero a "La Sabiduría de Occidente" de Bertrand Russell, excelente ensayista del siglo pasado dotado de una prodigiosa capacidad matemática y formación filosófica.

Hace aproximadamente una semana recordé la coincidencia y retomé el libro que mi abuelo me dejó en herencia. Descubrí varias cosas curiosas que el lector puede apuntar como mera anécdota -si es demasiado racional- o percibirlas como guijarros indicativos de que hay algo en la relación que sostengo con Monica que traspasa el umbral de lo racional para instalarse en aquello que está más allá. Mi abuelo solía estampar su firma en sus libros, indicando también la fecha de compra. Observé que mi abuelo había adquirido el libro el tres de mayo de mil novecientos sesenta y seis (3-5-1966), de lo que se infiere que el día 3-5-2011, se cumplía exactamente el cuarenta y cinco aniversario de la compra. Acudí luego al hilo donde Monica había comentado que estaba leyendo el mismo libro y comprobé que ella nos lo comunicó el día cuatro de mayo de dos mil once (4-5-2011). Después de verificar el dato me decepcioné porque, si lo hubiera dicho un día antes, hubiera coincidido exactamente con el cuarenta y cinco aniversario de la adquisición hecha por mi abuelo. Pasada la decepción, creyendo firmemente que podía encontrar algún indicio más, perseverando así en el propósito, descubrí que la circunstancia de que Monica hubiera hecho su comentario un día después del cuarenta y cinco aniversario aportaba un mensaje escondido. Analizando las cifras me di cuenta de que el cuatro de mayo, fecha en que Monica hizo su comentario, era el orden secuencial del número 45, el que indica precisamente el cuarenta y cinco aniversario de la compra hecha por mi abuelo. Día cuarto del quinto mes, nueva casualidad que no puede serlo en modo alguno. Para Monica, mente abierta, tampoco lo es. Le comuniqué mi descubrimiento en su muro para saber si coincidía conmigo. Me contestó lo siguiente: *"Sí, verdad... muchísimas coincidencias... y he notado también otra más, se trata de una foto (imagino tuya) en la que se destaca una insignia de Gran Cruz de los Caballeros de Malta y yo por varios años he colaborado a la organización de ceremonias de ese tipo!! Asombroso!!!!!"* Creo por mi parte, y con esto acabo el apunte, que si alguna mujer puede representar el espíritu observador, curioso, filosófico, riguroso y moderno de mi abuelo, es ella, quizás Monica toma el relevo de aquella antigua conversación sostenida con mi abuelo y quizás por ello, compartiendo ambos la esencia inmaterial del espíritu universal, estemos destinados a comprendernos. Bienvenida, pues, a mi vida, Monica, lectora que, debido a que serás la primera, pues has de abordar el prólogo, me estás leyendo ahora y no desprecias que nuestra especial relación, tan rica, tenga algún destino que por el momento desconocemos.

Acabas de colgar tu encuesta dedicada a la relación hombre mujer, curiosamente lo has hecho cuando yo abordaba el encuentro platónico con la *Dama Verde*, mediando así de nuevo nuestra íntima relación telepática que tanto nos alimenta. Quiero dejar al lector, con tu permiso, el resultado de tu pregunta.

Monica Palozzi *ha preguntado* "Sobre la amistad y el amor entre el hombre y la mujer - ¿Cuál es tu opción?"

1ª Amor platónico (Han votado Alicia Fuentes, Guillermo de Miguel y Monica Palozzi)

2ª Amor romántico y pasional (Han votado Alicia Fuentes y...)

3ª Amistad

Monica Palozzi *Van ya dos veces que pongo aquí un comentario al test y las dos veces se va borrando. No sé de qué depende. Lo intento una tercera vez.*

Guillermo De Miguel Amieva *En torno a 1995, experimenté una bonita relación con una mujer que luego me publicó un libro de poemas sobre ésa relación. Fue una relación que sin ser amor tampoco era amistad, por eso la llamé enamoramistad (invención de palabra), algo limpio que estimula mucho y en lo que nunca debe mezclarse el roce sexual, pues la pasión perjudica mucho este tipo de relación. A lo largo de mi vida, he experimentado el amor platónico varias veces, la primera cuando era muy niño, y considero que quien no lo ha experimentado no puede en modo alguno enamorarse luego de la mujer que tiene destinada. Es el entrenamiento previo que todo ser necesita, nacido de la admiración por alguien y el primer momento que nos liberamos de nosotros mismos. Elegir es difícil porque uno no puede sostenerse siempre en el amor platónico, hay mujeres para amar platónicamente y otras que están destinadas a la pasión. Hoy, nostálgico del amor platónico, elijo esta opción. Va por ti donna.*

Monica Palozzi *Pienso que en la vida, cual Siddartha, haya que experimentar lo posible y con ello las relaciones entre hombre y mujer son una experiencia fundamental de nuestro sentir. Bonita la amistad para socializar y crecer, estremecedor y perfecto el amor sensual y romántico para suspirar una fracción de tiempo, infinito en su manifestarse imperfecto el amor platónico. Mi preferido.*

Guillermo De Miguel Amieva *Alicia ha votado las dos opciones*

Guillermo De Miguel Amieva *Donna, coincide que el final de la novela relata sintéticamente aquel encuentro que tuve. Te lo copio.*

Monica Palozzi *Precioso!!! como una señal del destino en el camino que se te estaba abriendo. Mirando a distancia particulares de nuestras vidas, nos damos cuenta que todo es un continuum consecuencial y contemporáneo.*

Guillermo y Blanca, un poco remolones, también se han levantado. El objetivo del viaje a través del tiempo se ha cumplido a la perfección y son los únicos privilegiados que conservan la memoria del encuentro con todos los personajes. Papá, consciente de que deben regresar, ya sabe que el viaje ha sido una recreación literaria urdida por él mismo, y, por tanto, autor y personaje, curado aquel de sus angustias vitales, son uno otra vez. Blanca, sin embargo, permanecerá en la credulidad de la aventura mientras su infancia perdure, pues es una niña dotada del poderoso instrumento de la imaginación al servicio de la más pura inocencia. Ha sido una buena compañera, imaginativa, con recursos, obediente, y, sobre todo, muy ilusionada, que es lo que importa. Como premio regresarán al año del que provienen, pero pasarán antes un día en el *Baobab,* aquel maravilloso hotel que tanto le cautivó. Se llevan el recuerdo y las fotografías que demuestran la maravillosa aventura de un viaje en el tiempo, aunque aún -esto lo tienen que decidir- no saben si les dirán a mamá y a Carmen que han realizado un viaje de tal magnitud. Mejor no -opina papá para sí- consciente de que todo es literatura y de que no quiere pasar por un loco. A Blanca, siendo niña, siempre le quedará la impresión indeleble de haber realizado un viaje.

Alejandro sale al encuentro de su abuelo, que le espera en el hall del hotel. El vuelo parte temprano, más de lo previsto, pero Alejandro tendrá que viajar en coche desde Barajas y debe dosificarse para no cansarse demasiado. Las carreteras no tienen tantas prestaciones como las de ahora, no es que sean del todo malas, pero el recorrido hasta Osorno, sobre todo en su tramo final, exige conducir por carreteras secundarias que obligan a prestar más atención. El abuelo está triste porque retorna a la soledad del apartamento; le quedan sus libros, el ajedrez, las visitas a Pilar, un cuento corto que ha encontrado en el bolso de su cazadora moderna, del que no sabe su procedencia, y le quedan, como dos tesoros, la esperanza de alcanzar el restablecimiento de su mujer y que Alejandro le suceda con dignidad en el transcurso de la vida. Algo en lo más profundo le dice que no volverá a ver a su nieto, poderosa fuerza del subconsciente que no atiende a más razón que a sentirla, quizás porque la experiencia que ha vivido dentro del paréntesis de tiempo, que ya no recuerda, anuncia que ésa será la última vez. Alejandro pide un taxi, pero el abuelo prefiere no acompañarle hasta el aeropuerto. Donde todo empezó, todo debe acabar.

- Bueno, cielo, se nos acaba lo bueno.

- Sí, viejo. Te echaré de menos.

- Escribe.

- Lo haré, descuida. Y llamaré por teléfono.

- Hazlo, por favor.

- Si las conferencias no fueran caras podríamos jugar al ajedrez por teléfono.

- Estaría fabuloso, nunca lo hemos hecho, pero sale caro y no estoy para dispendios.

- Cuida de la vieja.

- Aquí está el taxi. Dame un beso.

El abuelo se abraza y el nieto le sostiene. Recuerdo ahora aquel momento. Subí al taxi y le miré desde la ventanilla, elegante, digno, todo un señor, un ejemplo de vida digna. Me estoy emocionando, ahora, cuando aproximo el final. Las lágrimas llegan por vez primera a lo largo de este viaje literario, lágrimas iguales que las suyas, las que dejó caer cuando me marchaba entonces. Ésa fue la última imagen que conservo de mi abuelo, de pie, sosteniendo su vida, pero llorando porque me marchaba. No comprendí entonces que pensaba que sería la última vez.

Unas lágrimas, las suyas y las mías, se me antojan un buen punto final. Gracias a los que están ahí aún y aún mantienen sus esperanzas.

Palencia, tierra sembrada de cereal, viernes trece de mayo de dos mil once, casi un mes después de empezar a escribir. ¡Que Dios bendiga a mi abuelo, donde quiera que esté!!! ¡Sigo siendo un escritor, tengo esperanza, le recuerdo, y, gracias a él, de nuevo, he vuelto nacer!

Publicado en Diciembre 2015
por Edizioni Pragmata

Impreso por Amazon